国家出版基金项目
NATIONAL PUBLICATION FOUNDATION

“十二五”国家重点出版物出版规划项目

走向世界丛书

主编　钟叔河　曾德明　杨云辉

FROM EAST TO WEST

张荫桓 三洲日记

上册

鄢琨　校点

岳麓書社·长沙

张荫桓

清末总理衙门大臣合影。右起：孙毓汶、徐用仪、庆亲王奕劻、许庚身、廖寿恒、张荫桓

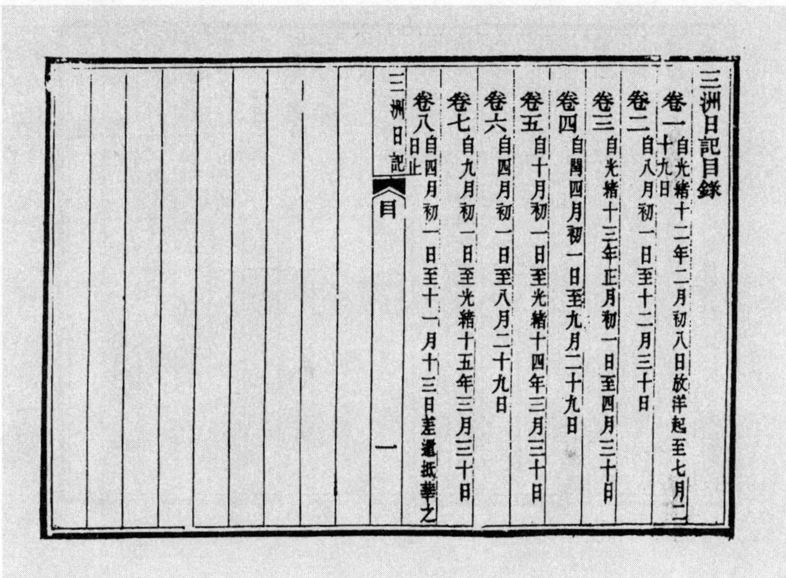

三洲日記目録

卷一 自光緒十二年二月初八日放洋起至七月二十九日

卷二 自八月初一日至十二月三十日

卷三 自光緒十三年正月初一日至四月三十日

卷四 自閏四月初一日至九月二十九日

卷五 自十月初一日至光緒十四年三月三十日

卷六 自四月初一日至八月二十九日

卷七 自九月初一日至光緒十五年三月三十日

卷八 自四月初一日至十一月十三日差遣抵華之日止

三洲日記 目 一

书影 1

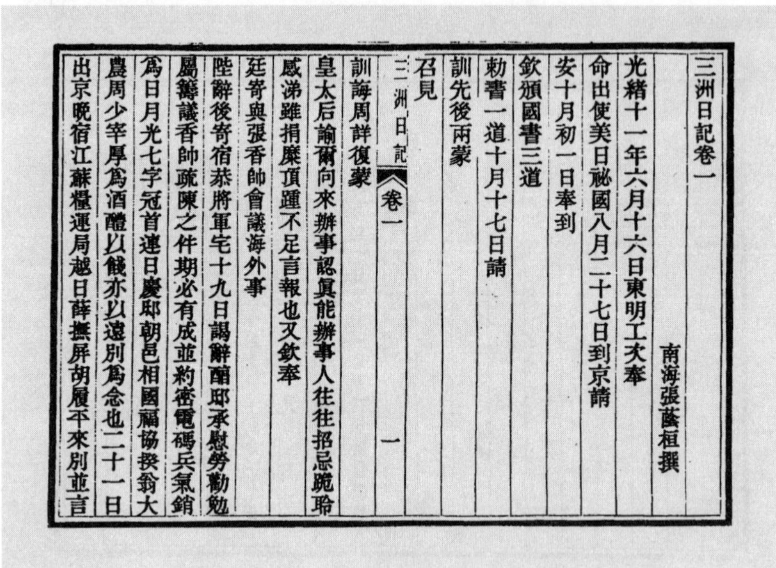
三洲日記卷一

南海張蔭桓撰

光緒十一年六月十六日東明工次奉
命出使美日祕國八月二十七日到京請
安十月初一日奉到
欽頒國書三道
勅書一道十月十七日請
訓先後兩蒙
召見

三洲日記 卷一 一

訓誨周詳復蒙
皇太后諭爾向來辦事認眞能辦事人往往招忌跪聆
感涕雖捐糜頂踵不足言報也又欽奉
廷寄與張香帥會議海外事
陛辭後寄宿恭將軍宅十九日謁辭醇邸承慰勞勸勉
屬籌議香帥疏陳之件期必有成並約密電碼兵氣銷
爲日月光七字冠首連日慶邸朝邑相國福協揆翁大
農周少宰厚爲酒醴以餞亦以遠別爲念也二十一日
出京晚宿江蘇糧運局越日薛撫屏胡履平來別並言

书影 2

本册总目□

丛书新序□

钟叔河

二〇一三年十月

“走向世界丛书”一百种，只收晚清时期 from east to west（从东方到西方）的记述，这并不等于说，只有十九世纪末二十世纪初的中国人，才需要面对走向世界的问题。

纵观人类历史，走向世界决不是什么地区性和阶段性的活动，而是不断出现在全人类发展进步过程中并与之同步的历史现象。一百万年前，人类开始从非洲进入亚洲和欧洲，一万年前，又从亚洲进入北美洲和大洋洲，就是在不断地走向世界。

从有史以来的文献、文物看，三千多年前的《奥德赛》和《出埃及记》，说的是古希腊人和以色列人走向世界——走向地中海和巴勒斯坦。两千多年前的《史记》和《汉书》，写了张骞和后来汉朝“益发使”走向世界——曾走到罗马在西亚的边陲。一千三百年前的《大秦景教流行中国碑》、七百年前的《马可·波罗游记》和四百年前的《利玛窦中国札记》，记下了阿罗本、马可·波罗、利玛窦的 from west to east，这和 from east to west 一样，都是在走向世界。

人类曾因地理、种族、制度、意识形态等原因而互相分离，甚至隔绝。夜郎国的君长初见汉使时问：“汉孰与我大?”当是时，夜郎的世界僻处黔西，其“大”可知；连夜郎都未入版图，则汉之“大”亦远不如今之中国。但人为万物之灵，为了求生存谋发展，总不能老守着自己的一亩三分地，总会要想方设法走向世界——走向更广阔的外部世界。于是，汉要“通西南夷”，要前往原来“道险终不能有”的夜郎；夜郎要问“汉孰与我大”，要想改变原来“不知汉广大”的状况。由互相隔绝变而互相接近，互求了解，这就是走向世界。

走向世界，无论是自己走出去还是让别人走进来（总比让别人杀进来好），无论是主动的还是被动的，从总的历史进程看，用大的历史眼光看，都有利于发展，都是一种进步。对汉朝来说是如此，对夜郎来说亦是如此。两千年前是如此，两千年后亦是如此。上世纪七十年代末开始编辑出版“走向世界丛书”时是如此，如今来继续编辑出版这部丛书时亦是如此。

今天的中国已不再是七十年代的中国，虽然仍称发展中国家，经济总量却早已“超英”，正在“赶美”，但走向世界的路还“漫漫其修远”。时至现代，走向世界当然是要走向现代化的世界，也就是要高度现代化，全盘现代化。“四个现代化”的“四个”——工业、农业、科技和国防，已经“化”出了很大的成绩，而我们的管理现代化，我们的服务现代化，我们的制度现代化……要走的路的确还很长。

现代人走向世界，首先要使自己成为能接受全球文明，有世界知识，有世界眼光，有世界理想的人。“走向世界丛书”杰出的作者，如郭嵩焘、黄遵宪……又如邹代钧、金绍城……他们看到的新技术还是德律风（送话器和最早的手摇电话机)、火轮车（蒸汽机车）……我们如今却已经用上了智能手机、坐上了波音飞机……但在思想层面上，我（不敢称我们）反省自己的世界眼光和世界理想，甚至在世界知识的某些方面，比起一个多世纪以前的郭、黄他们来，差距实在还不小。在这方面，也就是人的现代化这方面，要走的路就更“漫漫其修远”了。

五年前北京奥运会的成功举世公认，它已经成为中国走向世界的一大标志。它的口号：

ONE WORLD，ONE DREAM

“同一个世界，同一个梦想”，这也应该是现代人走向世界的志向和目的，是我们继续编辑出版“走向世界丛书”的志向和目的。

丛书原序

钟叔河

一九八〇年七月

人们常说，今日之世界，乃是一个“迅速缩小的世界”（rapidly shrinking world）。在电视卫星、激光通信和喷气式客机的时代，地球之上各地之间的距离，确实好像越来越短，人们相互间的接触和交流，也越来越方便和密切了。

可是，仅仅在几代人以前，异国还显得那样的离奇和遥远。古代欧洲人说，中国人用小米和青芦喂一种类似蜘蛛的昆虫，喂到第五年虫肚子胀裂开，就从里面取出丝来（Pausanias《希腊纪事》）。古代中国人则曾经相信，西方有种羊羔是从泥土里生长出来的，脐带还连着大地（《旧唐书·西戎传》《渊鉴类函·边塞部九》）。这类海外奇谈，今天听起来简直不可思议，而在过去上千年中，却一直被当作可信的资料，记载在欧洲和中国的史书上。由此可见，人类文明的发展，经历了一条何等漫长曲折的道路。

为了探索和开辟外部世界，丰富自己的物质和精神生活，各国人民都作过许多贡献。人类文明史像叙说伟大的发明家和著作家一样，将永远铭记着张骞、玄奘、马可·波罗、哥伦布等不朽的名字。我们甚至可以这样说：一个民族从中世纪到现代的历史，也就是它打开眼界和走向世界的历史。

历史的发展从来是不平衡的。当黄河、长江已经哺育出精美辉煌的古代文化时，泰晤士、莱茵和密西西比河上的居民，还在阴暗的原始森林里徘徊。而自从地理大发现和产业革命以来，中国却相对地落后了。在西方实现资本主义的现代化以后，中国还是一个基本上同外界隔绝的古老国家。是鸦片战争打开了中国的大门，也打开了中国人的眼睛。人们称林则徐和魏源为清代最早“开眼看世界”的人，因为西方的坚船利炮打到中国来时，他们首当其冲，亲身感到这个世界在缩小，距离和壁垒再也不能将异国隔离开了。

过去时代的中国读书人，在“严夷夏之大防”

的社会里度过了上千年。封闭的外壳被打破后怎么办？守旧派的办法是把脑袋钻进沙子里学鸵鸟，像慈禧太后的大学士徐桐，见到洋人就以扇遮面。就是这个徐桐，在庚子年间焚香叩请骊山老母下凡来“杀尽洋人”，结果骊山老母没有下凡，他自己的老命却白白送掉了。而林则徐和魏源则不同，提出要“师夷长技以制夷”，主张学习外国的长处，以对付外国的侵略。要学习，先得了解，于是林则徐编了《四洲志》，魏源编了《海国图志》。虽然他们未能亲身出国去考察，书的材料靠间接采辑而来，难免有许多谬误，但无论如何，地里长羊羔之类的神话毕竟不得不逐步让位给常识了。

林、魏之后，中国才开始有读书人走出国门，到欧美日本去学习、访问和工作。容闳、王韬、郭嵩焘、黄遵宪和严复等人，要算是最早的。接着出国的人渐渐多了起来，尽管其中不少是奉派而去的政府官员，但既然去了，就不会不接触近代—现代的科学文化和政治思想，也就不可能不在中国发生影响。

“走向世界丛书”专收一九一一年前国人亲历欧美和日本的记述。自从一八四〇年鸦片战争失败那时起，先进的中国人，经过千辛万苦，向西方国家寻找真理。应该说康有为和在他之前的郭嵩焘、王韬、容闳等人，的确代表了近代中国向西方寻找真理的一派人物。当然，丛书所收的，也并不全属先进的人物的作品；但总而言之这些都是中国人从东方走向西方的实录，自有其文化的意义和历史的价值。

必须指出的是：从鸦片战争到五四运动这一历史时期中，西方国家虽在许多方面比中国先进，值得中国人学习，但国家利己主义的本质，却总是要压迫剥削比他们落后的民族的。中国人走向世界、接触西方，既有一个学习外国长处的问题，又有一个抵抗外国侵略的问题，盲目排外和盲目崇外都是错误的。对于某些作品中不免流露的这类观点，我们将在为各书撰写的叙论中，适当地作些分析，供读者参考。

“洋为中用”是我们今天的主张，也是十九世纪先进的中国人的主张。“师夷长技以制夷”，不就是“洋为中用”吗？当然，随着接触和认识的逐步深入，人们慢慢地看出：仅仅学一点“长技”，搞一点坚船利炮，还是不行的；要救国，只有维新，维新行不通，就只有革命。伟大的革命先行者孙中山，用他自己的话来说，也是在一八七八年出国以后，“始见轮舟之奇、沧海之阔，自是有慕西学之心，穷天地之想”，才树立了推翻清朝建立民国的大志和信心。历史无情亦有情，后人的思想和事业肯定要超越前人，但前人的足迹总可以留作后人借鉴，先行者总是值得纪念的。

今天的世界已不是十九世纪的世界，今天的中国更不是清朝末年的中国。今日之中国，已经逐渐以现代的面貌，出现在世界的东方。但是，世界的进步越来越快，中国的经济和文化等许多方面还需要不断地发展和提高；这就必需继续打开眼界、走向世界。打开眼界以后，还要学会分析，分清好的和坏的。一切好的东西，要拿来为我所用；一切有害的东西，要实行抵制和预防。在这方面，前人的经验和教训，有一些也仍然值得我们注意。

谨将这套丛书奉献给爱好历史和文化、关心中国和世界的读者，希望它能在中国现代化的过程中，起到一点微薄的作用，是为序。

丛书凡例

一、“走向世界丛书”一九八六年前已刊三十五种，二〇一五年起仍按原定一百种的计划继续刊行，仍然专收现代以前用文言写作的国人考察西方（含开国后的日本）的记述，仍以亲身经历、直接闻见者为限。

二、丛书按作者出国年月排列次序，尽量单行，即以一种为一册；字数过少无法单行者，才以两种或数种合订成册。合订本尽可能以类相从，按第一种出国年月排序；其各种均在封面列出书名，书脊则只列出第一种书名，并在其下注明“等几种”（另有附录者则注明“附几种”）。

三、每种（册）书前，均由编校者撰写导言（叙论），介绍作者有关背景和书中重要内容，酌加评论分析，以供读者参考。

四、丛书均经编校者校订，标点分段，并加边批。边批的内容主要包括三个方面，兹以《随使德国记》为例，举示如下：

1. 标题、提要和说明，如“星使由苏州来”、“普鲁士分一十二省”、“演八十日环游地球的故事”、“如夫人即赛金花”、“‘人工’今皆称工人”。

2. 书中较重要的译名（加括弧注出原文或今译），如“德璀琳（Detring）”、“毕驯马（俾斯麦）”、“布莱门（不来梅）”、“德利风（电话）”。

3. 原文的订正和存疑，如“‘公司船’原无船字”、“‘骁勇’原作‘骑勇’”、“‘薛福成’成字原作辰”、“奥京立斯本应是维也纳”。

五、每种书后，均附人名索引，人名依首字笔画和一丨丿丶乚排列，按年、月、日三节数字查检（正文单页码下均有年、月、日三节数字备查）。如德璀琳之“德”字为十五画，于索引“十五画”内检得其名下首列“13，8，17”，查正文“13，8，17”在P. 3下，即可在P. 3上找到

（光绪十三年八月）十七日“乘肩舆往拜税务司德璀琳”的记载。

六、每种书后，一般附有译名简释（今昔译名对照，必要时并加说明），亦依首字笔画和一丨丿丶乚排列。如“卜兰墩浦 Brandenburg，勃兰登堡”，又如“勺勾腊 chocolate，巧克力”。

七、人名索引和译名简释的条目，并不限于边批中所举者；边批中所举者，则必皆收入索引和简释。

八、人名索引按年、月、日三节数字查检，其原书不著年、月、日者，则按篇章序号或页码查检。

九、原文因排印（抄写）而出现的明显的文字错误径予改正，不在边批中注出。

十、原文中同一外国地名而译文不一，如缪祐孙《俄游汇编》中“彼得堡”就有“比得堡”“彼德堡”等异文，因其无碍阅读，故一仍其旧，不予统一。

十一、原文中之统计数字亦一仍其旧。有的表格中之中文或汉码数字，为方便阅读，改为阿拉伯数字。个别已经失去时效、并无参考价值的统计表格，则在说明情况后删去。

十二、丛书以简体汉字印行。除总序、凡例外，编校者所作导言（叙论）、边批、索引中涉及的数字均按现行规定采用阿拉伯数字。

叙论：
抗争与无奈——张荫桓出使三洲的得与失□

鄢　琨

张荫桓（1837—1900），字樵野，广东南海人。少应童试不授，“纳赀为知县，铨山东。巡抚阎敬铭、丁宝桢先后器异之，数荐至道员。光绪二年，权登莱青道……七年，授安徽徽宁池太广道……明年，迁按察使。征还，赏三品京堂，命直总理各国事务衙门”（《清史稿》）。光绪十一年，经李鸿章保荐，充任出使美国、日斯巴弥亚（西班牙）和秘鲁三国大臣，任内除太常寺卿，转通政司副使。光绪十六年回国，仍直总理衙门。后累迁户部左侍郎。光绪二十年甲午战争爆发，年底，张荫桓奉命与湖南巡抚邵友濂为全权大臣，东渡日本议和，被日本拒绝，开议未成。光绪二十四年，京师设矿务铁路总局，张荫桓被命主事。是年戊戌变法，他力主学习西方，进行变革，深得光绪帝信任，屡蒙召见。他还与康有为往还甚密，并向光绪密荐康氏。变法失败后，他被革职抄家，谪戍新疆。两年后，义和团变起，“用事者矫诏僇异己”，将他论斩戍所。次年，因美英驻华公使照会，乃得平反。

张荫桓“精明练达，熟悉洋务”、“于中外交涉事宜，刚柔得中，能当大体”，被认为是晚清难得的绝域使才。

《三洲日记》是张荫桓出使美国、西班牙和秘鲁三国期间所记。日记起自光绪十二年二月初八，止于光绪十五年十一月十三日。光绪十六年初张荫桓回国复命，按规定将日记抄录，进呈总理衙门，分十六卷，称《奉使日记》。后经本人修订为八卷本的《三洲日记》，于光绪二十二年在北京刊行。光绪三十二年冬在上海再次印行，为石印本，亦即此次整理出版所据底本。

《三洲日记》内容丰富，记载翔实，文字简练生动，有很高的文史价值，是清末众多驻外使节使外日记中的上品。

张荫桓此次出使，重点是排华运动已成燎原之势的美国。

从19世纪50年代起，数以十万计的华工来到劳动力匮乏的美国西部，修铁路，开矿山，为西部开发作出了重大贡献。当西部开发基本完成、劳动力相对过剩时，美国各地相继发生排华事件，驱逐、抢劫乃至屠杀华工的暴行连续不断。1882 年臭名昭著的美国排华法案更使排华成为美国国策，排华暴行更是愈演愈烈。著名的如光绪十年“七月二十五日洛市丙冷埠一案，惨杀廖臣颂等二十八命，伤十五人，焚毁铺屋财物值十四万馀元；七月二十八日舍路埠一案，惨杀莫月英等三命，焚烧煤厂，约值数万，旋将华人尽逐；八月十一日，倒路粉坑一案，枉杀李驹南等五命……其馀密谋杀害，不可胜纪”（《清史稿·邦交四》）。

张荫桓的前任郑藻如已就洛市丙冷等案向美方分别提出交涉，要求赔偿。美国政府仅就洛案口头应允赔偿，但最终要等议会讨论批准，其他几案则无说法。同时，美国也提出另签限制华工条约。由于郑藻如在交涉中只以索赔为重点，而几乎放弃了难度更大的惩凶；郑对签订新约提出自禁华工赴美的建议，则遭到张之洞等重臣的反对。由此留给继任的张荫桓的空间已很有限，要完成索赔、惩凶、签约及提供领事保护的任务，自是极其艰难。《三洲日记》详细地记录了这一艰难的过程。

光绪十二年三月初四日，张氏一行刚到美国，就见识了美国官员的无理刁难：“晨起抵金山口……正在搬运行李，而税司黑假以索阅国书为词，阻碍登岸。当诘以税关无接阅国书之权……周旋甚久，而税司之见仍未销融。复告以迟迟不登岸，或原船回华，未尝不可，国书则断难给阅。”最后，税司的上司怕无法收场，出面“婉请登岸”。首个回合，张氏即展示了不辱使命的坚定立场。

从金山赴华盛顿的途中，所经各埠“华民箪食壶浆”来迎，诉说“客岁今春土人谋驱逐、谋炸陷，几不安生，大有风鹤之感……性命之虞”。还有来递呈词的：“则新蕾命案也，痛述刘、赵两人冤枉，恳予平反。”张氏深感责任重大，表示：“余奉命远来，保护商民，责无旁贷”、“吾侪不能拯水火而慰云霓，良兹愧耳！”

甫至华盛顿任上，张荫桓即面临棘手的局面：迫害华人的积案未销，美国议院又“新立补正限制华人例，条目甚苛”。张荫桓立即与美国外部（国务院）反复严正交涉：“论议院补正新例不符续约，大损华商、华工生计，须另议”，“促办洛士丙冷各案”，“催外部，饬办槐花园命案。因闻犯供狡翻避就，故先发制之”。

而美方则一面以洛案赔偿须等议会通过为由，推诿敷衍，一拖再拖，直到8月“美议院已散，洛案赔款竟搁置不议”；12月议会重开，“美总统谕议院诸条所论中美交涉事……限制华工之意尤为侧重……而于应偿中国之款乃不着一字，亦无意于办凶”。一面又节外生枝，“欲将洛士丙冷赔款与限制华工事并议”。张氏愤慨地指出：“美不定赔款而急议限制，辟之负人债项靳不清偿，而别作种种方法严拒其人不许入门，岂不可笑？”

对于命案惩凶，美国司法机构更不予理会：“金山巡抚近释凶犯四人，皆五年前虐待华人者，原判以监禁终身，刻竟保释”；“本年正月五日攻劫华人恶党获案后，问官竟于本月一号判释”。甚至倒打一耙：“又槐花园案，其陪审人乃谓华人先发，洋人自顾性命因而回击，问官亦遂释之。”张氏当即指明其谬：“华人被击时均在睡梦中，安能放枪自卫？”“华人所住布帐，枪弹洞穿之孔，其弹均自外入，绝无自内打出者，可见华人先发之说为大谬。”美国政府又以不便干预司法来推托：“照复槐花园命案凶犯已释，不能再拿……均不便干预。”以致张氏感叹：尚有天日哉！

在交涉过程中，张荫桓一面根据国际公法和中美有关条约据理力争，一面与美国各界人士接触，寻求支持。他拜会华盛顿主教车士达，“晓之曰：设美国教士在华有此等事，又将何处？……中国地方官亦无不照约保护。特美国虐待华人至此，……此等惨酷之事，耶稣有知，亦当降罚”。车士达不久后便在日报上“援鄙言以劝工党改过迁善”。他又与议绅多福、巴拿蛮、士丹佛等人多次交往，取得了他们对赔款一案的支持。他的努力也得到一些有正义感的媒体的支持：“《夏卢报》云：前者上议院议定一款，责成外部大臣确查怀阿明属邦驱逐华人失款实数，并经筹款，以备清偿。至今已逾两月，而下议院尚未议及，……我美寓华商民教士及本国稍有天良者，无不盼望早日议成。”“美日报述美都察院裴露批案云，两议院有专议保护华人之权，应速议以为定例。……强夺别国人应享利益，即是强阻申行合众国之法纪也。”

在张荫桓顽强的争辩和舆论的压力下，美国国会终于在光绪十三年正月十八日通过了洛案赔偿决议，赔款洋银十四万馀元。后来，又对舍路、士哥、槐花园等其他八案索赔洋银二十七万馀元。由于“美例从无赔偿之事”，这样的外交成绩对已沦为半封建半殖民地的中国尚是首次。张荫桓一面聊感自慰，一面也因命案未能惩凶，“人命未抵，究不惬意”。

张荫桓此行的另一任务——签约，则遇到了更大的麻烦。排华法案使光绪六年所签的《中美续约》已成空文，美方遂提出签订新的中美条约。执政的民主党意图以此约来进一步限制华工，取悦选民。前任公使郑藻如则为预防华工再遭残害，建议自禁华工赴美，曾得到总理衙门的首肯并通告了美方。鉴于形势，张荫桓也认可郑藻如“曲突徙薪”之意；而此时，他还面临着美国议员新提出的条件更苛的“新议”，以及国内大员对自禁的反对。处于夹缝中的他，以“惟在寓美华人责以照约保护为至要……彼以限制设词，我以保护立论”为宗旨，从光绪十三年初开始，就签约一事与美方展开了艰难的拉锯式谈判：“今日译出巴夏来文，欲订限制华工之约，要以三十年，而于保护之款仍只带叙数语，至积案未清则迄无一言，当痛驳之。”“巴夏意在限制，余意在保护，彼此辩论逾时。”……因分歧太大，谈判一度中止了四个月方又重启，最终达成妥协，于次年二月初一签订了《中美新约》六款。主要内容有：一、在20年内禁止华工来美；二、该禁律不适用于寓美华工有父母正妻儿女，或有产业值银千元，或有经手账目千元未清者；三、华人往美传教、学习、贸易、游历者不受此限；四、美国给寓美华人以最惠国侨民所享有之一切权利，美国将“尽全力保护在美华人之身命财产”。

新约签订，在中美两国都引起了一片哗然。因新约有保护华人的内容，“不洽美西各省之心”，美国“金山画报以新约之订，美总统、外部为余所压，一手掩其目，一手扼其吭，绘为画报以供谐谑”，《旧金山公报》社论更直斥新约为“政府最无耻的背叛”。国内张之洞、李鸿章亦呈递公禀，以“新约限禁二十年，与庚辰约并非禁止前往者迥殊”，阻止朝廷批准，“各口怨谤沸腾，布为说帖”，连在美华人都表示反对。清政府乃一拖再拖，迟迟不予批准。美国国会借机“不候此约消息而自立例”，于是年八月通过更严厉的“新例”（斯各特法令），规定：“凡华工无论前曾在美，或现时，或将来，一离美境，均不准复来居住……”新约于是成为一纸废文。尽管张荫桓一再抗议，指明“新例”违约、非法，并警告“按之公法，华人因新例所受损失，亦应惟美廷是问”。但外交是以实力为后盾的，清政府终不敢采取“抵制之法，稍示报复”。张氏争辩了近一年，毫无结果。（后经继任的公使崔国因、杨儒长达六年的周旋，终于在张荫桓所拟原稿的基础上，达成《中美会订限禁来美华工保护寓美华人条款（六款）》。但美国并无诚意守约，1904 年国会又通过了将所有排华法案无限期延长的议案。直至 1943 年，排华法案才被废除。2012年，美国才以立法形式就1882年的《排华法案》，以“遗憾”为辞道歉。)

张荫桓在日记中，还记述了美国、古巴、秘鲁等国华人的生存状况，以及他为华人提供领事保护的努力。

“华人谋生外国垂二百万人，即美、日、秘三国亦逾三十万。”“大抵华人初至之地，辄厚遇之以广招徕，及开辟有基，生意渐繁，则苛例起矣……华人海外谋生之难，大可慨矣。”“华人谋利无远弗届，由旧金山而秘鲁而巴拿马，愈拓愈广，亦不惮劳苦，其志可矜。特不甚联络，终不足以敌西商耳。”“巴拿马、哥浪两埠相接，华人营生于此者垂五千人，商多工少，故不为彼族所轻。”“莲芳公司，此华商之极体面者，专售西人货物，不兼设华人赌局，铺面俨然西商，华人来美若得类此者数十家，差免彼族之易视矣。”

但华人社会内部不团结，常有“堂斗”，更成为外人排华的口实。“寓美华人各联宗盟以结党与……于是刘、关、张、赵四姓援三国演义而自为龙冈公所，榜曰‘名义堂’……真可发噱。”“金山……华人会党有遂胜堂、睦亲堂、秉公堂、协英堂、瑞端堂等，纷纷恃众行凶，在戏园公众之地打死人命……土匪不难由此而起与华人为难，或逐出埠，其时虽衙门亦无权保护。……华人自伤其类，此召侮之尤者。”为此，张荫桓一到美国，便发出告示：“欲令华人不为洋人所欺，必先令华人自相和洽……

离家数万里，不思同舟共济，惟务同类伤残，此种气象何以自全?”除劝导外，他提出牵连本籍的警告：“不知悛改，仍有寻殴互斗等事，一经领事禀报，本大臣惟有按名咨会原籍，设法究治以儆效尤而安良善。”

他还设法救济华人的困厄：“华人在鸟约佣工者几五千人，大都以洗衣为业，尚能自给。惟有病则苦无医调之所……因与希梁商设中华医院，捐留百金以为之倡。”“金山又有诱拐迫娼之事，为番禺陈氏妇，陈姓之寓金者禀乞查理，已批交领事……当咨香帅按名拿究，幸此妇业经提送回粤。”尤其是新蕾命案，“聚讼三年，前任深以为忧”，张氏“托科律师力为斡旋”，经一年的努力，蒙冤的六名华人终于获释，“此案幸活数命，天道犹昭昭也”。在美国实施“新例”后，他又为刚到美国而不准登岸之华工以及“古巴华人假道回华者，轮船不敢装载”极力争取，“续到华工百人……得上岸者五十六人”。

张荫桓在公使任期内，仅于光绪十三年四月至六月间去西班牙、光绪十四年四月至九月间去秘鲁、光绪十五年底至十六年初去古巴驻节，由于路途遥远，实际待的时间都不长。对华侨的保护工作主要通过驻古巴、巴拿马、秘鲁、墨西哥等地的使领人员来进行。西班牙在亚洲的殖民地小吕宋（菲律宾）华人众多，却未设领事，华人“遭害之案甚多”。张荫桓到任后即多次与西班牙外务部交涉设领，到马德里后即与西商务总办米阿斯多次会谈，并以要求西班牙赔偿1867年以来违最惠国之约多征收小吕宋华人税款为筹码。但西班牙政府顾虑“中国设官后吕督不便滥征华人，国用岁阙数十万，又吕督赴任均费重资营谋，下车之始辄得陋规十馀万，中国设官则局面顿改”，遂“拓为宕局”。交涉耗时经年，终被无理拒绝。（直到1900年，清政府才在小吕宋设立领事。）

张荫桓早在当地方小官时，就以“生长海隅，熟悉洋务，而于炮台机器各事，在粤时常与西人讲求，闻见极多”，被山东巡抚丁宝桢保荐。这次出使，有了实地观察的机会，张荫桓更是以浓厚的兴趣，关注他接触到的各种事物。

在日记中，他全文照录了长达九千字的美国合邦盟约译文，认为“美为民主之国，应译其创国例备览”，介绍美国“三权分立”的目的是“益巩固、昭公义、保安居、敦守卫，兴利除弊，爰及后裔，永享自由之福”。除照录外，他还加按语说明：“按合众国政治分三门：一曰行法司，总统是也；一曰立法司，国会是也；一曰定法司，律政院是也。”“按各邦会亦分上、下两院，其绅士由民间投筹公举，举法各殊，有男女皆准投筹者，有不准妇人投筹者……”“此项译文，不知吾华有无刊本，录于简端，以资考核。”

日记中还详细介绍了各邦的面积、人口、议员人数及按人口分配议员名额的制度：“美议院……议绅视邦省人数多寡而公推，上院有定，下院无定，各有专司。美政所从出，总统高拱仰承画诺而已。”以及三权分立的特点：“美廷诸臣各附其党，咸随总统为去留，惟合众国按察司屹立不动……权力极大。民主之国政由议院，而法司之权自若也。”“美为民政之国，权操自下，总统坐啸画诺而已，中国能之乎？”

妇女争取普遍的选举权的活动，也令他感到新鲜：“西俗重女，而美又民政之国，人得自主，但每届举总统议绅，皆各省士庶而不及妇人，于是乃为一会，以争权利。”

虽然他只是以旁观者的立场，不加褒贬地介绍，但日记是要呈报总署备案，后来又公开出版的，他从中探求美国富强之机，以资国人借鉴的意图还是明显的。

他介绍美国的军事制度时，笔底就多了赞赏的色彩：“各兵队中另有发饷之人，不出诸营官统领之手，各兵领饷必自行签名”，且管饷之员不受带兵官节制，所以“官兵却无侵蚀空旷，宜其兵队之整而战胜之易”；而且“兵少饷足，宜其顾眄自雄也”。这里实际上是与中国由带兵的官员发饷，克扣兵饷成风，而且冗兵缺饷，以致士气低落作了暗中比较。他尤其赞赏美国优养老病军兵的制度，在参观过“水木明瑟，楼台如画”的荣军院后，感慨道：“千金市骨，殆有过之！”

虽然在谈判桌上针锋相对，但在日常接触中，他对美国政界、官界的平民作风则很是欣赏：他在去商店的途中“遇总统与妇同车，意甚自得，民政之国，洒脱乃尔”。

他还记述了总统与户部大臣并辔外出时，制伏惊奔之马救一妇人的事，大加赞赏。他在火车上遇美海军部长“独行萧然，无达官气”，而“中国水师提镇出入尚不知如许赫赫”，大感“美政之简如此”。他看到“美都画报绘一大象，其面目如今总统，豢象者为外部吶嗹……情状可笑”，感慨“民主之国，不以为毁谤也”。最精彩的是，他生动地记述了美总统在一次新闻馆主笔人聚会上的即席发言：“至则满座拍掌，少顷总统至，亦如之。总统立讲一遍，大意谓新闻主笔诸君并于此时会食，殆无暇骂人矣，闻者绝倒。徐言今晚应到之地甚多，然本心所愿，欲在此席长坐，闻者亦拍掌。奉以卮酒，总统举爵曰：‘我甚不愿行，无如会首不准我人情，现只有十二分钟工夫耳。’随说随笑而去，群欢送之。在坐约二百馀人。”欣赏之意溢于言表。

自居天朝的中国礼仪制度等级森严，曾给外交带来很多麻烦，张荫桓对此深有感触。因此，他在出使期间，对各种外交场合的礼仪细节均作了详细记载。

日记中许多记述看似不持立场，但多少也透露出西方制度对他思想的触动。张荫桓是个较为开放、务实的人，并不囿于固守祖宗成法。日记中论及粤中盐务时，曾表示“果能便民，变法何害也”。日记中还提到日本变法：“日本将沿西俗设议院，拟仿英国君民共主之意。”评价说：“倭政屡改，或亦嘉其善变。”正因有了出使这几年对西方制度的观察，他才能在戊戌年间以洋务大臣身份支持变法，“晓然于欧美富强之机，每为皇上讲述，上喜闻之，不时召见”，“启诱圣聪，多赖其力”；并在光绪帝支持下不顾守旧大臣的反对，参照西法革新外交礼仪，使中国的外交行为规范开始与国际惯例接轨。

张荫桓出使之时，正是中国近代矿业、电报业、邮政、铁路等行业相继出现的时期，为国内建设寻求“他山之石”，自然成了关心洋务的张氏出使日记的重要内容。

他在美国深感火车铁路的便利：“美国火车铁轨四通八达，无远弗届”，客车车厢的设施完备，“环球以美为最”。他多次向西人询问有关铁路的修筑、经营之事：“美擅铁路之利，环球各国首屈一指，桥梁之制极巩固”，“乌约铁线桥……火车公司则岁输有常，不系乎搭客多寡也。昼夜不舍，获利颇厚”，“略考日国舆地政俗情形……铁路通长约六千里，电线一万一千里”。他认为铁路能富国利民，“铁路四通，货车络绎，贫者得以食力糊口，富者因而居积取盈”。他访格兰特总统之家，其妻“力劝速开铁路通火车，宜筹虑周远，控制邻国”，张氏赞其“持论宏通”。此时正是主张修铁路的李鸿章等人与反对的顽固派争执不下之际，张荫桓不仅远为声援，还为草创阶段的津沽铁路建言出力：“阅新闻纸……火车本极捷速，而时有失事……津沽近筑火车路，其亦考求明晰否？意外之险固亦数见，然偶触其险，遂屏而不御，亦犹因噎废食耳”，“夏间天津托雇铁路华工，务选好手，领事竭力劝导，华佣乃舍其现成工业，承召回华”。

张氏出使前，李鸿章“欲创设银行，朝论多不洽”，曾托他说“银行章程美国最善，属觅精本”。他在美国乃多与银行家打交道，了解有关银行、保险、股票等业务知识，除搜集美国银行章程三本寄李，并“略言美国银行大致”，还提出了许多建议。

张荫桓认为“惟有采矿即可富国”，对盛宣怀为山东矿局托觅金矿师之事很是上心。赴美航船上遇见侨居金山操矿业近三十年的粤人甘霖，“述金山今昔情形颇详。所营金矿以水机淘洗，事半功倍。因举莱莒矿事询之，霖言金山无此佳矿，惟须经理得宜”，即“寄山东矿局书荐甘霖”。在华盛顿与以开矿致富的议员士雕鹘“谈矿务……言华人之业矿者大有能手……中国开矿，不如择此类三五人回华办理，当有明效”，又写信给山东矿局，详述此事；并“不惮烦琐”，多次建议“开矿用洋匠，实糜费，宜多招金山华工”。他还和自华回美的矿师阿希、谷士等人交往，了解中国的矿藏及探矿等情，“吾华佳矿甚多，惜未开采”，“山西煤铁之佳，强于倭产，五金之矿亦富”。

张荫桓十分关心当时的北洋海军的建设，虽然身在海外，仍与国内要员书信商谈海军之事。他认为美国“保富之道”，全靠以海军掌握制海权，渐臻强盛；“此行历东、西大洋，环地球一周，甚欲觅一海门能副闭关绝市之论，竟不可得，若是则海军之设，其可缓乎?”

张荫桓对美国、西班牙的邮政建设也十分关注，多次“询邮政部事”，并与中国电报局“开办至今抵偿未了”对比，认为泰西邮政“立法甚善”，索要其“现办章程”以资借鉴。他建议国内“设官信局如泰西邮政之式以便民”，还与英国大使及美国外部议及设中国书信局与中美信局之事。

他参观了美国的制币厂，赞叹其“格物之精”和“立法甚周”，乃详细记述其生产流程，“欲博考西制以告大农（户部）”，并对日本人已捷足先登深有感触：“乃倭人用心尤切，果遣人赴厂学制铜板……与诸美工埋头工作，宛然成章，可畏也。”

他根据自己的观察对国内时务提出的建议，在当时尚未被重视：“邮政局事，总署尚未深信，银行事则议者纷然，尤不敢着手。”但这些知识的储备，无疑为他后来成为洋务大臣，在国内主持发行昭信股票及主事矿务铁路总局，打下了一定的基础。

除关注上述“时务要端”外，张荫桓对西方的诸多“奇器”都有浓厚的兴趣，如洒水车“车行机动，水从管出，沾溉甚匀。随有大车，刷埽亦藏机车中，随行随埽……极洁净”；救火车“运机喷薄，火已灭矣……规制甚善……故扑救之速，鲜有延烧”；热气球“已能渡英法交界之海”；“德律风（电话）之器，西俗盛行……为用较电报为捷”；录音机“就管发言，下有纸筒……取筒寄远则声音宛如”；电扇“电机一运，凉风自生，声如山瀑，凡热皆祛矣”。甚至到蜡偶院观蜡偶与人对弈，“蜡偶为埃及装束……左手持印度烟袋，右手举棋。每有妙着辄自点头，若甚得意”，连胜数人。对这种把戏他“难测其妙”，居然连去看了三次。

他一方面感叹西人的创新精神：“西人因风筝而悟电线之制，因沸水而悟士颠气之制，可云善悟”；一方面又认为“以奇器代人工，西俗生齿不繁之地宜也”，于人口繁多的中国并不适宜。

张荫桓日记中还记载了许多西方的异俗。有令他觉得“西人伦纪之道颇难索解”的：洋员麦治“每月必寄钱物博父母欢，为西人所罕。询以所爱何先，则曰妻第一，女第二，子第三，父母第四”；“巴夏持妇服甚切，不拜客，不预总统婚筵，乃不禁其子母丧纳妇”；“谈臣鳏居华屋，子女相依，绰有馀地，子既纳妇，即令赁庑于外”；老人百贾“行年八十二岁，步履少涩，上下楼梯其子绝不理会”；“西俗生子无乳哺之恩，但饮以牛羊酪……所谓子生三年，然后免于父母之怀者，诧为奇事，故人子之报也亦薄”。

也有他觉得可以二分的：比邻富媪嫁女请他观礼，“客有询中国婚礼者，余略举父母之命，媒妁之言，及亲迎、合卺、庙见之仪告之，客乃大诧西俗之简”；“西人以免冠为敬，中国以衣冠为礼”，“我之不能不冠，犹尔之不能冠也。中西殊制，岂能强同。”

“西俗重女”的风俗，也是他经常关注的，口吻则平和多了，或因于公共场合不得不遵从之故：“美各部书佣，男女并用……女工可以谋食。其俗无虑男女，六岁以上不向学读书，即责其父母”；美国妇人力争选举权利，“公推其妇为首，广延宾客以鸣其盛”；美城乡街车上“若男客满而女客后至，则男客起立让之”；社交场合官绅皆偕女眷出席，甚至“秘都风俗，有公使到国，其故家巨室多来拜，先之以妇人名刺”。

也有明确直斥为弊的，如“西俗女子订婚类皆自择”。有某按察司之女自择窭人子为配，遭父母所阻，遂服药自裁，张氏反而指责“西俗自为婚配流弊至此”。

从根本上来说，张荫桓对西方文明的接受，终跳不出“中体西学”的圈子：“格物工夫，西人讲究不爽，若衡论义理，则中国五千馀年愈研愈精，西人不逮。若合中西融会贯通，斯为得之。”

张荫桓在公使任上还办了两件事：在金山、古巴、秘鲁等地兴办华人医院和华人中西学堂，而对办学倾注精力更多。

他在美国“见西童能言中国口岸厄塞，甚奇之，问俗略久，乃悉所学之有自也”；由是感叹“自有轮帆而海外四洲几无隔阂，及今而不明五方书计，尤无所措手，京师同文馆、津粤沪之西学堂，其可缓乎”？他主张学习西学要从幼童开始，但这还不是他在海外办学的首要目的。他认为："华童生长秘鲁，习染甚深，若不导以诗书，久将忘本来面目，视储材之意尤亟。"因此，他提出先要"专习汉学，先激其水源本木之思，苟有进境，再拓以西学"。这也是当时洋务派"中学为体，西学为用"的一贯主张。

在海外办学困难重重。张荫桓从筹集经费、寻找校址、设定学堂章程及课程、延聘管理人员与师资到学生考核，都一一过问，终于将中西学堂办了起来。如古巴中西学堂"规模渐立，学生共廿八人"，"分延中西塾师教习中文、日文，既能成诵，进习法文。文字既通，即分门学习武备、制造、算学、律例等事"，"岁终考课，中西学各取四名，两学并习，皆首取者"，也算是小有成就。

中西学堂虽初具规模，但终因清政府无款可拨，"仅靠华商捐款难持久也"，加上"中学为体"的办学思路，并不适应华人在当地的生存，以致生源受限，最终难以为继。

张荫桓出使美、西、秘四年所见所闻、所为所思及成败得失，在晚清的外交官中具有典型的意义。尽管他仍坚守封建官员的立场和"中体西学"的思路，但这几年对外国的国情体制、风土人情、科学技术的加深了解，尤其是对西方政治、经济及文化教育诸方面皆有善政可资借鉴的认识，无疑使他的思想向时代潮流靠近了一步。加上

“精强敏赡”、“警敏剛决”的才干，他后来遂成为清廷熟悉洋务的重臣，先后兼署工、刑、兵、礼、吏部五部侍郎，又主管京师矿务铁路总局，最终支持戊戌变法，成为百日维新的重要人物。虽因此召来杀身之祸，但他留在中国近代史上的足迹，终不可磨灭。

张荫桓才具非凡，诗文绘画均有名于时。著作除《三洲日记》外，还有《英轺日记》《奉使日记》《甲午日记》《戊戌日记》及《铁画楼诗集》等。

张荫桓三洲日记□

光绪十二年二月八日	香港启程
光绪十二年三月四日	抵旧金山
光绪十三年四月十日	至巴黎
光绪十三年四月二十四日	抵马德里
光绪十三年六月十二日	至伦敦
光绪十四年五月十一日	抵秘鲁
光绪十四年十二月二十九日	抵古巴
光绪十五年十一月十三日	抵香港回国

□据光绪三十二年石印本

□鄢琨校点

张荫桓三洲日记目录

黄良辉序

夫玉帛之仪娴，则干戈戢矣；词令之文赡，则猜嫌泯矣。春秋列国，盟会实繁，或陈书以修睦，或赋诗以见志。揖让而造宗社之福，谈笑而拯生灵之命。肸、婴、侨、札，麟经韪焉。然而承学之士局步乡曲，墨守训诂，无裨巨艰。琴书偃仰，止于一亩之宫；弋钓栖迟，尽于三宿之恋。求其建帆大瀛，秣驷绝域，妙达时务，动协机宜，盱衡当代，胜任者鲜。

我朝洋禁宏开，圣怀柔远；鹣落鲻部，视道若咫。关津财赋之薮，水陆绾毂之区，蛎舍蜗房，楼居相望，由是皇华之选，特重邦交。南海樵老尚书含秀河纬，作世霖楫，括地绘象，磨崖勒铭。聚米而如对狼，奇情飚翥；辟牖而欲窥乌弋，壮志虹蝘。九边吹笳，负越石之伟略；万里破浪，乘宗悫之长风。乙酉六月奉命出使美利加、日斯巴弥亚、秘鲁三国，丙戌二月展轮西行，遂历欧洲亚墨诸岛。羊胛夜熟，禹迹未至之墟；鸟羽山齐，周辙罕经之所。敦槃和会，冠佩雍容；誉洽邻封，辉增华夏。交际之暇，涉笔成录。天时寒燠，山川夷险，民俗雕朴，物产盈耗，以及中朝亲故时寄笺缯，异地官僚不乏谈论，凡有所触，例得备书。庚寅节旋，上适咨询，公因奏对详晰称旨。仲夏五月始将日记编纂进呈，有诏留览，都中人士咸欲快睹，爰取是帙，检付剞劂。燃脂暝写，宜贵洛阳五色之笺；枕秘遐探，何减方朔十洲之记？以视凫旌阴羽，爻间但列其名；露犬纨牛，王会未述其状。奇肱之车，因风偶至；长臂之服，沿流得珍。天马蒲萄，罄搜牢于荒裔；邛竹蒟酱，殚物色于殊方。转觉前贤，输兹闳览。然则登常山而获宝符，屯祈连而断右臂。强弱翕张之数，虚实避就之形，是在读者善会焉尔。

岁在旃蒙协洽陬月，汉川黄良辉谨序。

屠寄序

盖闻黄帝省方，营卫周于万国；赤县徧壤，神皋外有九州。然前史目不睹昆仑，妄辨河源之误；长老足不出安息，谬云日入匪遥。博望凿空，财通大夏；甘英临海，未达黎鞬。况乎穹员不补之区，大矩绝维之地，昼夜相反，人鬼乍分。若士瞢其东西，竖亥眯其南朔。酋豪争长，建国靳过乎百年；琛赆相望，慕义能通乎九译。我圣清化覃幽显，政在怀柔。王会之廷，缋衣冠而数贡；光国之使，犯星宿而浮槎。光绪十有一年，南海张樵野尚书奉命出使美利加、日斯巴弥亚、秘鲁三国，宣德化，固邦交，近代故事也。公量隘区中，智周象外。练习边事，通三十六国之情；广览地形，明八十一分之数。是以张旃出境，有专对之才；杖节殊庭，称肤使之选。契丹骑屋，观许将之威仪；郭震立谈，得赞普之要领。

自谓此段使事厥难有三。约法平等，损益在权；外情向背，伺我虚实。黄龙清酒，秦昭念功之词；天马蒲陶，大宛畏威之贡。汉家内治，乃班建始四条之书；唐业中衰，别立彝泰七年之策。今杖国威信，宾是遐荒，颇无缯絮之赍，饶有波涛之险。留犁挠血，未寒白水之盟；赤岭树碑，尚守神龙之誓。然言语约束，谊属羁縻，支拄岁月，讵堪长久？此一难也。

交广市舶，前代已通；江汉榷场，今日殆遍。呈表怪丽，诲诱奇淫；玉卮无当，金货外泄。帝女堙海，木石有时而穷；愚公移山，畚锸仍世而具。犹以西域本贪汉缯，北人兼嗜酪奴，交易有无，盈绌等比。近者永徽蚕种，赐入吐蕃；顾渚茗芽，移栽捐笃。资我丝荈，日月浸微。必令彼族自拔已植之根株，而训齐人不贵难得之货用。此二难也。

李斯入秦，虑见斥逐；张仪在楚，辱及棰笞。况乃边鄙流庸，依托绝域。龙支遗户，岁时私具唐衣；马流种人，子孙自别汉姓。主既畏其喧夺，客又不能取容。朝野同心，议下一切之令；载书将改，空以百口相争。此三难也。

因是三难，乃求五益。自昔闻喜制图，旁探商胡之口；衔之作记，杂采道俗之书。山川险易，经途曲折，迹匪躬履，语焉不详。海中思土，舟子之言本诬；国旧无人，鬼市之名定误。而羊胛候日，穷北有不夜之天；驼鸣知风，极西有流沙之壤。平子铜龙，远知地动之向；武乡流马，近省粮运之劳。圣贤制器利人，势非得已。不若偃师胶偶，止导荒淫；公输木鸢，自尝机巧者也。彼宛渠造舰，绝海沈行；奇肱作车，陵飙飞驾。亦思马之新炮，权舆火攻；泥盘罗之激泉，滥觞水法。匠心争巧，后出愈奇；取彼所长，致我有用。是可考工。

火浣入贡，笑魏文之失言；楛矢集庭，病陈人之寡识。河南舞马，拜伏应声；海西幻人，支解自属。袖长三丈，沃沮浮至之衣；食受五升，毗骞赠遗之器。至乃儿总树上，羔生土中；象齿若门，鸟卵如瓮。沉沙栖陆之宝，隐海藏山之琛，方国以之炫奇，君子因而多识。是可辨物。

公以侨、札之才，当骞、超之地，浮大瀛者九万里，周广轮者十二分。方朔滑稽，颇传神异；司空博物，能数家珍。举牍上陈，经留乙览。十洲三岛，咫尺聚米之中；五饵九攻，施设借箸之表。岂第备周官之外史，通别国之方言？夫首足易位，贾生谓之倒悬；骨髓有疾，越人望而却走。今之安攘，理无他术，但使尊贤上能以平吾政，强本节用以振吾财。农战并修，而赏罚之出必信；水陆虽远，而舟车之道速通。条支陆道，新通一脉之河；大秦飞桥，曾跨卅里之海。史文违合，目验能详；职方所遗，著为外纪。是可释地。

广谷大川异制，民居其间异俗，况乎政教不及，风气固殊？彼千祀无元，不置闰月；七日参礼，共事祆神。部族显立朋党之名，婚姻靡待媒妁之约。举国逐末，工数金银之钱；生民大本，翻后耒耜之教。此其所蔽也。若乃假立名王，得共和之政体；议事自下，沿樊尼之旧风。陈若鱼鳞，加有节制；法如乌杖，不立杀刑。至于绵蕞之间，亦复略可观采。宫廷赞谒，鞠躬而不顿颡；道路逢迎，免冠而行握手。出则杖策，居不裸裎，食舍箸而持割刀，衣裼裘而短右袂。此皆礼失在野，习用近华。不特五帝名官，宜访于郯子；六条作教，不绝于朝鲜而已。是可通俗。

胡墓铜棺，篆盖多象形之体；裨海石柱，遗铭近鸟迹之书。知画革旁行，亦彼中之隶变；字母反纽，实后起之梵音。论者谓汩鸿以前，同文盖远。是以粼粼冰海，崖泐幽门；杳杳澳洲，山镌画象。今拂菻古字，犹传景教流行之碑；盟古篆文，新得钦察亲军之印（印得于呼伦贝尔，蒙古篆，背镌“大德三年”，楷书）。是可征文。

翠妫法天，在璇玑而齐政；炎姬行地，媵越介以司南。饬工商之蓺，使器不外求；发山泽之藏，使货不自弃。然后荐绅之儒议和亲，介胄之士厉武备。外重番舶下碇之税，以塞其流；内弛汉物阑出之征，以广其利。就款则珠檠玉敦，而正互市之约；梗化则飙驰电掣，而奋薄伐之师。何难回驾甘泉，受呼韩之伏谒；假馆太仆，待颉利之羁降。乃若从衡连解之谋，阴阳捭阖之数，行人受命不受辞，公固未愿一一著之也。

光绪二十有二年二月，武进屠寄序于齐齐哈尔城西使馆。

阎迺竹序

南海尚书张公，尝奉使美利加、日斯巴弥亚、秘鲁三国，舟车之所经，耳目之所及，逐日笔记，始于光绪丙戌二月，迄于己丑十一月，为书八卷。既奏御矣，命迺竹雠校付刊，且敦序。谨缀言曰：昔春秋时列侯争雄长，会盟聘觭，行李往来，为命有辞，见称宣圣。盖一言之得失，而国之荣辱系焉。方今海禁宏开，合环球诸邦为一大战国，通商互市，内地杂居，华人之谋生异域，亦无虑数十万。朝廷轸念遐氓，重联与国，妙选使臣，其难其慎。顾世之猥琐者，恒昧于大体，或稍通外洋语言文字，遽翘然以为奇材。而惟其儒术者，则又一切鄙夷不屑，徒为放言高论，于险阻艰难情伪，概未究心。二者之蔽，盖交讥焉。尚书负闳通之材，膺专对之任，莅事伊始，即值美国驱逐华工，苛禁虐例，层见叠出。公反复辩论，破其谋而折其气，卒至洛士丙冷诸案，收赔款巨万，为历来办洋务之所无。盖公之信义素著，而导窾批隙，洞烛机要，其操纵缓急，运用之妙，岂猥琐执固之徒之所能及哉？韩子曰“学有经法，通知时事”，公当之矣。今观此书，于三国之山川、物产、政令、风谣以及交际之宜，有触必录，不特后之往者流鉴是编，得所凭依，即未曾游历者，亦不啻问禁问俗，盖殚见洽闻之一也。然公之所尤措意者，则在乎日用伦常之道，故于谆谕华人申动其忠爱任恤之心，而于西俗之有近似于吾道者，亦亟书之。德义礼教，固难概之彼族，而忠信笃敬，蛮貊可行。公之运量，于斯为大，此又岂庸俗人之见之所及哉？至于偶然涉笔，皆有妙趣，公之馀事，不足为公重也。

光绪丙申夏五，朝邑阎迺竹谨序。

11,6,16

卷一

光绪十一年六月十六日东明工次奉命出使美、日、秘国。八月二十七日到京请安。十月初一日奉到钦颁国书三道、敕书一道。十月十七日请训。先后两蒙召见，训诲周详，复蒙皇太后谕："尔向来办事认真，能办事人往往招忌。"跪聆感涕，虽捐糜顶踵，不足言报也。又钦奉廷寄，与张香帅会议海外事。陛辞后，寄宿恭将军宅。十九日，谒辞醇邸，承慰劳勤勉，属筹议香帅疏陈之件，期必有成，并约密电码"兵气销为日月光"七字冠首。连日，庆邸、朝邑相国、福协揆、翁大农、周少宰厚为酒醴以饯，亦以远别为念也。二十一日出京，晚宿江苏粮运局。越日，薛抚屏、胡履平来别，并言昨夜繁星皆坠，众目诧睹云。二十四日到津，晤李傅相，筹商一切。遇李仲约亲家于紫竹林，往还数次，不尽所言。旋附"海晏"船南发。途经烟台，方右民登舟展别，东海旧僚幕多来晤。山农舅氏远在平度，得信较迟，赶至烟台，“海晏”已展轮矣，为之恋恋。十一月初五日抵沪。经费拨定，拟为金陵之行。函询南洋，复以无甚要事，遂于二十五日附英公司船，二十九日至香港。紫笙舅氏，少蕚表弟，靖闾、际平叔，秀村兄，晴江、小楼弟，均在港相候。先将行李附美船寄鸟约。十二月初四日晋省会晤香帅，筹议未定。正月初七日复奉寄谕，因留驻旬日，改订船期。二月初三晚与香帅面定会奏稿。初五日到港。初六日拜发起程折并续调各员片。初七日赴港督马士之饮。

此数月中酬应纷如，返里一谒先墓，里居前后仅十七日，馀悉在省港。倪豹岑中丞绘《运甓斋话别图》为赠，并系两诗，可感也。倥偬行色，未及逐日为记，放洋后援笔编之。

光绪十二年二月初八日壬申　晴。早起得李傅相电，属援美约十八款以办朝鲜之件，又念此去煞烦辩论，特为吉语赠行。旋往华安公司诸同乡处言别，辰正返寓。马士来寓送行，朝鲜国戚闵泳翊来送，并托寄郑光禄书。午初始饭，正饬家丁检点随身行李，适香帅电询会派小吕宋南洋群岛委员薪水数目，复以照三等参赞。发电后，委员王荣和又来电请示，竟无暇复之矣。

与诸同乡话别

未正一刻登舟，诸父昆弟念兹远行，先往轮艘为之料理。香帅派海东雄兵轮导送，由寓楼至海沿，则英官列队以待，并派政务司骆檄送至舟中，华安公司自雇小轮舶拖曳民船，沿海放爆竹以壮行色。送行之客次第别去，乘间

12,2,9

至卧房易衣，周览同役各员房位，均安顿妥适矣。申正，船主来言放洋，出香港西口，绕太平山之南折而东行，海东雄兵轮港口炮台燃炮相送。

是役同行者：礼部郎中、候选知府、二等轻车都尉延龄号希九，候选知府瑞沅号仲兰，湖北候补知州易学灏号希梁，广西补用知县梁廷赞号蓬云，广西补用通判姚家禧号祝彭，浙江候补盐大使程赞清号黼堂，刑部笔帖式张泰号东岩，候选按经历江鉴号藻亭，候选县丞莫镇藩号力侯，候选县丞彭承谟号禹廷，候补守备觉罗绪龄号芝山，同知衔何慎之号绯联，候选县丞梁诚号震东，通判衔刘玉麟号宝森，举人许珏号静山，候选县丞张桐华号子豫，刑部郎中彭光誉号小圃，应用知县钱广涛号涵生，县丞衔李之骐号骀选，候选从九顾士款号敬之、邓廷铿号琴斋、张佐兴号钱伯，总署供事李春官、张丕勋，差弁陈吉胜、马宏源，二十六员，另跟役十六人。舟行无风，尚无航海之苦。同舟无西妇，行坐尤便。船主以右边两桌专备吾辈饮食，不杂西人。 同行者

初九日癸酉　晴。舟向东北行。午正悬牌，行七百三十里，为粤闽交界处。戌刻雨，微有雾，渡厦门洋。亥初停轮，子正复行。

初十日甲戌　晴。遥望台湾诸山，如在云里。巳初停轮，刻许复行。午正行八百八十里。柁楼闲眺，偶询船主，却未置备各国旗志，然此为入口不可少之物。同行彭、程两员工绘事，善渲染，因就船旗之光洁者裁制如 遥望台湾诸山

式，按图合作。暄风扇和，镜波朗澈，临渊画龙，几欲飞去，世无叶公，聊付船主。

观机器制冰

十一日乙亥　晴。午正行九百八十里，船主约观机器制冰，寒气逼人。同舟有德商士布鲁士，操织染为业，游历中国，博考良法，人甚谨愿。是夕忽置酒享客，自言今日为母氏六十生辰，举酒为庆，询其父，则年八十矣。明发之怀，西人亦不能恝然，中外一理，千古不易之经也。

十洲记

十二日丙子　晴，无风而浪。《十洲记》“水黑色谓之冥，海无风，洪波百丈”，其今日之境乎？东方朔撰《十洲记》祖洲、瀛洲、玄洲、炎洲、长洲、元洲、流洲、生洲、凤麟洲、聚窟洲，又附以沧海岛、方丈洲、博桑、蓬邱、昆仑五条，已极荒远，兹之所经，乃复过之，惜乏舒雅之才为补绘图说耳。舟中时见小岛，以海图按之，当在琉球之北，日本之南。午正行八百八十七里。夜窗骤醒，朗月入帏，海色殊佳。

约观医生种痘

十三日丁丑　晴。船主约观医生种痘，谢未往。航海章程，大舱华人须医生为种痘，以防天花传染，若舱有患者，船不得泊岸，此通例也，惟上客或西人均免。自香港展轮后皆向东北行。今日向正东行，望日本长崎诸山，蜿蜒不断，塔灯隐约于淡云碧水间。午正行一千三十六里。

抵横滨

十四日戊寅　晴。行八百八十七里。辰正抵横滨，停泊后风涛大作，遥望来船，如桔槔出没白波骇浪。横滨理事官率随员来迓，一舸冲荡，无缘相过。未正风息复来。参赞杨星垣亦自东京来，相约登岸，仲兰、震东、宝森同

12,2,15
赴东京

至理事府，饭毕坐火车赴东京。子初抵使署下榻。徐星使曾随陈副宪使美，谈美事甚悉。又历道水陆舟车劳逸之况，并言埃利士党有截害荫桓之谣，预为电告金山领事，知会巡捕照料登岸。更为添置棉夹衣、行路所需之物，东道之谊可感。香港起程时衣夹衣，舟中御棉，抵东京寒甚，竟御重裘。

访日本外务卿

十五日己卯　春分，嫩晴。访日本外务卿井上馨，窃谓略叙过客，寒暄而已。井上乃肫肫述其近政，谓欲与各国修订旧约，将各国商民之在日本者，遇事由日本办理，而举内地通商一事以相易。当告以内地通商亦有流弊，凡欲将已定之约更换，必须互衡利害，庶无后悔，井上韪之。并将美国驱逐华人近事相告，以此行为棘手。又劝考求法国律例，以便交涉，盖法国律，日本所宗也。叩以“华人被害各案，美应赔偿否”，井上沉吟久之，答曰“中日之于美民，设有此等事，美必索赔”，可谓工于词令矣。随晤其当轴伊藤博文，甚从容暇豫。出该国陆军省所制后膛枪赠李傅相，叩其铁从何来，亦购自西洋云。旋往访各国公使，无他要言，但道美事棘手，甚于《新闻日报》所云。美使哈勃初到日本，坐谈较久，故为颂祝宽慰之词，意仍不恶。闻其眷属并居使馆，奉七十衰亲航海远涉，舟中十数日不能食，及抵横滨，舟触礁石，旁皇觅舟登岸，可云险矣。西人不惮远行，现幸无恙，视若无事也。

十六日庚辰　晴。薄游上野芝山诸胜，路经红叶馆，

门垂碧柳，风景不俗。户屦已满，遂尔回车，遥见宫样雏

访德川将军墓 鬟望尘拜送。访德川将军墓，规模宏丽，尚有古风。又访奥国公使总署，旧识也。是晚日本使馆设筵欢宴，酒阑各散。子正草家书、上朝邑相国书。始购眼镜。

十七日辛巳　晴。伊藤、井上及各国公使陆续答拜，均无暇接晤，惟葡使径至厅事，遂与坐谈片刻。附火车至横滨，理事官盛筵饯送。晚宿中学馆，馆师梁生谈学中肄业课程，颇不寂寞。

启航赴美 十八日壬午　晴。晨起，驻日使馆、横滨理事各员并来送行，同驾小轮至大船，小坐而别。美水师兵官欲约晤，而加力船将展轮矣。巳正展轮向东南行，出东京海湾折向东北，午正行四十七里。自香港航海至旧金山，向以出入横滨口为奇险，过此则无触礁之虑，虽飓风淫雾，只要船主定静，司机器人毋大意，便稳渡太平洋。粤人每于此地焚黄以答神贶。日本诸山有灵慧气而乏雄厚。

十九日癸未　晴。午正行一千一百二十里，仍向东北。是日东风大作，浪打船篷，飞溅舱里，夜尤颠簸。

二十日甲申　阴，微雨。舟向正东行，天气寒甚。午正行一千零六十七里，沆瀁虹洞，轧盘涌裔，极混混沌沌之致。

二十一日乙酉　雨。午正行一千零十三里，绝无来船，时见海鸟随波上下。

二十二日丙戌　雨。午正行一千零三十三里，夜大雾。

12,2,23

二十三日丁亥　晴。午正行一千一百三十三里，顺风扬帆，西人鼓琴歌唱，以答涛声。

二十四日戊子　晴。午正行一千零八十里。航海每眩晕，此行却不甚苦，只不能食，间令庖丁制乡味，亦不下咽。水窗无俚，与希梁奕以解烦，念江皋别后不对局，垂十年，彼此了无进境，可笑。

二十五日己丑　晴。午正行一千一百五十三里。晚观西人叶子戏，两两相附，若犄角，若对垒，其戏有王、有君后、有丞相，自一点至十点，红黑两色，为方式，为桃叶式，为半朵梅花式，牧猪奴外别创一格。西历重一日。

二十六日庚寅　晴。午正行一千零九十四里。粤人甘霖，操矿业，客金山垂三十年，陈弁导之来见，述金山今昔情形颇详。所营金矿以水机淘洗，事半功倍。因举莱莒矿事询之，霖言金山无此佳矿，惟须经理得宜。渠九月回华，因许以荐往山东矿局。 水机淘金事半功倍

二十七日辛卯　阴，晨雾，午晴。行一千零八十里。甘霖复来谈矿事。

二十八日壬辰　晴。午正行一千零二十三里。船行快捷，西人置酒以劳船主，谓西历四月后便无大风。

二十九日癸巳　晴。午正行一千零九十七里。西人以舟行里数赌赛为乐，船上医生每获隽，咸嗤为潜，诣船主房问信，或未必然。

三月初一日甲午　晴。午正行一千零九十里。同使各员咸缮家书，并劝余乘此馀闲可以写信，恐抵金山日夕须

接晤宾客，无握管之暇。余感其意而有待也。

初二日乙未　晴，清明节。忆沈佺期诗“海外无寒食，春来不见饧”，为之怅然。午正行一千零二十三里。入夜风雨交作，颠簸之甚。柁楼卧房并不耐坐，独与蓬云、希梁就大餐房谈去年肇庆水灾肇罗道所筑堤埝及府关积弊事。子正解衣睡，船仍摇荡，黑甜一觉，俟波已平。

初三日丙申　阴雨。午正行九百九十里。晚饭后登柁楼，遥见灯光如星，昏黑无际涯。西人指以相示，云将进口，饬家人预检行李。

抵旧金山

初四日丁酉　雨。晨起抵金山口。领事欧阳明偕洋员傅烈秘、翻译欧阳庚、随员王国逊、郑鹏程来见。因约领事官至房舱，询金山近事，坐谈逾时。旋登柁楼晤傅烈秘各员。少顷，船亦泊岸。正在搬运行李，而税司黑假以索阅国书为词，阻碍登岸。当诘以税关无接阅国书之权，若欲展阅，须予我以能阅凭据，令傅烈秘与之辩论。适中华、三邑、冈州、阳和、合和、人和、昭一各会馆绅董来迎，遂下楼与晤，周旋甚久，而税司之见仍未销融。复告以迟迟不登岸，或原船回华，未尝不可，国书则断难给阅。税司知理不可夺，其总查官天年遂婉请登岸。即驱车就馆舍，寄榻九层楼。锦堂、傅烈秘仍来照料，因喻以税关如此无状，当往诘之。傅烈秘力述金山办事之难，唯唯而去。属锦堂电告郑光禄，转达外部。

舟行逾半月，泰西食品雅非所嗜，且时或眩浪，辄不能食。旅居九层楼，当市集之冲，车雷彻夜，并不能眠。

12,3,5

是夕订定火车，即电李傅相转醇邸“抵美一路平安”六字。

初五日戊戌 晴。天将曙，闻窗户震撼如大风雨，呼从者起视，殆层楼浇洗，水从上落，振兹奇响。建瓴之喻，及今而悟。午间法领事来，盛称锦堂之能。晚饮冈州馆，闲话故乡风味，何止猿鹤笑人？

初六日己亥 微雨。前美使镂斐迪来，谈前在中国时所办各事，多中理。中国前派学生来美学习，渠与有力，至今李傅相犹通音问。又言何天爵顷已赴华，谋办铁路。又询前日登岸情景，痛诋税务司之谬。酉正仍饮冈州馆，中华绅商之约。

前美使来访

初七日庚子 雨。法水师兵官来见，询其船只容二百吨煤，此从横滨来，倩风帆行驶。前美使士蔑枯特来见，寒暄甚殷。申初至领事署，复赴中华会馆、三邑会馆少坐。各商经客岁今春土人谋驱逐、谋炸陷，几不安生，大有风鹤之感。欲收庄回华，账项又难遽集，郁郁居此，又有性命之虞，未免进退维谷。二月而后，凶焰稍平，惊魂亦稍定矣。咸愿余多驻数日，备述近事。余奉命远来，保护商民，责无旁贷，遂详与抚慰。念中美通好数十年，同治七年蒲安臣之约，华人来美均有任便往来之益。其时美国志在开辟西境，招致华人惟恐不力。转瞬而火车铁路四达旁通，沿山煤铁五金之矿采拓不竭，金山荒芜之区，蔚为都会，杰构云连，商旅阗隘，微华人之力，曷克臻此？乃不数年而谋限制矣，不数年而谋驱逐矣。近且焚掠抢

与诸华商议辱华事态

美借华人开辟西境

杀，惨毒不堪。顾兹海外残黎，何以为计？是宜各谋联络，咸务正业，毋为所轻。华人数万里远来，尤当共切桑梓敬恭之意，毋分某府某州某县，旅居谋食，悉如一家。间有勃溪，诉之会馆，甚不得已，乃烦领事，务令彼族知我华人彼此相顾，庶可略免欺侮。至于未结各案，自当设法促之，无足虑也。诸绅商咸韪斯言，唯唯而退。旋至昭一公所晚酌。返寓大雨。

冈州馆

初八日辛丑　雨。仍饮冈州馆。董事吕春荣言：此华人来金山始居之地，初本海滩，支布栅以避风雨，商务渐拓，沿海砂砾逐年填筑，遂成冲衢。此馆醵金建筑，楼上供关帝，司祝者岁一易人。聚乡人投阄，近竟投至八千馀金，足供会馆岁用，不收华人出港费矣。返寓则税司黑假、总查官天年、铸银行商三人来见。黑假寒暄后，自言前日登岸时并无索阅国书之事，当系传话之讹。因船来甚速，未及迎迓，以致失礼，乞函致外部为之解铃。当告以国书非尔所能阅，尔有命运当总统时接阅不迟。黑假力言断无索阅之意，絮聒不休。因指天年语之曰："当日舟中问答情形尚记忆否？"天年但唯唯，谓实无此意，银行商董婉为缓颊，始悟黑假挟之同见，为解纷地也。

往观大画

初九日壬寅　晴。往观大画。拾级登楼，仰视黑暗，只梯罅透微光，联步毕登，却别有天地。画为拿破仑第一与英、德诸国战事。两军部伍整列，拿破仑第一策马仗剑，叱咤指挥，从十馀骑。前军已北亟抢高阜，为敌军枪炮所拒，火光并烈。法军伤亡枕藉沟中，或扶伤颠踣，或

12,3,10

裹创再接，或舆尸狂奔。其时车辆犹是牛马拖运，制作拙笨，知西制之巧亦与时俱进耳。遥望远处烟焰四起，则炮台燔矣，其光冲天，云气为赭。沿冈树木浅草苍绿如活，有枯树倒折于道，法兵败残者盔甲枪刀狼藉，撩弃若可检阅。谛视逾时，仿身在战场，不知为画，殆光学使然，特无声耳。汉桓帝时刘裒画《云汉图》，人见之觉热；画《北风图》，人见之觉寒。不假光学自成绝诣，又不可同日语也。

随至花园观华盛顿造像，园中珍禽奇兽、鳄鱼毒蟒皆备，海狗尤盛。中有圆池，就池作舟，无首尾，有帆桨，四面圜转而不能远行，游人往往于此为水嬉，舟楫之奇式也。围墙以松柏树翦蟠而成，深碧四围，视因树为屋者，别有奇想。又富有台榭，供游人憩息，金山繁扰中此为佳境。拟乘兴往观海口炮台，傅烈秘言守台官他往，遂不果。美自南北花旗争战后，兵船炮台皆旧式，数十年从未措意，只以海口有险，又僻在墨州，虽不戒备亦足自豪。归途见风筝，略如中土。晚饭杏花楼，三邑馆之约，南海举人罗熙尧主之。 欲观炮台未果

初十日癸卯　雨。观铸金银局，该局近以银钱滞消，只铸金钱，大小不一，模式尚佳。午晴，答拜镂斐迪，茶话良久，询以“前年何天爵回美愿为中国借款，与汝相商，何以无成”，镂言“尔时中法方有事，我亦因病赴他处就医，故耳”。归寓，寄山东矿局书荐甘霖。晚赴鹤山同乡之约。

十一日甲辰　晴。检行李交火车先起运。未初答拜士蜮枯特，承询中朝巨公甚挚，光绪六年中美续约即其手定，其律师之雄乎？旋赴宁阳馆之约，并往广联兴视从弟子豫病。亥正返寓，缮发总署咨，并寄北洋书、粤督书，述抵美情形。

十二日乙巳　晴。行李起运既竣，定期明日就道。子豫、骀选病不能从，留翻译相待同行，重往视之，并赴阳和会馆之约。合和、人和两会馆、龙冈公所均具柬分请，以火车期定，婉辞之，不得已，属并为一局，乃谓无以示敬，毋亦门户之见太牢乎？此行因埃利士党有截害之谣，特在金山多驻数日，各会馆公宴必赴，亦间观剧，数数出入，了无戒备。固知埃党恶言，无非虚疑恫喝，不足吓人也。晚约欧阳锦堂来寓，将应办各事预为商榷，并托寄秘鲁书。丑正睡。

士多苾利即草莓

十三日丙午　晴。辰正早饭毕，食士多苾利，绝类桑椹，颇清美。随身行李既检拾，又派定姚祝彭赴檀香山察看商务，将金山钞案付之，酌发盘川。事竣，乘马车，渡海至屋仑，附火车起程。随使济济，遂专雇两车，不杂外人。申初二刻开行。金山六会馆绅商远送至火车头，领事、翻译、随员等随车送至三十里而别。酉正过钵哥士达海港，船载火车径渡，类中土摆渡，特宽大有轮机耳。戌初二刻至沙加免杜尖，计程四百六十里。尖顿仅二十五分钟，车复行。中夜停两时许，修理机器。

过落基山脉

十四日丁未　阴，霰雪，微寒。晨起渡落机大山，松

12,3,15

毛满地，沙漠弥望。巳初至杜力机尖，行四百里，出嘉利福尼省界。申正一刻至钦哺路的尖，行五百四十七里，仍下车就食。沿坡荑柳摇曳清泉，西人制机喷水，洒溉甚远。酒帘左侧修薄丛林，颇有野趣，同人信步，忘路之远近，几误回车晷刻。气筒两摇，亟追之返乘。月夜行，积雪相映，每过雪棚黝洞，漆黑无所见，过尽豁然，若别有一境界。

十五日戊申　阴。辰初二刻至的利士尖，行一千一百二十三里，出尼华大邦界。巳刻过盐湖，不闻臭气。未初二刻至恶顿尖，行四百零七里，为乌大属境。申初三刻换车复行，经地胡路士他，译言鬼门关，亦无甚奇险。少顷，过千迈树。谚云，自此树至阿虾麻恰千迈，即中里三千三百里也。戌初三刻至伊士顿尖，行二百五十三里。薄暮奇寒，雨雪交作。此埠有华商数家，乡人李荣邦自金山电属为备馔顿，甫停车而食榼至，杯盘肴饭，错陈几榻。雪天行路数万里外，复饫乡味，尤不易得。地距洛士丙冷不远，华民箪食壶浆，意自有在，吾侪不能拯水火而慰云霓，良兹愧耳！饭罢与廖群、廖泽谈洛士丙冷案。

洛士丙冷案（罗克斯普林大屠杀）

十六日己酉　晴。巳正至拉拉米尖，行一千三百里。未初过加兰坚嫩，自恶顿至阿虾麻，以此埠为最大，怀阿明属境也。其巡抚窝伦、总兵官露尼来见，谈华民被害事，并为太息。酉正至失尼尖，行三百四十里。戌初大雷电风雨，视海上风涛声势较壮，逾时始霁，月色皎然，遥见沿山野烧。

谈华民被害事

十七日庚戌　谷雨，晴。巳刻渡米西斯比河铁桥，此河绵亘万馀里，其难治与中国黄河同。巳正二刻至阿虾麻埠，行一千三百八十里。换马车，密曹吉士巡抚阿郎来见。午刻复行，出尼不拉士格邦境。酉正至利云钵，行九百四十里，为埃阿华邦东境，过此即衣邻奴士邦矣。换车后，就车中饮食，较前为适。途间花树麦苗秀色可喜，沿畦遍筑麂篱，高下参差，若断若续，为画家增一奇境。视数日前沙砾荒凉，沃瘠之判天渊。

诗家谷（芝加哥）

十八日辛亥　晴。辰初至诗家谷，为衣邻奴士邦大镇。连日委顿，小憩旅寓一夕。贻书郑光禄，令绯联、蓬云先往美都。乡人佣趁于此者约八百人，纷来请谒，亦馈饘粥。一人徘徊不去，云留此煮粥，叩其籍，为新会人，名卢达远，手挟呈词，俟各人散后乃递。阅之，则新蕾命案也，痛述刘、赵两人冤枉，恳予平反。其人颇有肝胆，因慰劳而许以到任筹办。

十九日壬子　晴。巳初诗家谷城主熙赖臣来见，约观公估局，盖谷米牛马贸易之所。人声鼎沸，竖指为问答，旁列电筒报价，不假毛生算博士而百万生意顷刻成交。美国四大埠，诗家谷其一也，南省通衢，粮米总汇，风气尚不侈靡，犹知农家作苦之况。未正衣顿虑士巡抚阿士被来见。申刻换车行。

抵华盛顿

二十日癸丑　晴。巳刻至毕次界城尖，戌初抵华盛顿，郑光禄扶杖率从官迓之郊外，同至使馆恭请圣安后即返鸦灵顿客寓。随接见参赞诸客毕，始谋晚食，厨爨一

12,3,20

空，又不谙市沽饭店。水陆行数万里，甫下车能自为馔者殆不易易，幸派员先一宿至，汲汲张罗，否则枵腹达旦矣。使馆在华盛顿，国都西北隅，雕攀园之北，颇高敞。门外馀地间植花木，又为暗机喷水，浅草如茵。门内翻译、会客、餐饭、跳舞、打波诸房均备，且华赡宽整，故西人以此为美都广厦。惟楼高三层，绝无院落，吾辈从中国远来，惟深异乡之感而已。曩在总署与荔秋副宪访美使杨约翰，喜其园亭遐旷，广荫嘉木，厅事亦明窗净几，间询荔秋中国驻美使馆有此畅适乎？荔秋正色曰：有过之无不及。今至其地，知所见不逮所闻，且不独使馆一事。

自香港至金山，水路二万一千零三十里，自金山至美都，陆路一万一千零三十三里，水陆共三万二千零六十三里，行次逐日纪事，系以干支，至此确为三月二十日，而使馆壁悬中西合历，则为十九日，犹西人重日之说也。许静山日记言，前在舟时，曾有中国人不当在太平洋重日之说，后至金山登岸，询欧阳领事，则彼处官民咸以是日为初四日。盖华人惟据舟行所历之昼夜为凭，但知其地日出较广东早八点钟，无所谓重日也。及至华盛顿，则署中方以是日为十九日，云自陈副宪时相承不改。副宪于途中所纪东西经度既仍西人之旧，故重日亦随西人之例。其实华盛顿城在中国京师东偏一百六十六度，距昼夜分线处尚十四度，必过此十四度后，交中国偏西一百七十九度之线方为重日，以符华人西行至欧洲之历。如由此赴日斯巴弥亚，途中若不重一日，则到岸之日与中朝驻欧各国使署之

论时差

历不符。然则我中国人之重日当在由美至欧之大西洋，不当在太平洋，明矣。然虽持此论，署中笺奏公牍仍以是日为十九日，姑存是说于日记中，以告后之游美者云。静山建议颇诋荔秋不谙星历，蒙亦疑焉，细核荔秋循用之历，衡以吾华星度皆不爽。比接总署北洋电信，日干悉符，大抵京师之昼，即华盛顿之夜，似荔秋未可厚非。即星度无参差，便可中西通用，西人重日亦以合星度耳。以后日记视此编定。

力侯《重日考》地球纬线周二万五千二十迈，分三百六十度，每度六十九迈半。日在中天为午刻，次日再见日在中天为一日，历二十四点钟。凡地球一周三百六十度，需二十四点钟，每一度须四分钟。譬如船在中国向东行，每日约行六度，以在船之人而论，则自昨日之午刻至今日之午刻只二十三点钟三十六分，盖日自东至西船已去东六度矣。此船行之度，非地球旋转之度也。故船中先二十四分钟见日，中国则后二十四分钟始至午刻，方合二十四点钟之数。船渐远则见日愈早。船至旧金山，去中国一百二十度，故先八点钟已见日在中天矣；至鸟约，去中国一百七十度，故先十一点二十分钟见日在中天矣；至英伦，又远七十度，则又先四点钟四十分见日在中天矣；算至回中国原始起程之处，则是三百六十度，见日当中应早二十四点钟矣。是船行所见之日即中土次日之日也，行船者以见日太早，遂少一日，因为重日之说以补其缺云。所论尚浅显，因并识之。昔李之藻天学诸书留意西学，却未

重日之说

12,3,21

预计后有使者远涉外洋，为之推阐历日，惟事考究理器，惜哉。

二十一日甲寅　晴。郑光禄见示清折，皆客主往来之仪，及函商总署候复之件，又与商新旧任各事。

二十二日乙卯　晴。电粤督到美日期。重访郑光禄，长谈。其参赞携铁印来，又开具使者初到事宜，谓延希九曰：此铁印为历任与外部公牍往来钤用，视部颁关防尤要。余语希九：既如此郑重，盍俟送印时并送可乎？参赞怫然，拂袖径去，并事宜单而裂之。希九甚骇，余亦莫喻其旨。

二十三日丙辰　晴。照会外部，订见总统递国书之期。郑光禄来晤，携示要牍一簏，金山华人被害及美国限制华人各苛例办理辩驳成案馀牍，由参赞点交。是晚美绅假使署作善会，剧金充医院费，郑光禄既诺之矣。会者四百馀人，喧笑杂遝，余以未谒总统不便与会，但助善会之资，令从官代周旋。 照会美外交部

二十四日丁巳　晴。午初郑光禄差官送印，当恭设香案，望阙叩头谢恩，拜领任事。外部照复二十六日见总统递国书。午后拜发到任接篆折子。

二十五日戊午　晴。郑光禄来别，云已谒辞总统，亦有颂词，并将颂词抄示。秘鲁驻美公使爱立谟来访，未晤。

二十六日己未　晴。未初偕希九、仲兰、震东、洋员柏立赍国书至美外部，晤该部大臣巴夏，同往美宫。于是

始与巴夏相见，词色甚和，谓太平洋滨商务从此可以展拓。旋诣美宫，荔秋日记所谓蔚蓝宫也。坐候片刻，美总统企俚扶轮出见，免冠植立点首，外部巴夏旁侍，余率从官点首答之。行稍近乃宣颂词，震东翻译一遍，随将国书敬递，总统接收后即交巴夏捧持，自探夹囊取颂词宣读一遍，彼此握手而退。顺道拜客，外部随将总统颂词备函送来。晚为郑光禄饯别。

至美宫拜会总统

二十七日庚申　晴。香帅电询金山情形、郑使病状，即电复之。旋往郑寓送行，郑光禄必欲一作主人，移尊使馆饮劳同使各员，却之不恭，谈宴至亥初散。

二十八日辛酉　晴。晨起，将接交文牍移复前任，又托缴木质关防，并托寄家书。郑光禄准申初起程，率参赞从官先往车房候送，即美前总统加非被刺之地，现于壁上雕镂白石鹰，为加非题名其上，厅事宽敞，坐可数百人。西人则委内瑞辣公使在坐，掖郑光禄登车，西例之交厚者类如此。郑病稍痊，仍扶杖濒行，复感寒涕，修途劳顿，窃为悬系。其亲故辞差归者多不与同道，郑光禄亦不强之也。送行后返署，得粤中转总署电："本日奉旨，张之洞沁电已悉，洛士丙冷案尚未定议，张荫桓到后，着郑藻如暂留，会同经理，并将各案议定善后章程，再行回华。钦此。"当钦遵转电郑光禄留行。是晚子豫、骀选、宝森自金山来。

二十九日壬戌　晴。郑光禄回电，暂憩诗家谷候旨，因复为书约之。旋拜发赍递国书折、现在交涉情形片、缴销木质关防片。外部巴夏以妻丧不拜客，差帖代面。晡后车运行李均到，检收安顿。接舍路华昌公司电禀：美兵将撤，土人仍谋驱逐。

三十日癸亥　晴。晨起照会外部缓撤舍路防兵。自递国书后，暇即循例拜客，如美外部、内部、户部、兵部、水师部、邮政部、律政部、按察司、陆师将军、水师提督及上下议院议员、各国公使，到门投刺，或晤或否。美廷诸臣各附其党，咸随总统为去留，惟合众国按察司屹立不动，岁俸九千金，额设九员，堂有六员便可听断，权力极大。民主之国政由议院，而法司之权自若也。墨西哥公使罗露美忽来照会，请订期议约。当答以外国与中国通商，向系专使赴华定议。该使复来书请查阅二月杪所给前任照会，盖欲援巴西条约作底本也，因并达总署。

美廷诸臣各附其党

四月初一日甲子　晴。外部回函，舍路防兵缓撤，即电复华昌，并钞寄金山领事。日斯巴弥亚公使罅丫鸦架来见，告以暂不能赴日，先派参赞往代。

初二日乙丑　立夏，午阴欲雨。德使鸦路湾士利本来见，询中国铁路事。申初答拜百贾，年八十一矣，客粤最久，以医为业，叶昆臣之役却在行间，此时归老故乡，不谈往事。坐中悬前粤抚黄石琴小照，又什藏故粤督耆介春画像，陈设器物多粤中佳制，厅外悬陈副宪映相，亦旧识云。

初三日丙寅　晴。驻华美使田贝之兄来见，询乃弟在华境况。美国前派驻俄驻日公使科士达来见，田贝所引荐也。西俗伯叔与母舅、姨母同一称谓，与所生同产也；伯叔母、姑夫、姨夫同一称谓，内外亲不别也；从兄弟姊妹与中表同一称谓，中表可为婚配，推而至于从兄弟姊妹。异矣。

初四日丁卯　雨。得郑光禄诗家谷来电，奉旨准归，即已就道。午后香帅复电询已否返署，当照光禄来电复之。陈霭亭自古巴来。

初五日戊辰　雨。晤外部，先谢舍路留兵，次诘问金山税司阻碍登岸事，又特给予照会。美各部书佣，男女并用，其工资由考取递升，不尽请托。视部务繁简，多或二千馀人，少亦千数百人，女工可以谋食。其俗无虑男女，六岁以上不向学读书，即责其父母。

各部书佣男女并用

初六日己巳　晴。倭使九鬼来晤，颇有同文联络之雅。申初易希梁辞赴鸟约领事任，翻译刘宝森同行。美国火车铁轨四通八达，无远弗届。货车无论矣，客车分等，上等之坐有机括，能四面活转，另有烟房吸烟，避女客也；下等则二人三人共一榻，而间能就榻吸烟餐饭，或就后车，或移至榻侧。长路之车则下车就食于饭馆，为期太迫，又别一风味。睡车分上下床，合掌横排，间以帷幔，男客例居上，昏则解榻，晨起辄卷藏衾茵，析为坐具。车中另有卧房可以自为一所，能容三人，价稍昂。睡车之式，环球以美为最。

火车铁轨四通八达

初七日庚午　晴。西俗有氏族有名，其氏族或以地或以神物，君主之国则兼以爵邑，且有赐姓，然赐有定额，

12,4,8

皆勋旧也。其名刺则名在姓前，有爵者加印王帽。然往往同此氏族而乏同宗之谊，非如事华，葛藟本根，世胄遥遥，犹能按图回溯。

初八日辛未　早雨，午晴。往苏遮士龛，美国优养受伤军兵之地，水木明瑟，楼台如画，华盛顿城中最佳处。岁支养赡银一百五十万元，可谓知所养矣。老病军兵无所依倚，又不能自谋食，若不念其前劳置之度外，几何不填沟壑哉？美于此种战兵优养如是，既无愁苦怨恨之声，且增编民观感之志，千金市骨，殆有过之！美国陆兵二万六千八百名，岁饷三千九百九十二万四千七百馀元；水兵九千五百四十名，岁饷一千二百九十一万六千六百馀元。官兵均在内，兵少饷足，宜其顾盻自雄也。又民兵几二百万，儒士、医士、天文生而外，农工商贾二十岁以上四十岁以下概听征选。岁时操练一遍，无坐粮，略仿吾华寓兵于农之意。美国岁出岁入之款，总统每年辟议院之日颁论国中，亦仿吾华比较之法。 美伤兵疗养处

初九日壬申　晴。美议院每年开议总在中历冬初，发凡起例而已，议至长至前五日，耶稣生日给假十天，假满即复集，或长议或短议，间岁为之。议绅视邦省人数多寡而公推，上院有定，下院无定，各有专司。美政所从出，总统高拱仰承画诺而已。巴夏回文为金山税司引咎，而仍不免左袒。午后霭亭回古巴，子豫、藻亭、东岩、骀选同往。

初十日癸酉　晴。谈地球之学者，辄以中美球形相 中美球形相对

对，美之纽约与中国京都对，美之华盛顿都城与中国德州对。以经纬衡之，中美各居纬线五十七度，经线则中国一百一十五度，美国六十四度。京都午正，美都寅正六分，美都午正，京都戌初六分。美国形势，其通大东洋者以旧金山为要津，通大西洋者以鸟约、山丹为要津，国内湖河港汊均汇于东西两洋。金山未设火车以前，须绕越巴拿马乃抵华盛顿都城，志克庵、孙稼生之行程是也。火车初设，中经烟甸野人之境，犹有劫掠，肄业华童曾被吓。今则轮轴镳驰，几成康庄矣。

新旧教异流同源

十一日甲戌　晴。寄曾劼侯书，索映相，论粤督会疏事。西俗新旧教异流同源，而皆归宿于上帝，谓耶稣为上帝化身，救世者故崇奉唯谨。耶稣年三十而卒，生平无著述，足迹不出国门，竟能耸动西人至以其生年纪历，此大不可解者也。中西文字各殊，西教士游历吾华粗谙华文，遂举耶稣事迹附会成编，远逊佛经内典为中国文人译说者耳。

十二日乙亥　晴。西俗每年以正月、四月、六月、九月、十一月为三十日，三月、五月、七月、八月、十月、十二月为三十一日，二月为二十八日，每四年二月闰一日，周岁三百六十五日。俄罗斯、土尔其岁旦不同，犹泰亦不同。

参观博物院

十三日丙子　晴。博物院长约往游观，金石古物、五金矿质、丝布瓷漆，器用所聚，飞走鳞介，巨细不遗，满置院中，几于千门万户。华盛顿衣靴亦嵌藏于橱，又雕镂各国种人，眉目如生。惟所藏中国器物绝无佳品。光绪三年美国赛会，中国派各关税司备物与会，至今院内犹存牌坊一架，旁刊长联，李圭撰也。其极鄙陋，则所塑华人男女各像，高五六尺，冠服失度，直刍灵之不若矣。又婚丧仪仗，又鸦片烟具，琐屑之极。

十四日丁丑　晴。香帅电会疏：今日奉旨"该衙门知道"。现饬王荣和、余瓗治装。倭使九鬼面订十九晚餐，并偕吉田二郎来晤。吉田曾驻北京代办槚本武阳使事，总署旧识，顷驻美为鸟约总领事，略谙华语。

十五日戊寅　晴。访日斯巴弥亚公使，贺其君后生男。致许竹篑书，托就近照应延希九出入法境。美国货币一元以下用银钱，一角以下用铜钱，一元以上用金钱，近则银纸畅行，金钱嫌其重，出境则携之，较银纸能通行他国也。公法若欲本国金银钱畅销他国，须先与该国有成约，亦必须互相施报。　美国货币

十六日己卯　晴。延希九派往日都代办使事，绪芝山、徐立斋、邓琴斋偕往鸟约附船。午后寄北洋书，述酌派美、日、秘三国差使。美都各使馆皆不升旗，曩询郑光禄，谓必欲升旗须预告房东建造旗台，特各国既一律，中国历任从同，似不宜独表异，日都君主之国则不然云。

十七日庚辰　晴。课黑人治园畦。黑人者，阿非利加洲之种，其黑如漆，间焦黄，微白者则混矣。多执贱役，然性懒且不耐劳。

十八日辛巳　小满，晴。美城乡中多街车，夜间远望　美城乡多街车

如灯船。驶骋于林木间，或一马或二马牵曳，一人司机，一车能容十数人，小或五六人。若男客满而女客后至，则男客起立让之，未及码头而女客欲下，既车行之顷女客欲上，司车人须均听命。车值甚廉，然行不出境，无虑远近，只索五仙士，合中钱五十文。美都生意惟街车获利最厚，近拟改用电气，惜马力也。

檀香山大火

十九日壬午　晴。姚祝彭禀：檀香山三月十六日大火，燃烧华人寓庐十去八九，烧毙一人，伤二人，檀香山王及华商并筹拨巨款赈恤。午后接鸟约信，希九今日扬帆。晚赴倭使之约，檀使在坐，仍饫西馔，末乃以小瓷蓝和鸡子分饷，此倭制云。归署，大雨，雷电。

二十日癸未　晴。雷电之后，德律风电筒受损，响摇不辍。前驻中国公使西华自鸟约来，晤之，之罘旧识也。美都街巷均弁以各邦省之名，民居则编数目，十号以下编一字，十号以上两字，百号以上三字，千号以上四字，万号以上五字，左右相对，左奇右偶，一目了然。惟中国使馆不编号，视各部院一例。

二十一日甲申　晴。檀香山商董程汝楫、古今辉禀：三月十六日火，中华会馆被焚，工价尚短七千金。批以急谋抚绥，毋琐琐会馆工价。

二十二日乙酉　晴。燕梳儿枪厂人路连扶路来见，云

蒲安臣

与蒲安臣旧识，曾将制造枪炮诸法交蒲安臣转达中国，不悟蒲安臣遽殁，此志未伸，现制新式枪及气炮，大可适用。许以得暇往观。

12,4,23

二十三日丙戌　晴。科士达以余与田贝相识，今晚特遍约田贝亲知为会。哈利顺夫妇亦在坐，琴歌中夜而散，始食冰牛奶。

二十四日丁亥　晴。西俗权货物以十二两为一磅，屯积衡重千七百斤为一吨，其称珍珠、钻石用等子，略如中国。而微细尺则软皮为之，其度较中国差二寸。 西俗计重单位

二十五日戊子　晴。粤督咨送会奏会咨稿。美水师提督波打来见，自言久病新瘳，元气未复。美国近拟整顿水师，议院拨定四千万元添置兵船大炮，颇费经营，新铸炮口径十六寸，炮厂在把菟麦河堧。

二十六日己丑　晴。为美前总统格兰忒合窆周岁之期，偕震东赴鸟约，晡时抵埠，即驻领事署。晚饭后往访格总统之家，存问其妻子。其妻老病侵寻，犹期期以中国强盛为念，力劝速开铁路通火车，宜筹虑周远，控制邻国，持论宏通。其子当前年中法构兵时屡欲赴华投效，为部例所阻，至今言之犹有馀慨。复出示格总统战功政绩各图，又详述李傅相见待之厚。

二十七日庚寅　晴。接见中华会馆众商，询知华人在鸟约佣工者几五千人，大都以洗衣为业，尚能自给。惟有病则苦无医调之所，雇主或虑传染，辄令出外就医，西人医院又须易西装乃能进院，念之恻然。因与希梁商设中华医院，捐留百金以为之倡。 欲设中华医院

二十八日辛卯　雨，巳初始霁。各城水陆军兵列队至格总统墓致敬，军容甚整。其伤病不能行，乘车以往者，

皆格总统旧同袍也。有西妇年六十馀，戎装乘马，控纵自如，亦曾随格总统共患难者，海外女云台宜首屈一指。各队旗帜间有军中旧物，经炮子枪弹洞穿如网，亦高举以助游观，使国人知战陈之劳苦也。午后至格总统墓，赙以鲜花。车马杂遝，鼓乐喧阗，会者约二十三万人。墓碣纯用白石，制度质朴，前临海汊，轮帆赴会之人往来络绎，日晡仍未尽散。遂环绕登眺一周。西人不谙堪舆之说，往往暗合，观于格总统坟茔，堂局之佳，四面环拱之妙，虽不谈风水者，亦嘉其得地矣。格总统在位八年，以南北花旗战功而立，退位后因乃郎银行倒盘，焦灼至病，又性嗜吕宋烟，日夕呼吸，中既怫郁，烟火爇之，遂至喉烂而死。国人谈遗事者谓格总统曾乘火车失险，从窗户跳出，犹含吕宋烟。格总统有手著游历中西各国记载，国人感其功德，以五十万金遗其家，求得此书发售。

吊唁格总统

二十九日壬辰　晴。晨起接见龙冈公所各华商。午后得西华住址，遂往答拜。戌正饭毕，附火车回署。同车只一西人，甚宽适，且有售茶食酒面之属。子初就枕，闻胡琴声甚清越，美总统夫人即在后车，有援乐以娱之者。车行甚慢，展转不成眠，试卷帷，则曙矣。美都不刑人于市，亦无屠宰庖厨，所需牛羊各物悉于诗家谷运来，故虽天气渐热而无秽气。

五月初一日癸巳　晴。葡萄牙公使以美总统婚事集议致贺，各使咸集，公推葡使一人持公函往贺。美总统行年五十，初纳少妇，国内新闻纸辄揶揄之，结缡之夕即偕游

贺美总统婚事

12,5,2

山水，意在避嚣，故外部概不知会。此间驻使曰希特、曰葡萄牙、曰义大利、曰比利时、曰英吉利、曰墨西哥、曰瑞士、曰俄罗斯、曰法兰西、曰瑞典、曰德意志、曰丹马、曰日本、曰奥大利、曰和兰、曰乌拉乖、曰日斯巴弥亚、曰拉巴拉他、曰巴西、曰厄瓜尔多、曰檀香山、曰委内瑞辣、曰三多明各、曰迄地马拉，以上二十四国。秘鲁使方停派，不预斯会，希特使他出，葡使领袖耳。各国使差无期限，惟中国与日本三年为期。

初二日甲午　晴。美总统婚事，闻英、德诸国皆电贺，询之英、德两使而信，因电达总署，请旨遵行。美外部署与水师部、兵部相连，内户可通，大门各别。

初三日乙未　晴。刘湘浦由古巴总领事调充秘鲁二等参赞，顷自古巴来。晚间本署洋员柏立约茶话。归寄欧阳锦堂书，询华人积案，并告以美议院新立补正限制华人例，条目甚苛。

初四日丙申　晴。晚约日本公使九鬼、前日斯巴弥亚公使科士达、本署洋员柏立宴会中华食品，二客皆欢，柏立甚以为苦。

初五日丁酉　芒种，晴。端午节，署中循例贺节给假。早饭后访鸦灵顿，南北花旗鏖战地也。前临把菟麦河，北花旗以河为守，营垒犹存，营房外仍列田鸡炮，安不忘危之意。战事定后就地为亭，历任总统题名其上。亭外为国殇丛冢，林木阴翳，草花鲜媚。中有台榭供游人憩息，波光树色，风帆飞鸟，颇具幽趣。

考美国邦属

东北六邦

中五邦

夷考美国邦属，除哥伦米阿原属马理兰邦，因建华盛顿都城，遂自立，不归邦不为属，按正方形得平方二十五里，民居十七万七千六百三十八人。东北六邦：曰缅邦，平方五百四十五里一分，居民六十四万八千九百四十五人，上议院议绅二员，下议院议绅四员；曰纽罕什尔邦，平方二百八十九里二分，居民三十四万七千七百八十四人，上议院议绅二员，下议院议绅二员；曰洼满的邦，平方二百九十二里半，居民三万三千二百八十六人，上议院议绅二员，下议院议绅二员；曰麻沙朱色士邦，平方二百七十三里三分，居民一百七十八万三千零八十六人，上议院议绅二员，下议院议绅十二员；曰洛爱伦邦，平方一百零五里九分，居民二十七万六千五百二十八人，上议院议绅二员，下议院议绅二员；曰干捏底吉邦，平方二百一十一里八分，居民六十二万人，上议院议绅二员，下议院议绅四员。中五邦：曰鸟约邦，平方六百六十五里一分，居民五百零八万三千八百一十人，上议院议绅二员，下议院议绅三十四员；曰纽折尔西邦，平方二百六十五里二分，居民一百一十三万零八百九十三人，上议院议绅二员，下议院议绅七员；曰宾夕尔勒呢安邦，平方六百三十七里八分，居民四十六万二千七百八十六人，上议院议绅二员，下议院议绅二十八员；曰特尔拉华邦，平方一百三十五里六分，居民十四万六千六百五十四人，上议院议绅二员，下议院议绅一员；曰马理兰邦，平方三百三十二里七分，居民九十三万四千九百三十二人，上议院议绅二员，下议

12,5,5

南六邦

院议绅六员。南六邦：曰勿尔吉尼阿邦，平方六百一十八里，居民一百五十一万二千二百零三人，上议院议绅二员，下议院议绅十员；曰西勿尔吉尼阿邦，平方五百七十里七分，居民六十一万八千四百四十三人，上议院议绅二员，下议院议绅四员；曰北喀尔勒那邦，平方六百八十五里半，居民一百四十万零四十七人，上议院议绅二员，下议院议绅九员；曰南喀尔勒那邦，平方五百二十四里四分，居民九十九万五千七百零六人，上议院议绅二员，下议院议绅七员；曰若耳治邦，平方七百三十二里六分，居民一百五十三万九千零四十八人，上议院议绅二员，下议院议绅十员；曰佛勒尔勒厘邦，平方七百二十六里六分，居民二十六万七千三百五十一人，上议院议绅二员，下议院议绅二员。西二十一邦：曰倭海阿邦，平方六百零七里六分，居民三百一十九万八千二百三十九人，上议院议绅二员，下议院议绅二十一员；曰密执安邦，平方七百三十一里七分，居民一百六十三万六千三百三十一人，上议院议绅二员，下议院议绅十一员；曰阡的伊邦，平方六百零二里七分，居民一百六十四万八千七百零八人，上议院议绅二员，下议院议绅十一员；曰田纳西邦，平方六百一十五里，居民十五万四千六百六十三人，上议院议绅二员，下议院议绅十员；曰阿拉巴麻邦，平方六百八十五里半，居民一百二十六万二千七百九十四人，上议院议绅二员，下议院议绅八员；曰密士夫必邦，平方六百四十八里九分，居民一百一十三万一千五百九十二人，上议院议绅二

西二十一邦

员，下议院议绅七员；曰鲁西安纳邦，平方六百六十二里一分，居民九十四万零一百有三人，上议院议绅二员，下议院议绅六员；曰英厘安纳邦，平方五百七十一里八分，居民一百九十七万八千三百六十二人，上议院议绅二员，下议院议绅十三员；曰衣邻奴士邦，平方七百一十里，居民三百零七万八千三百六十九人，上议院议绅二员，下议院议绅二十员；曰阿甘色邦，平方六百九十六里，居民八十万二千五百六十四人，上议院议绅二员，下议院议绅五员；曰密苏尔厘邦，平方七百九十里二分，居民二百一十六万八千八百零四人，上议院议绅二员，下议院议绅十四员；曰威士甘逊邦，平方七百一十里一分，居民一百三十一万五千四百八十人，上议院议绅二员，下议院议绅九员；曰埃阿华邦，平方七百零九里八分，居民一百六十二万四千六百二十人，上议院议绅二员，下议院议绅十一员；曰得撒邦，平方一千五百四十六里半，居民一百五十九万二千五百七十四人，上议院议绅二员，下议院议绅十一员；曰嘉利福尼邦，平方一千一百九十三里七分，居民八十六万四千六百八十六人，上议院议绅二员，下议院议绅六员；曰闽昵疏大邦，平方六十三里四分，居民七十八万零八百有六人，上议院议绅二员，下议院议绅五员；曰阿利坚邦，平方九百二十九里四分，居民十七万四千七百六十七人，上议院议绅二员，下议院议绅一员；曰甘色士邦，平方八百五十九里二分，居民九十九万五千九百六十六人，上议院议绅二员，下议院议绅七员；曰尼不拉士格

12,5,5

邦，平方八百三十一里六分，居民四十五万二千四百三十三人，上议院议绅二员，下议院议绅三员；曰尼华大邦，平方九百九十八里一分，居民六万二千二百六十五人，上议院议绅二员，下议院议绅一员；曰哥罗拉大邦，平方九百四十五里六分，居民十九万四千六百四十九人，上议院议绅二员，下议院议绅一员。新成邦者四：曰华盛顿邦，平方七百八十九里，居民七万五千一百二十人，上议院议绅二员，下议院议绅一员；曰麦天拿邦，平方一千一百四十六里六分，居民三万九千一百五十七人，上议院议绅二员，下议院议绅一员；曰町哥大，现分作南北两邦，各派上议院议绅二员，下议院议绅一员，平方一千一百五十八里三分，居民十三万五千一百八十人。属土五：曰新墨西哥，平方一千零五十里三分，居民一百一十八万四千三百零四人，下议院议绅一员；曰乌大，平方八百七十四里二分，居民十四万三千九百零六人，下议院议绅一员；曰怀阿明，平方九百三十八里四分，居民二万零七百八十八人，下议院议绅一员；曰衣打贺，平方八百七十三里六分，居民三万二千六百一十一人，下议院议绅一员；曰亚里孙拿，平方一千零八里六分，居民四万零四百四十一人，下议院议绅一员。统计邦省四十二，属土五。已成邦者按正方形共得平方五千一百五十六里四分，未归邦属者得平方二千四百一十五里九分。丁口四千五百五十六万二千四百四十一人，游民野番四百九十八万二千八百九十五人，统计五千零五十四万五千三百三十六人。上议院议绅

新成邦者四

属地五

邦省各自为政

共八十四员，下议院议绅三百三十四员。其曰邦省者，则各自为政；其曰属土者，则美廷统辖之，而上议院不举议绅。

访华盛顿墓

初六日戊戌　晴。巳初渡把菟麦河，访华盛顿墓及其故居。沿山迤逦，夹道高树，中有石屋如洞，外环铁柱，洞中平列两石椁，雕镂精工。西人游者咸于洞外歌诗以乐神，但闻噌吰之声，雅乏暗解。行数武即华盛顿旧居，楼房两层，下列四楹，并不华赡。室中器用服物陈设妥贴，一如华盛顿生时。有破皮簏大小四枚，宝藏珍重，华盛顿军中之物，足见征战之苦矣。偏西一房逼狭仅容一榻，为华盛顿夫人之居，讶其太朴。询之守冢吏，谓此楼惟此房窗可以望见华盛顿墓，夫人既寡，足不下楼，日于楼窗瞻望，随亦逝世。楼下平房数椽远接马厩，皆当日工匠执役之所，楼之西北平房一区，守冢吏值宿处。后有园数亩，杂花盈畦，矮树为径，生意欣欣。有西人照相者于楹外映照，特与游侣别照一图。

初七日己亥　晴。奉电旨致贺美总统婚礼告成。恭录照会外部转奏。

初八日庚子　晴。接沪局包封，恭报起程续调人员折片。奉旨后总署咨回，当钦遵分别咨行。是日并得皖藩书，言光绪八年赈捐二千金，移奖子弟虚衔，吏部未核准。

初九日辛丑　晴。驳议脱稿。或谓华文译洋不如洋文译华之切，当宜常聘一律师，所论甚是，奈经费支绌何？

12,5,10

补正新例不符续约

初十日壬寅　晴。午后访外部巴夏，论议院补正新例不符续约，大损华商、华工生计，须另议。外部以未经寓目为词，又言此议未必遽行，因下议院事繁，断无暇及，窃愿三两月后彼此重订续约，以顾声名而敦睦谊。当告以修约不如守约，美议院限制苛例，前年增修，今年补正，岂与续约相符哉？巴夏默然。

十一日癸卯　晴，午后甚热。美总统函订十四日九点钟接见各国公使及各部臣议员。

十二日甲辰　晴。致总署书，言洛案赔款定议及拟驳苛例，并致贺总统新婚，及存问前总统格兰忒家属各事。

十三日乙巳　晴，午后雨，天气转凉。驳议译就，函送外部。

十四日丙午　晴。戌初一刻偕震东、柏立赴美总统之约。各国公使陆续到，咸公服，德、俄两使满缀宝星，如披重铠，幸天气微凉。聚立约两刻，鼓乐作，各部臣夫妇对挽前导，簇拥总统夫人出，总统至偏殿免冠正立，夫人在右，各妇雁行于右。葡使先见，各使次第见，咸握手为礼，见夫人亦然。总统礼毕，偕夫人往正殿接见庶官，各使绕至东厅。万灯如昼，卉叶蟠柱础，雅丽可观，花气氤氲，不耐久坐。

十五日丁未　晴。莫力侯、郑翼云自金山来，言各埠华民尚安堵。午后访英使，言欧格纳将由中国调任美国参赞，欧盖总署旧识也，又言近因鸟蚡伦捕鱼事与美廷辩论未了。随访德使不值，往科士达寓一谈，灯后刘湘浦复自纽约折回。月色良佳，散步园亭，夜分就枕。

十六日戊申　晴。香帅电言王荣和、余瓗日内起程赴小吕宋、南洋群岛，属达日外部。当转电希九照办。并复粤，告以洛士丙冷案赔款定议。寄北洋书，论洛案并现驳美例及美欲修约事。

十七日己酉　晴。美总兵官力尼偕水雷厂人加第、矿务人路扶来见。出观水雷炮台图式及新制铜炮子，皆适用，叩其说，则不肯笔之于书。中国海口有此水雷台，足以御侮。妙在台上悬杆，上缀一镜俯照波底，知敌船远近，而所藏水雷亦能照见距敌船几许，然后燃雷施放，既免虚掷又能攻坚。美国沿海近将建造。午后给外部函，催办澳路非奴命案。德使来，言美有量减入口税之议，果尔则商贩之来尚不吃亏，否则只有各国加重入口税以报之，庶不偏枯。美之麦面遍行欧洲，所经关口税并不重，殊不知中国并麦面而不税，较美之为，益不更优乎？厚往薄来之义略寓于此。

观炮台图式及铜炮子

十八日庚戌　晴。得京电："恭振夔署黑龙江将军，景苏捷南宫入翰林。"旧年景苏随使之志甚锐，只以会试期近切，实止之，遂挈仲兰同行。今景苏果获售，知科名有定，为之喜慰。

十九日辛亥　晴。料理刘湘浦、莫力侯、郑翼云、张丕勋赴秘都。灯后美绅弥坚地来见，询美国种植收成事，知美田岁只一收，收后种杂粮，略如中土，惟登麦须六月半乃毕。并询美银行事，承许赠章程一本。

12,5,20

二十日壬子　夏至，晴。晨起核对的钦巴损失册折，函致欧阳锦堂妥办造报。午初总署电催洛士丙冷各案缉凶赔偿，当将现在情形电复。接曾劼侯自衣士本来书，论南洋群岛设领事及捐船卫商均不易办，现照烟台条约商设香港领事，稽查洋药税项，兼可经理交还逃匪之案，幸有成议。又刘芝使书，言希九已聘得英人麦治，兼谙法、日文者，赴日署当差。戌初答拜弥坚地，茶话逾时。弥坚地同治七年曾为志克庵、孙稼生作居停，尚宝藏志、孙墨迹。

设香港领事

二十一日癸丑　晴。外部函复。澳路非奴地方积雪未消，该城巡抚未能往，李驹南一案须下月中旬雪消乃能查办。午后复劼侯书，论中国制军器练水师及香港设领事，南洋群岛船捐各事。复金山第七号书，华民被创各案宜先赴地方衙门控明立案。

二十二日甲寅　晴。午后有西妇携童访震东，眉目清秀，自言为华人，前数十年其父随水师提督丕亚来美，娶德国妇生子，四年而殁，童无所依，有前任北卡澳拉省臬司威律收育为螟蛉，西妇即威律室也。询其中国何府州县人，则忘之矣。西妇酷爱之，而颇嗔其不嗜学。童名步兰敦，震东为言，前送郑光禄时，有童登车与郑握手，五官不类西产，即此童也。申初赴外部访巴夏，促办洛士丙冷各案，问答甚长，另译记。

鸟约富人阿边好博，其子好冶游，另赁华庑以居。忽一夕，阿边与阿洛对局而胜，得采二十万元，阿洛无现资，书券限三日交银。翌日阿边寻其子新居，阿洛尾之，

纽约富人父子仇杀

阿边父子诟詈甚激，其子贸贸焉径附火车赴费城去。阿洛突入，索阿边还其债券，阿边愤甚，诋之不虞，阿洛手刃相从也。阿边被刺，阿洛即从阿边夹衣内检债券裂之，自掩房门而去。房主人妇闻诟詈，知其父子不相能，晡时无动静，乃推门入，见阿边被刺于榻，仓卒报官。差拘其子，人证凿凿，其子遂抵罪，刑有日矣。忽有人名多士，手携一机器至公堂，一触而动，当日阿边父子相詈之声、其子出门行步之声、阿洛开门与阿边诋讪之声、阿边被刺呼痛之声、阿洛将刀拔出用纸抹刀之声，一一传出，于是问官乃知杀人者阿洛也，乃宥其子，别执阿洛。此种冤狱，赖此机器平反，异矣。盖多士本与阿边之子隔壁住，是日正将传话机器试用。适阿边来寻其子，喧嚷不堪，多士遂扃钥房门，信步他往，欲俟声息稍静乃返，而忘却窒止机轮。乃回房而机动如故，所传悉阿边父子相詈、阿洛行凶之声情。及闻阿边之子定狱，因携此机器至公堂为之昭雪。

二十三日乙卯　晴。前任钵信当埠税司巴士来见。灯后寄金山领事书，论中美积案及补正新例。

二十四日丙辰　晴，未初微雨。博物院送来中国各关灯塔浮标册，询系有约，各国每年将此等册簿彼此互送。而赫德在华总司其事，以未将各国灯塔等册译呈总署，彼都险要，吾辈更何从寓目哉？晚饭后令震东答拜巴士，并访外部司员柏郎，促结洛士丙冷各案。晚凉，闲步山树清爽处，遇一西人，握手殷殷，就门外茵草移榻留谈，出糖

灯塔浮标册

12,5,25

食相饷，自言为本城臬司柏贾，又领其亲串陆续出见。坐谈数刻，深以美西境虐待华人为非，持论甚正。不图行路遇此佳士。

二十五日丁巳　晴。曩晤美京总教士车士达，询以美国抢杀华人之事知之否？车言：久有所闻，实为惋惜。当晓之曰：设美国教士在华有此等事，又将何处？现在美商在华者不多，而美教士则所在皆有，中国地方官亦无不照约保护。特美国虐待华人至此，中国人心积不能平，万一教堂生事，岂不可惜？美国崇奉耶稣，而有此等惨酷之事，耶稣有知，亦当降罚。车唯唯而去。今日乃播之日报，援鄙言以劝工党改过迁善，亦足见车士达之能纳善言也。午后函催外部，饬办槐花园命案。因闻犯供狡翻避就，故先发制之。 美国抢杀华人事

二十六日戊午　晴。金山禀，言华民吴英等径禀外部索赔，并译送巴士函。当即批复，另为书答之。

二十七日己未　晴。余云楣奉到粤督檄，五日内束装起程。未正西人北祁来见，曾任舍路律政司，携舍路华商书来，历述舍路去秋今春被抢被逐事，其意可感。

二十八日庚申　晴。曩闻美国多牙医，前日堕一齿，拟补之，兼治馀齿微痛而碍食者。柏立荐一牙医，颇精细，器具亦良，试以药齿，痛仍尔。未初访北祁。又答拜可仑比亚公使。 美国多牙医

二十九日辛酉　晴。阅《申报》：芜湖关道梁钦辰开缺，接任为双福，总署总办章京也。前年例保，余列衔，

具疏不三年，荣擢，窃为之喜。总署自恭声云后，满员久未得缺，亦无以示鼓励。

三十日壬戌　晴。英使威士来谈，携示烟台条约之续订者，此间已得曾劼侯书矣。英使又言，前在钵伦与华人相处甚欢，鸦片亦戏为吸食，询以美国人近多嗜此，而美不禁，何也？英使言欧洲妇女亦喜嗜之，但制如药丸，裹糖而食，非如中土之精。

美国不禁鸦片

李傅相曩言银行章程美国最善，属觅精本，顷承弥坚地见惠，拟即寄津。傅相欲创设银行，朝论多不洽，《申报》所刊浮议滋甚。荫桓上年八月二十七日召对，曾蒙垂问及此，初不知傅相建议，因奏言："此事有真资本又任用得人，可以周转，反是则大有流弊。"续谒傅相，谓此为富强要义，行年已老，来日苦短，须为公家浚一利源，用心良苦。客有进言者，请将地丁、盐课、关税、厘金四项稍为厘剔，丁、盐正供仍循向章，由司解部，不收银票；税、厘两项专隶银行营运，户部每年只收银票三百万两，随收随放，户部不存留票纸，不致骇人听闻。傅相未置可否。

六月初一日癸亥　雨。洛士丙冷案数日仍无消息。议院将散，今日重访外部促办。巴夏许以议院未散之前必为议结，词意似尚不虚。又乌卢公司命案判断不公，积不能平，并与辩论。巴夏以格于成例为词，亦深慨美律宽纵，情罪失当。约举诗家谷近事，工人倡乱，击毙巡捕六人，骤难拟抵以示自治，近政尚复如是，何有外交之案耶？余

芝加哥工人暴乱

12,6,2

就中国律例约略告之，巴夏极称明允而不能仿行。电金山领事，查从前华民在美有无犯事经美国审拟抵命之件，以备与外部辩驳。戌初，巴士偕议员多福来见，亦言美西省虐待华人之非。并询初抵金山，税司黑假如何失礼，因将当日情形详告之，多福言黑假本系署事，亦从未经历迎送公使之差，故尔如是。然欲予以处分，则外部操权，议院却无此权也。余谓今日巴夏述田贝游历闽粤各口岸，承大府优待，实为感激云。巴夏直忘却金山税司之事，而昧彼此报施之礼矣，不忍援以互证，但谓中国待美国使臣向来优厚而已。晚致总署书，述外部问答各事。

初二日甲子　晴。电希九，询李芳荣留差否？徐进斋文称嘉西勒士于五月初三日正位总统。秘鲁上年冬间嘉西勒士谋夺总统，兴兵薄秘都，血战三昼夜，炮弹枪丸纷坠使馆，徐进斋杜门避兵，续与各国公使出为调停。秘前总统弃位遁去，嘉西勒士乃固举一部臣摄政，时逾半年始就乐推之席，一若不得已而为此。 秘鲁首都兵变夺权

初三日乙丑　晴。申初往观新制渡海电筒。适前日大雨，鸟约各电线有交黏者未能远达，抵本城则无阻耳，其储电纳线透电之法略如电报。坐有律师揭斯谛，论中国义理甚殷，曾就中国成语译出西文，刊刻成帙，期以劝化。谓中国能立国如是其久，为声名文物所宗，其故何哉？近悟其所以然，殆一“孝”字为根柢，人能孝亲则尊君亲上，老老慈幼之心油然生矣，一切制度悉从此出。西人多不谙“孝”字之义，故风俗总不醇，国祚亦不永云。余 西人论中国义理

闻而悚然起敬，美国有此通人而为南党，尤为铁中铮铮者也。与谈良久，皆即物穷理之事，甚有意味。因语之曰：格物工夫，西人讲究不爽，若衡论义理，则中国五千馀年愈研愈精，西人不逮。若合中西融会贯通，斯为得之。

美国独立日

初四日丙寅　晴。今日为华盛顿开国之日，距今一百一十年矣，中国通商各口间差帖与美官致贺，美都则否。灯时，美议员前任总兵官力尼偕眷属来见，其女仅十三龄，能言中国地方扼塞。西人用心，男女一辙，可为悚惧。西俗发蒙即从地图入手，故环球地名悉能指说。

初五日丁卯　晴。答拜议员多福，论洛士丙冷赔款，多福亦谓下议院日内总可议及，不复再宕。随访科士达，亦云然，并属不必频催巴夏，闻已极力斡旋云。

初六日戊辰　晴，小暑，天气颇热。电派姚祝彭、郑翼云往查槐花园命案及的钦巴等案损失实数，又传谕洛士丙冷工头廖群、廖社妥备供词，候美员往查不致相左。法人流沛客华七年，略通华语，仲兰就之习法文，遂求仲兰介绍与谈数刻。此间西人谙华语者，麦嘉谛外惟此一人。

初七日己巳　晴。总统夫人新婚后示期见客，各国公使陆续往。午初偕震东、柏立诣美宫，投刺后，有人领导至客坐，夫人立候于门内，略道寒暄，他无可言。天气甚热，亦无暇遍览园亭。许竹筼书言德、法使事视美、日、秘略简，此中办事脱气处尚相类也。又论南洋群岛设领事之利弊，与曾劼侯意同。

初八日庚午　晴，未初微雨。寄曾劼侯书，论墨西哥

12,6,9

求通商事，并询何日赴百灵，乃郎肠痈痊否？美国人扪力士曾在津教习水师数年，津门司道多认识，顷来谒，云将管驾兵轮游驶赴华。其船能装煤五百吨，昼夜开行只烧二十吨，每点钟行十迈，殆旧船也。傍晚答拜倭使不遇，访揭斯谛久谈。姚祝彭已回金山，来电言："檀香山之灾共赈恤银六千六百元，夏威仁国主二千五百元、洋商二千五百元、华商千四百元、教士二百元。"

墨西哥求通商事

初九日辛未　晴。粤海监督海赞廷书，言得头品顶戴，七月将瓜代回京，因复询拟购美国机器清单。

初十日壬申　晴。重观电筒，为忌者所断，仍未就绪。坐客纵谈泰西风俗，俄人针布述鬼神巫觋之事，甚详。曾请女巫以术致亡妇，话家常儿女事，宛如生时。坐有崇奉耶稣之客，驳之甚力，而针布现身说法，绝无疑似之词。叩其巫何术，略如乩笔符咒之类，但以手帕在地作招致状，俄顷而鬼至，阴气飒飒。有专门名家以此为业者，自榜其门，并非怪诞云。

泰西鬼神巫觋之事

十一日癸酉　晴。致总署书，言美、秘两国刑律皆宽纵，获案各犯不予严惩，可愤。现在设法催办。

美秘两国刑律宽纵

十二日甲戌　雨。午后揭斯谛来谈，盛颂中国义理精粹，西人多未窥涯，略能将四子书译以劝化，功莫大焉。余嘉其能识指归，自愧不谙西文，无缘广宣教化，诸翻译又鲜暇，不知何日克副其请也。

十三日乙亥　早雨，午晴。容纯甫自哈富来，久谈而去。记芜湖展别五年矣，不图重见于华盛顿。委内瑞辣公使偕乌拉乖代办、公使来见。饭后答拜纯甫，亥初归。纯甫久游美国，凡中外交涉事，尚留心考究，尤侈言富强之略。

十四日丙子　阴。美内部见贶全国舆图一幅。酉正柏立约同纯甫访卜利连美总统别业，沿途山木蓊郁，楼阁闲之，风景不俗。仰视浓云密布，雨势弥漫，遇巴夏策马飞驰。行里许，山阜回环，遇总统携妇疾驱而上。倏而雷雨大作，电光煜烁，因亦从佐知探急归，途潦成河，无异山阴之棹。戌亥之交，雨意尤重。刘湘浦电，昨日到秘，今日接篆。

十五日丁丑　晴。访外部。正欲置词，巴夏先言，洛士丙冷案，议院未散之前尽可议竣，断无歧缓。又言，华盛顿属邦巡抚司圭也办事公平，甚爱华人，行将到此，当令来见，肯接晤否？诺之。问议院何时散？巴夏谓须西历八月初，若天气凉快，稍迟数日。今日下议院两议员论事不合，挥拳相殴，老者流血被面。美政决于议院，而历年类此者多，何议员之勇也。晚约纯甫、柏立小饮，容即别去。徐进斋电称秘外部要总署给予汉文公牍，始认湘浦为代办公使，直是无理要求，署文往返须百日，且向无此办法。记前年秘使爱立谟将驻华，国书托郑光禄代寄，郑光禄驳令自递，秘使乃径寄沪上，转递总署，并未援公法驳拒。今湘浦往代进斋，而秘乃固作难，中外交涉，忠恕之义未可于他族责之也。

论事不合议员互殴

十六日戊寅　晴。议员歇谛来言，议院之意，欲将洛

12,6,17

士丙冷赔款与限制华工事并议。渠谓赔款系照案应赔，限制系违约苛议，不应相提并论。余告之曰：美不定赔款而急议限制，辟之负人债项靳不清偿，而别作种种方法严拒其人不许入门，岂不可笑？歇谛甚愧。

十七日己卯 晴。访前秘使爱立谟，论秘署派参赞代办之事及该使前年寄递国书旧案，属电告该国外部黎雷斯勿再抵牾。又查案，电复进斋与秘再辩论。

美都衢路纯用碎石压成，和以杌油，性类巴麻子，极光泽。逐日以水车洒润，车中藏机器，车后置数管，车行机动，水从管出，沾溉甚匀。随有大车，刷埽亦藏机车中，随行随埽，路上杂物分拨两旁，末有小车检载出海。四时一辙，极洁净，惟炎夏郁蒸，油气热发，触鼻难堪耳。 洒水车

十八日庚辰 晴，热。鸟约寄来洛士丙冷案卷，内夹存放火药引一枚，委员往查时，检拾凶暴所遗火种也，存诸卷簏以为确据，然究非所宜，即交洋员消灭之。爱立谟来，谈从前驻华情境，叩以巴拿马河工能否得成，爱言恐难克期就绪。此河若成，商务诚便，惟美则骤增防海船兵，美滋不愿耳。灯后复来，未及接晤。续承钞送秘外部回电，允照余办。顷歇谛论美国限制华工事，甚详，意亦汲汲立限而颇怯清议。

十九日辛巳 晴。答拜爱立谟，询秘国新政及火车铁路事。其国内有山名安达斯，《瀛寰志略》已著录。山高二万三千尺，乘火车约三时可登顶。郑光禄坐是得病，山 询秘鲁新政及铁路事

势既高，车行又速，血脉容易中伤。现拟沿山置铁路通阿麻桑河，由河入海，以拓商务。河形蜿蜒而长，河口阔三百迈，环球称最。河鱼极大，不可名状者约三百馀种。询其旧总统，则挈眷赴欧洲矣。秘国置君如奕棋，气运使然耶？

返署午饭。科士达来晤，谓洛士丙冷案，巴夏甚着力而无如何，月杪则议院散，窃为焦急，姑尽人事分托各议员。巴士亦来晤，述的钦巴案，巡抚司主也为恶党所窘，又觊举议员，干誉求荣之心纷集，遂不能一秉至公，计其禀复外部，必不以实，深为慨叹。进斋电商允外部认刘湘浦为代办，便可交替来美，此事秘廷纯引公法，阅之惭汗，甚不料转圜如是之速。万国公法，公使未递国书不能派代办，代办之员亦不能自派代办，此通例也。盖代办者，代办使事，公使未递国书，该国允认与否尚不可知，所代者谓何也？至代办之员本已为人作替，若有事他适，则仍须公使派员代之，事有所主，此公法之极有斟酌者。秘鲁贫弱之国犹不肯迁就，若无爱立谟旧案，则亦难强以必行，中外交涉只在得机得窍，且不宜稍著骄矜怯馁之见。

二十日壬午　雨，午晴，天风送凉，颇有秋意。多福、巴士来谈，多福言洛士丙冷案下院纵有折驳，上院亦可速行复议，其延宕总在下院。爱立谟索照相，以一纸予之。复金山领事长笺，论未结各案及限制华工事。

二十一日癸未　晴。谨拟酌派美、日、秘三国参领各员折并清单，秘鲁参领合署片，补奏郑鹏程酌调吕春荣片。昨有格兰忒旧部老兵年九十三岁，妇七十六岁，同谒美总统致华封颂祝之词，总统答之曰“能如尔多寿则愿足矣”，老兵言“如我之寿固不难，若能如我得孙七十八人，养者七十五人，恐未易易也”，总统笑谢之。

二十二日甲申　大暑，晴。晨起闻蝉，寒暑表七十九度。欧阳锦堂书来，所拟学堂章程殊未周妥。又查寄历年华民在美犯案监禁数目，却无缳首之刑，异乎所闻，或未详尽耶？舍路华商又公禀求留防兵，以备不虞。近年华民寓美，无非危境，且不独舍路，亦不独华商。

查寄华民在美监禁数目

二十三日乙酉　晴。外部送阅华千尼亚邦文劳炮台后膛铜炮拓文一纸，云此炮庋置此台，历有年岁，而莫悉其来历，守将叠布托兵部大臣恩悌特转请译示。余细阅拓本，书法颇类高澄墓志，有年月而无国号，殊难定为何代物。考“佥使”“万户”官秩为元代之制，史称元祖成吉思汗曾耀兵欧洲，至于印度，遗鸟枪一支，西人仿其制而引伸之，火器日盛。又曾夺俄罗斯西域，封其二子，至今基址犹存，此炮或即元物也。癸丑距今五百七十四年，其时即有后膛炮，然则泰西奇制悉缘中土而出，特吾人无毅力精思克广格致之效耳。

二十四日丙戌　雨。俄国代办公使来见，人甚和蔼，现由鸟约总领事调来，数年前曾经驻倭，与何子峨相识。叩以美属俄人几何，渠云不多，而不能指其数。询以俄商所运中国茶叶，分销英、德、法各属否？渠谓所运仅敷俄

美属俄人不多

用，恐未必然也。

二十五日丁亥 晴。文报处第八号包封，署咨二件，并吏部钞案，又粤督咨会，发给王、余两员赀装数目。复美外部问铜炮书，曰：昨承惠示华千尼亚邦文劳炮台小铜炮拓文一纸，属为辨正，考古析疑，奇文共赏，欣荷无似。查拓文四行五十一字，内有漫漶两字，馀均可辨识。其文曰："癸丑八月日铸造，四号佛狼机，第一百九十四，重一百斤。监铸官：前佥使申起立、本府军官前万户金得完、邑吏宋之濂、匠人金爱克。"共五十一字。其首行系记铸造年月，"癸丑"二字上隐有字迹，细拓当能清楚。第二行"四号佛狼机"五字，"四号"二字系第四等炮；"佛狼机"三字，中国自宋、元、明以来多以"佛狼机"名炮也。其"第一百九十四"六字系炮之号数。"重一百斤"系炮之重数也。第三行"监铸官前佥使"，第四行"本府军官前万户"均类元朝官名。考元《百官志》，至元十一年置炮手总管府，二十二年改为万户府，置达噜噶一员、万户一员、副万户一员，又设枢密院佥院二员，正三品，佥院之称佥使，犹枢密院之称枢密使也。特"申起立""金得完"两人无考耳，其下列"邑吏宋之濂"五字系铸炮之地方官，"匠人金爱克"则铸炮之工匠也。癸丑年岁在元，则为仁宗皇庆二年，即西历一千三百一十二年，距今五百七十四年矣。其时元代尚跨有俄罗斯诸部，此炮或即元时所遗，然有年月而无国号，仍难遽以为实。拟请转告兵部，谕知守台官拓赠数纸以资考据，并

铜炮拓文

此炮或即元时所遗

12,6,26

请于第一行“癸丑”二字加工细拓，或有字迹可寻，则全文美备矣。然此炮究于何年月日安置此台，贵国故籍当有记载，若能查示，互相考订，则尤纫雅意也。

二十六日戊子　晴。寅正二刻率参赞各官恭祝皇上万寿，礼成即曙，为酒醴享同僚以志庆。申初得文报处第七号包封，署文二件，附中法商约刊本、李傅相书一函，钉黏甚固。颇嘉余不为税司所屈。粤督咨附密奏金山冬春情形，并请留郑光禄以了经手各事，以经手人在美则美之所许不能翻悔，大文裔皇，其所以体恤华民者，不惮烦絮。本日下议院送到议事节目，洛案已列，但未定何日议竣。晚访牙医不值，便道访科士达，属代催议员歇谛。

二十七日己丑　晴。早起再访牙医，治理逾时，仅刮六齿。晚访柏立，属询议员拉士，问洛案情形。

二十八日庚寅　晴，寒暑表八十三度。鸟约医院渐有成议，易希梁言粤人勇跃，颇有欢欣鼓舞之象。科士达来谈，将于明日晡时赴鸟约山乡避暑，若洛案一二日能定即不急往，留示避暑地址，以备通函。灯后日报馆人来访，震东谓黑假将补实金山税司，询余意见如何，翻译答以公使之意非我辈所能窥测。

二十九日辛卯　晴，寒暑表八十四度，已热不可耐矣。柏立述下议院议绅之言，谓西省应议之事尚多，各怀己见，议院将于礼拜一散议，洛案赔款恐不及议而散。旋访巴夏，又谓今午当可议及，议院须礼拜三乃散，巴夏之言始终不变。晚阅《夏卢报》云：前者上议院议定一款，

怀俄明州驱逐华人

责成外部大臣确查怀阿明属邦驱逐华人失款实数，并经筹款，以备清偿。至今已逾两月，而下议院尚未议及，望趁此未散议之前，即行议准此款。我美寓华商民教士及本国稍有天良者，无不盼望早日议成云。此报可谓先得我心，亦足见公道在人。

七月初一日壬辰　雨。得曾劼侯六月十五、十九两书，又寄惠照相一纸，论香港设官、墨西哥议约事。晚晴，小坐园亭，见蝶风致可爱。彭小圃自言能识太常仙蝶，曾于此地见之，仙蝶四足大小不一，飞如雁影之掠，视常蝶翩翩有异。曩既敬闻仙蝶之异，况能渡海数万里至华盛顿都城，则灵妙不可方物，尤异之异者也。余曾忝太常，从未一见，愧乏仙缘，弥惭俗骨。

初二日癸巳　雨，未正始霁，仍热。复曾侯书，论海军事，仍属迅设香港领事，又寄答照相一纸。复李傅相书，论海军事及美使馆现办交涉情形，寄去美国银行章程三本，略言美国银行大致，兼请设官信局如泰西邮政之式以便民。

初三日甲午　晴。本日夏卢报馆仍申前说，诋下议院不速议洛案赔款，措词甚公。午间闻外部偕下院掌院同谒总统，想系散议之前有应商之事，或赔款不再延宕也。唁丁慎五，托薛抚屏寄蜀，并托查稚师恤典。灯后，上议院绅巴麻万德臣、兵部梯恩特来谈，询中国兵制、长城形胜，并约下月初间为诗家谷之会。希九请调法文翻译联兴赴日署，该翻译久随曾侯，现相从归国，应俟回华后再行

12,7,4

奏调，翻译之才近颇难得，法文尤难。

初四日乙未　晴，西风送凉，微有爽气。楼外斧斯，侵晨彻耳，殊搅清眠，匠役修葺衢路，讹索工赀，或作或辍，四阅月不蒇，巴夏曾举此以证内治之疲。巴夏持妇服甚切，不拜客，不预总统婚筵，乃不禁其子母丧纳妇，西人伦纪之道颇难索解。西人畏热特甚，日饮冰水，而室中顾相戒不置冰，虑为寒气所袭，回念京居正调冰雪耦时也。小吕宋华商求设领事禀，情词甚急。王荣和、余瓗具报，五月二十四日起程。金山领事电，槐花园案犯四名各具一万元保单出狱，缓至明春二月再讯。美律宽纵，无论如何要犯，均可具单保出。晚访牙医。答拜俄国代办公使。发总署第六号包封。

西人畏热日饮冰水

初五日丙申　晴。金山华商苦税关苛政，每米七十磅征银二元二角五仙。香港华安公司曾两禀，求商彼国量减，余抵美询之郑光禄，谓此为美国内治之政，非使者所得言，或由华商自请律师赴该管衙门控拆，却不悖公法，坐是不便照会外部，且税关之政亦非外部所能越俎。前两月美有减税之议，正拟函告众商趁此机缘设法控理，讵美政纡缓，久议无成，此意亦未宣露。今日金山领事据昭一公所之请，恳达外部，盖亦不悟公法窒碍也。即以事势衡之，彼方厌薄华人，岂于华商而别加体恤哉？忝持使节，罔恤商艰，愧闷更何有极？前派姚祝彭赴舍路、的钦巴、洛士丙冷各埠，察看命案损失，并安抚被害残黎。面托外部电致华盛顿、怀阿明两属邦巡抚，顷得回函，已分别电寄。

洛案赔款搁置不议

初六日丁酉　晴。美议院已散，洛案赔款竟搁置不议。早晚两接外部复书并司圭也、华连两电，所以保护查案委员者甚周到，亦其致力之一端。

初七日戊戌　早雨，微凉。饭后晤巴夏，甚有惭色，力言议院事繁，竟未提及，殊出意外，且候冬初议员复集时必能首先定议。有此一宕，西省人心更平，以后谅无他害，拟将此中延迟之故，详达田贝，转告总署云。余以总署一面，田贝能言之，惟华人跂望之切，尚须设法安慰。巴夏敬诺。

便道至柏立寓庐，柏立之妇年垂六十，劝余暂搁史传诸书，试观小说以排闷，又叩中国诗学，且举西人诗法以相证。不悟此妇能为此言，惜乏香山佳句能令老妪解说，然质问殷殷，亦鸡林贾人之滥觞欤？比日金山乡人建"小蓬诗社"，前两月曾以《筹边楼怀古》诗一百一十首寄请评定。年来心绪鲜暇，此调久不弹，然乡人旅居市廛，有此雅会，甚不易得，冗杂之馀，阅定还之。

今日陈霭亭寄来古巴各埠地图并分派华洋董事清折。陆寿峰辞行赴秘鲁。致刘湘浦书，属催办拐匪赵非瀣案。科士达今晚言旋，先电致柏立转达，或不专为洛案而来，然究是心心相印之人，视柏立之急思携家避暑，用意自别。

查钞华民犯事旧案

初八日己亥　阴雨。金山领事查钞华民犯事旧案，大都监禁至终身而止。惟罗生忌利埠一案，系华人争斗，误

12,7,9

毙一洋人，合埠洋人起而围攻，遂捉获华人二十三人吊杀，内有幼童、医生，死非其罪，尤为无辜，事在同治十一年。又加拉扶罅县宴杜亚埠一案，有洋人过桥被人击毙，疑系华民所为，强捉华民三名，经官判以一人抵命，二人监禁终身。续经再四申说，会馆费至二千金，始将三人保出，此光绪四年事。两案均不近情，然平心按之，罗生忌利埠一案，类于斗杀，客主不敌，良歹不分，殆非美官讯明论死者；宴杜亚埠一案，终获保全，两案均难援引也。科士达来，谈洛案甚详。

晚与翻译互忆日间问答，适水车络绎喧阗，凭栏仰视，火光熊熊，相去不逾里，信步往观，微见白烟，水车仍运机喷薄，火已灭矣。美俗水车规制甚善，马亦驯熟，火警电钟一响，机连马厩，马即腾跃急行，就辕以待辔。其救火健儿则从楼上滑溜而下，不由梯级，既取快捷，且虑闻警下梯或致蹉跌，故于楼口置欹木，光泽可鉴，稍纵即逝，疾于飞鸟。相距三里不逾刻而至，故扑救之速，鲜有延烧，亦无乘火抢劫之弊，只二三黑人远立瞭观。此美之善政也。 救火车灭火

初九日庚子　立秋，晴。晡后北洋密电本日谕旨一道，南洋群岛事，即电复。适欧洲电线须修理，复电恐不时到。

初十日辛丑　晴。前晚火警，本城纷传有人放火，其说不一。或曰工头刻薄，散匠不平，激而为此；或曰匠役近多赋闲，欲谋工作，则人心叵测之甚矣。所燔系新盖未

成之屋，若云放火，意皆散匠为之也。

西人不信鬼神占验之说，比乃多有记载。如威司根先

星陨一事 邦柯山基县基立父敦地方有星陨一事，庄主人梯力德方雇农人刈麦，正在操作，忽闻大声震响，略如铁路轮车鱼贯疾驰。仰视空际，瞥见烟霞团滚如球，迅坠于地，其势甚重，入土即成深井，距农人立处不数丈，其陷入处用长杆试探无底，其洞口围可三四尺。现庄主人令农工绕洞挖掘，务究其根云，此六月二十日事也。

又西人罗满地寓居活佛县坚德基河码头，忽为其妻串谋医生地威司所鸩杀，事发隶罪，地威司判罚监禁终身，其妻未定狱。旋有土人结伴至罗满地屋外荒园摘果，倏见

高空坠石 小石无数从空际掷下，旋掷旋止，遂各骇走。越日，医生地威司之妇出户，行不数武，忽被石掷伤臂，罗满地之女宴尼同日被石击伤头颅，重甚。越日，罗满地之女衣华亦被石击微伤。有黑人贤厘立高阜，适为石击，跌坠几毙。又连日黑人及邻居屋瓦频受石击，俱自空而下，不由旁掷，殊非人力所能，殆鬼物为之云。

又鸟约有轮船名新庄，晚泊海堧，夜将半，有人从账房窗外以洋钱一元索取船票。司账者给票予之，检视洋钱如冰，骇甚，捽之坠于舱板，铿然一声，拇指皮已为冷气揭去。即闻船楼支更人喧呼有人坠水，其时船客熟睡，遍阅阖船，皆无恙。求其故不可得，乃悟前次有搭客病殁于舱，顷索船票者魂不散也，随声而灭，事或有之，特此洋钱何来，且复令人不能着手？司账人展转不释，遂登诸日

12,7,11

报，此亦六月初旬事也。谁谓西人不说鬼哉？偶志于此，以质华人之谈西学者。

访科士达，重论洛案，并商麦天拿属邦命案。

十一日壬寅　晴。刘芝使书，航海时及驻英境况，并云七月内赴俄都。电锦堂，告以洛款展议，并属密查司圭也所报外部文稿，以备商办舍路各案。电局来言，欧洲电线已修竣，津电即达。

十二日癸卯　晴。电总署三十二字。照会外部，促办麦天拿属邦案。使馆外时有乐工六七人，手持乐器，日落风清辄伺于门，不挥之去则欣然奏技以索赏，或曰美利坚人，或曰义大利人，异方之乐，只令人悲。子豫弟馈双瓣茉莉四株，自吾粤而古巴而华盛顿，此花已历三洲，又能随地为活，花不甚繁，弥觉难能可贵。外部函谢所考铜炮款识。 使馆外有卖艺之人

十三日甲辰　晴。美商吉丁设日报馆于的沙士邦，界于墨西哥，而丑诋墨之问刑官，语侵墨廷，墨人囚之，美外部贻书往索，墨不受命，判罚吉丁银六百元、监禁两年。美滋不平，频让墨使罗露美，罗婉言答之，而吉丁之囚自若也。或曰墨已备兵于边，将与交恶，恐未必然。此事就日报所言，墨似太甚，不悟何遽强鸷乃尔。墨有岁输美款，历时已久，亦赔偿美人损失之事。近谓美款多虚，亦欲索还，请律师与美辩论，数约百万，得值则以二成酬律师，美亦延律师六人与争，得值亦许割二成。交相为利，西俗大都然矣。

纽约刑官判华人案

日来鸟约刑官判华人一案，殊堪解颐。华人叔侄二人洗衣为业，西人有无赖者日往纠缠。其侄血气方盛，不耐其扰，持刀逐之。其叔虑生事，尾追而喝阻，猝遇巡差，执其侄并凶器付之有司。西人讼焉，其叔延律师往诉。律师谓自认持刀，可免侄罪。叔曰："是我代侄也，何烦尔筹？"律师谓："非此则尔侄须办罪，姑听鄙言，自有解说。"及西官堂讯，其叔一如律师之指。西官谕西人曰："尔于持刀为何人尚不能辨，则含糊可知，是必扰人不堪，而后出此，判不准理。"叔侄均无恙。此种判断，在吾华能行之乎？律师稔西例，竟脱两人，其技甚浅，然亦见中西殊制矣。

寄总署书，论洛案赔款迟延之故，请转促田使。

十四日乙巳　晴。中国省会城邑昏旦燃号炮，漏二下亦燃号炮，京师则否，美华盛顿城则日出日入燃号炮。美都华盛顿铜石像皆精巧，所以志开国之盛，不忘本也。近又建纪功碑，高五十五丈，白石垒筑，其形方，其顶锐，状如方塔，峭直插天，西人博学者谓合地球最高之物，顾名之曰碑，殆未谙字义。智利公使坚拿来晤，昨始递国书，到美已逾旬矣，曾游欧洲，曾使巴西。子正锦堂来电，密码而先未约定，遍检电书，不知所云。

华盛顿纪念碑

吉丁一案美墨交恶

十五日丙午　早雨，午晴。吉丁一案，美墨交恶之谣所述不一，巴夏以为讹传，惟按约与争，决不开兵端云。此案墨使罗露美持该国律例第一百八十六款，谓凡人在墨国或别国攻犯墨国人民，墨得以讯究，吉丁虽在的沙士邦

12,7,16

刊布诋毁，而墨总能按例拿办，吉丁例应被禁云。其驻欧洲墨使某言，此例系仿照法国，设此案易地于法，美必不苛求。美有数邦之例，久为英国所不取，然亦未尝因而开衅。墨之自援国例，若甚有词而美不允，美领事乘咸亲至墨国，询悉吉丁只为刊报诋毁一事被逮，且不准其保释，领事照会墨官亦不见复讯。据德基厘供，吉丁实因六月十八号所刊日报被拘，别无他罪，我在堂上耳闻臬司云吉丁并非冒渎公堂受押，但为日报所刊之事，丹拿供亦然。美外部所办似有条理。美之于墨颇存卵翼之见，墨在美南，不通大国，美西各省皆墨之旧封，墨久为美压，近忽自雄，抑何速也？答拜智使，已返鸟约。复希九书，询日使已否赴华。

十六日丁未　晴。金山华人各立堂名，间相斗杀，久思谕禁，实无暇晷，顷领事禀请，因为文以谕之。曰：

吾粤地广人稠，道光、咸丰年间海禁渐弛，又值土匪客匪之乱，于是有出洋谋食之一途，或工艺糊口，或小本营生，咸有所获，相率偕来。富商大贾亦开庄贸易，渐而创建会馆，互相联属，国家特设领事专官以资治理。前此中国水旱偏灾，华人乐输赈济，并荷圣明给匾嘉奖，煌煌睿藻，炳耀殊方。

本大臣前过金山，察看该埠情形，华人旅居日繁，苦乐不一，而数十年不易冠服，不隶他籍，深堪嘉尚，当于奏报到任折内附片陈明，仰慰宸廑。海外编氓呼吸上通帝坐，凡我华人宜如何激劝以永迓天庥哉？本大臣德薄能

华人旅居苦乐不一

浅，拜使命于土人虐待华人之际，驱逐燔杀，积案累累，华人之聚散安危时萦心目。故自金山以至华盛顿，凡我华人来见，无不欣然容接，宽其礼貌，使之尽言，非不知等威有别，特以远役他洲。犹得与乡人聚话，已为可喜，亦欲博访华人生计，以相维持。

我华人远离乡井，风涛之险，洋例之苛，不避艰难，无非为谋生而至。或同处一埠，或分驻各埠，平日总须各存一同乡相卫之见。其在中土，则尔府尔县或漠不相识，既同客异域，则华人之外皆非我族类。山巅海澨之区，旅馆羁栖，无父母妻子之相依，望田园庐墓而不见，间与嗜欲同声貌肖者相周旋，则亲爱之情油然而生，此天性也。相处既久，无殊兄弟手足，则患难与共，疾病相扶持，亦出于情之不自觉。偶有猜嫌或致诟詈，一言不合遂尔拔刀，此血气方盛之所为。然转念同为华人，同客异域，或小忿酿命，则死者无辜，冤气不散。旅魂之缠绕，公论之鄙夷，虽幸逃法网，亦难望谋为顺遂。美律纵能宽恕，中国自有典章，一经咨查，亲族受累。况美国年来厌薄华人已成风气，我华人即安分守己犹虑蒙以恶名，我复自相残杀，予人以口实，是因一二人之好勇斗狠，以致一国商民皆受诋诃，益坚彼禁逐之志。各商等资本所关，生业所寄，又不能遽尔收庄浩然归去，即工艺糊口之人亦未必行囊各裕，去住自如。当此寄食艰危、夙夜戒惧之候，其可不格外联络，共保岁寒，而顾以口角微嫌贸然斗杀乎？

美厌薄华人已成风气

粤人义气相高

粤人性情大都义气相高，不肯少受屈曲，然临事不假

12,7,16

思索，容易生事，不旋踵而悔。当其奋不顾身，虽鬼神赫临亦悍然不恤；及祸机已兆，一皂役之力足以制之。故粤中长吏或曰粤俗易治，或曰粤俗难治；东南将帅或言广勇有良心，或言广勇无纪律。要之，粤人行径好排场、爱体面、耐劳苦、轻身命者居多，其阴鸷狠毒、甘蹈不法者实无几人，只是血气用事，忿激易形，见理稍迟，每致自误，可为痛惜。

本大臣有保护华人之责，欲令华人不为洋人所欺，必先令华人自相和洽。若械斗而在异邦，则乡邻无殊同室，慨被发缨冠之不遑，愧条教号令之未备。现在金山各会馆绅董读书明理，于华人疾苦刻刻关心，各华人偶有不平，何难投诉？重或具禀领事衙门，尽能公平处置，断不令固结莫解，何致自相杀害耶？华人之各联堂社，自为保护，则可恃以分党，则大谬。离家数万里，不思同舟共济，惟务同类伤残，此种气象何以自全？

华人应先自相和洽

本大臣上体朝廷好生之德，下维休戚相关之谊，久欲剀切开导，共庆安全。顷据欧阳领事转据中华会馆绅董罗熙尧等禀本年六月内宝善、继善两社斗杀一案，富豪者不惜资财，无赖者拼其死命，实骇观听。各绅商公商办法，详请转咨粤中大府分行凶党本籍地方存案究办，并请严谕禁止，以安商旅等情。本大臣接阅之下，不胜愤闷，除批示并据详转咨两广督部堂、广东抚部院查照办理外，该领事仍当督同各绅董谆谕华人共相诫勉，毋恃美律宽纵为幸脱，当念同类相杀为大耻，咸怀木本水源之思，庶免危身忘亲之累，本大臣有厚望焉。倘经此次晓谕之后，尚复不知悛改，仍有寻殴互斗等事，一经领事禀报，本大臣惟有按名咨会原籍，设法究治以儆效尤而安良善，为此札饬。札到，该领事即便分饬，遵照毋违。

欲止华人械斗之风

金山华人械斗之风，匪伊朝夕，为此俚词，聊相告诫，言之无文，行之不远，顽梗之徒亦非文字所能动，滋愧而已。

欧阳锦堂前夕密电，再四猜拟，知为澳路非奴命案事。前日新闻纸又言，本月初五日华盛顿属邦德忌利士岛煤矿公司所雇华佣八十名，为洋工迫肋辞去，公司主人地列威不允，洋工遽乘小舟强捉华佣，齐集河滨待渡。地列威与论不恤，即赴边打兵船乞兵弹压。讵洋工已急雇帆船两艘将华佣装运离岛。帆船不愿受雇，为势所逼云。美西省之仇视华人牢不可破，我华人犹不知危惧，同类自残，抑何梦梦？议院既散，各国公使分往外城择佳山水处避暑，不去则群诋为鄙吝，余亦欲从同，但苦于日行公事难恝置，中国使事之繁，他国不及知也。

洋工驱赶华佣

十七日戊申　晴。西俗喜赛会，眩奇斗胜者，举一会经营数年。隋大业中，炀帝在东都悉召天下奇倡怪伎，大陈端门前，曳罗縠、弭金琲者十馀万，百官都人列缯楼缦阁夹道，被服光丽，廛邸皆供帐，池酒林胾。译长纵蛮夷与民贸易，所在令邀饮食，相娱乐，蛮夷嗟咨，谓中国为仙宸帝所。隋方底定南北，库藏充盈，炀帝穷极奢侈，此种举动亦惟炀帝乐为之，风气达海外，即为外国赛会之

12,7,17

权舆。

又唐高宗时，吐蕃因公主求赐经籍，于休烈建言：吐蕃性剽悍，果决善学，若达于书则知战，深于《诗》则知武夫有师干之试，深于《礼》则知《月令》废兴之典，深于《春秋》则知用师诡诈之计，深于文则知往来书檄之制，何异假寇兵资盗粮？若不得已，请去《春秋》，盖《春秋》当周德既衰，诸侯盛强，征伐竟兴，情伪于是乎生，变诈于是乎起。诚与之，国之患也。高宗不能决，下中书议，裴光庭议宜渐以诗书陶以声教，休烈但见情诈于是乎生，不知忠信节义亦于是乎在。高宗曰善，即与之。两臣殊议，各有见地，于不轻以经义导强敌，界限甚严；裴为将家子，习知边情，识解高远，故与之不疑。初唐之驭吐蕃矜慎如此。时至今日，环球各国声息皆通，中国经籍外国翻译成书，西人嗜学，每以不习中国经书为陋。其于尼山性道文章尤敬佩不谖，不独同文之国为然，可喜亦复可惧。要之，西人战斗纯尚火器，情伪变诈别有机杼，更不泥乎《春秋》一书也。时局若此，固当坦然示以无外，以彰中国之大。

唐驭吐蕃颇为矜慎

又太宗时，韦宏机使西突厥，会石国叛，道梗三年不得归，裂裾录所过诸国风俗物产，为《西征记》，比还上之，此即奉使日记之滥觞。陆生使越，苏武使匈奴，张骞寻河源，陈汤、甘延寿定郅支，意必博征约记，史佚之耳。

晨起得家书，颇详。又佛山万善堂捐簿，此时各埠华人生计日蹙，恐难乐输，姑代筹之。夜半风雨。

十八日己酉　晴。盛杏荪书，言中国电线西达滇池，东接吉林，声息弥广。昨晚美西境逼得士埠电报房为雷火所燔，电线均烧断。雷火之说，中国电局亦不可不慎，当详告之。本日华盛顿《士他日报》论教王遣使一事，谓中国不拒教，而教堂不应归法国辖理。

中国电局应慎雷火

十九日庚戌　晴。晨起草疏，为前任随员请奖并调法文翻译、鸟约领事丁忧留差，一折、二片、一清单。近日金价忒昂，每库平银一两值美银一元。

二十日辛亥　晴。美总统携妇避暑于衣带兰特，地方距鸟约不远，地甚清幽，渔钓为乐。本日闻长崎倭人与华人争斗，华人毙五人伤百馀人，不识确否？倭使九鬼避暑外埠，无缘得真耗。华人旅居异域，悉难相安，可胜愤懑。金山中华会馆董事南海举人罗熙尧被人顶名应礼部试，斥革查拿。窃意先行查后斥革，当为咨明粤中大府，以便查复，不悟部章严密，榜后即已革拿。寒士一第不易，且实系被人顶冒，因为疏请开复，附前折拜发。

二十一日壬子　晴。春初在粤首途，粤抚倪豹帅为绘《运甓斋话别图》为赠，并系两诗。适有饷差入都，寄请周小棠将前所赠诗书其上，付博古装池，别请知好为题咏，以存掌故。不悟小棠遽归道山，感伤之馀，此事辄不记忆。昨李仲约书言，小棠递遗折前一日命其子将图画转付代储。金石之谊，死生一致，可感也。今晚发总署包封。

二十二日癸丑　晴。此次折片有“出自逾格鸿慈”之语，“逾格”二字未抬写，窃谓“鸿慈”之上除“高”

“厚”等字，馀概不宜加。封发后，偶检旧牍，“逾格”二字却抬写，为之展转不释，行次无多书，援检曾文正稿，《叠克四城三隘疏》《力保芜湖金柱关疏》《湖口九江建祠疏》《鲍军丰城大捷疏》《沥陈湖北抚臣勋绩疏》《通筹全局疏》《水陆叠获胜仗疏》《湘军剿贼四获胜仗疏》均有“出自逾格鸿慈”之语，而“逾格”二字不抬写。近日《申报》刊晋抚刚子良一疏亦然，鄙见暗合，为之稍安。此种舛误甚于与马而五，况海外孤臣哉？

二十三日甲寅　晴。发沪粤包封。晚得金山电，前调商董三人请仍照会外部行知税关，即照办文，明日送去。美前年增修限制华工例第十三款，中国官员文凭可代护照，既给文札且译英文犹烦，如许转折，美之拒我殆极显然。曩在总署竟不知如此情形，陈副宪亦从不一告。

美增修限制华工例

二十四日乙卯　晴。锦堂书，言初十日有船到埠，内有华妇数人，关吏于码头广众之地搜检以查夹带，此直罕闻之事矣。即照会外部转达户部，行知税关，若以刻薄为尽职，亦宜仍用西妇搜查，以顾美国声名。金山税关本有西妇任斯役，比以舞弊辞去，税司黑假遂变本加厉。美之关卡，苦及妇人，即鸟约且不免。欧洲来者亦啧有烦言，特不致金山之甚。

二十五日丙辰　晴。咨总署拨经费，促学生分缮前日奏咨文牍，学生每以写字为苦，此后拟定功过格，微示劝惩。吉丁之案，美特派将军薛威治赴墨商办，吉丁卒请律师上控，原告美田拿不愿控，追赔偿受亏款项，臬司遂将此案批销，并将吉丁释放。

二十六日丁巳　晴。未初偕仲兰、震东赴鸟约。戌正到埠，寓客栈，进斋亦于是日自秘鲁回，相约同寓。论及斥退洋员德里安一事，几酿事端，其时各国公使议论不一。德使言德里安虽为中国使署所用，然究非中国人，既犯秘例，应治之。智使、英使谓德里安既为中国使馆办事，应由中国自治，秘所能治者，秘人则可，若非秘人，秘不应禁锢，遂援据公法以为言。秘不能屈，德使亦惭，德里安乃出狱，否则各国公使拟电达本国政府，因一洋员而大动唇舌矣。又赵非潍等犯如有人控告，仍可拿办，并述湘浦现办情形。又谓参领两署并居所省无几，此事已入告，无可游移也。谈至亥初各散，卧房临街，车声如雷，彻夜不寐。

论辞退洋员事

二十七日戊午　晴。唁易希梁，慰留之，与商鸟约医院事、纽阿连命案、新蕾巨案。早晚均在领事署餐饭。晚回寓楼，另觅僻静卧房，始安睡。

新蕾（西雅图）

二十八日己未　晴。鸟约总巡科露臣遣巡海兵船渡送蒿尼埃伦，饭后乘潮出海门，凭眺两岸，所置炮台均得地，惟台式忒旧，现已废弃，仅于台后依山另筑，蜿蜒如半月，纯用青石，亦得控制之宜。海门不宽，有浮桩一枝，海兽随潮出没，或曰海狗，其头类牛，其形如马，或即海豚、水兕之类耶。晡时抵岸，乘火车至万客顿晚餐。戌初步行至烟火处，中隔一河，对岸列城郭、炮台、礼拜堂诸式，均有门可以出进上下。前环数柱，横牵一绳，一人持杆行绳上，作跳舞旋起旋落，或倒行或翻跳，无不如意，略如中华之绳技，其旁有三人手抟翻踏层累跳跃，亦甚灵捷。台上为法俄争战事，燃枪放炮直如交绥，又有教士数十辈出而解纷，卒无效。寻至焚毁，烟焰冲霄，城郭楼堞，俄顷而尽，灯火架亦焚裂。而以火珠编作熊虎形，火箭纷坠，均吐五色圆珠，此则吾华固有之，不足异也。晚宿万客顿楼，窗倚沧溟，海风甚畅，清眠达曙。 12,7,29 观杂技烟火

二十九日庚申　晴。回鸟约。饭后往博物院，求如陈副宪日记所谓小鸟如蜻蜓五色咸备者，殆拟议之词。院中固多奇禽，如朱鹤、翠鹦均有奇采，小鸟无虑数百，极小者视蜻蜓相去尚远也。 游博物院

另一博物院则陈设诸古器，内多石像，间有方柱如经幢，亦有刊志。中有石椁数具，椁上镌人头，略如佛像，椁之两旁镌人物车马作争战状，高髻长戟，略如武梁祠画像。其架所庋铜器，矛头为多，亦有方式，图章大都腊丁文字。又有宣德铜方炉一，尚非赝也。楼上列中国瓷器颇富，极旧者明瓷而已，亦有象牙雕漆诸器，视华盛顿博物院略胜。

旋观光学画，此为咸丰十一年南北花旗水战之状。咸丰九年，拿破仑第三曾以一战船名曰拉高飞亚，盖之以铁，随后英国战船窝利亚并埃伦稚继为铁甲，当时铁甲惟此三船，而未经战阵，得力与否，究未可知。时有南花旗兵官布录略悉其奥，欲加考验，请于南兵部将前北花旗所弃遗之美利麦船从水中捞起，修整并加铁甲，以便回攻北

花旗木战船之用。此议既定，潜行开工，举动机密，诚恐北人识其军情也。未几，北人探其消息，即集议御敌之策。有呈进一图者，名曰铁甲望弥打，议院嘉纳，加工赶办。其形状远视如一木排，上架一圆箱，别无他物，近则长一百七十二尺，高过水面不逾尺。其船中敌楼四面能转，其炮能藏十二寸阔、一百八十磅重之弹子，每点钟可行四五迈。其管带房在船前，高四尺，能藏三人，用九寸厚铁包固，门口另加以二寸铁，能开能阖，以便出入，四面小窗系用半寸铁卷尖藏入者。此船经兵部允准后，机匠日夜赶办，而水兵各员尚无暇操练，凡敌楼转捩及船内机器概未周知，除管带窝顿、帮带古连外，馀五十六人悉当时凑集或自愿投效者，驾驶攻战均不熟识也。美利麦北发之后一日，北花旗之望弥打始工竣，如北船早成南船后发，则北人之木战船不致遽被轰沉也。美利麦船身长二百三十尺，船中之楼长十七尺，高七尺，系用尺四厚木创造，加以二寸厚铁包裹。船之尖首长四尺，纯用坚铁铸成，管带房之铁厚四寸。此船虽大，然行动不快，吃水太深，且内中机器并非全美，每点钟只行五六迈，惟较之木战船则胜万分矣。船中只得管带宝间仁、帮带吉时比熟悉驾驶，此外亦非熟手。即于三月八号礼拜六日开行，往征北界，一日赶到战场。见有北花旗船钦巴伦与江纪利时，两船相闲湾泊隔七迈，之后又有三船曰棉弥疏打、曰圣罗伦时、曰胡老燕诺，江纪利时与圣罗伦时两船俱装大炮五十口，钦巴伦船只有三十口。钦巴伦正管带适于是日公

赶造潜水艇

12,7,29

出，其副管带摩利时一见美利麦形状，初疑为鳄鱼，细辨知为南花旗新造之铁甲，即喝令兵丁防守。迨美利麦行近一迈路，即先燃大炮御之，不料炮弹放中其船旋即撞回，如皮球跳跃之戏，屡放皆然。于是美利麦渐渐而前，凡开一炮动伤数人，船头之撞车竟向钦巴伦直撞，钦巴伦船头遽尔入水，又继以大炮轰击。钦巴伦殊死战，船兵凡一班死，后一班继之，再接再厉。美利麦高语“钦巴伦甘心投降否”，钦巴伦即升红旗答以“情愿沉死不能下降”，盖其船中装储军械不少，倘为南花旗所获，则以后水师受害不浅也。嗣又战有两刻，船中已流血成渠，然无一兵一士自甘为败者。迨后忽有一壳码打入厨房，机器铜片爆击，伤死者数十，而船愈沉愈深，管带摩利时乃呼其兵曰：船无可救，各人自寻生路可也。兵士始散，然得生者仍无几，幸管带摩利时遇救登岸。此船虽失，然北花旗之国旗犹正立不坠，可想其志气之坚矣。钦巴伦既沉，美利麦乃向江纪利时攻打，未及半刻，伤死者众，遂即投降，掳去兵士三十人。两船优劣相去天渊耳。续经北人岸上陆兵急开枪炮，故南人不能上船夺其船物，只可抛掷药弹焚之。两船既失，馀船亦甚危险，明日且将凿去。议院闻之，惊惶无措，正在焦急万分，新造之铁甲船赶到战场，驶入河口与棉弥疏打互通消息，备闻本日战败情形，兵士在船两日，虽劳苦异常，气力困惫，亦莫不赫然思奋，务雪前耻。次日，美利麦拟攻棉弥疏打，时望弥打先进前抵敌，美利麦以为微细之铁甲，轻之。未几，望弥打先开一

北军舰兵宁死不降

炮，美利麦即行还答，以后炮声不绝。望弥打船小而活，四边巡走，欲寻美利麦可伤之处而攻之，只放得数重弹。而美利麦亦放中数炮，一打伤大伙，一毁坏管带炮楼之号令筒，以致不闻号令。美利麦之最得力者，一弹打到望弥打管带房，正管带伤目创甚，因谕令将船旁驶交副管带接手，预备再攻。讵美利麦已向那科船厂蹿去，追放数炮，迄未得力。据南花旗则谓北船停战旁行，即示败也，北花旗则谓南船退出战场，自归北方守御，保护自己水师，而美利麦不复再来，以为胜也。从此两船均未再遇，南人终恐此船为北人所掳，旋即焚之，至望弥打一船亦于是年冬行海中为飓风沉去。此为南北花旗始建铁甲船水战之大略。此图绘画兵士败走，凫水、抱木、缘桅、坠缆诸状，活活如生，炮火烟焰蒸腾之间，隐隐有硝磺气。

图绘南北水战大略

12,8,1

卷二

八月初一日辛酉　晴。夜十一点钟乘火车，四点钟至海汉，换船至鸟波。

初二日壬戌　晴。寅正抵鸟波，微雨，候车小坐茶馆啜茗。旋乘车至澳顺客栈，花树楼台，管弦金奏，颇饶风趣。租寓五房一厅，尚宽适，惟地气太湿，久住非宜。饭后礼格佛德城知府伯罗巴阿士哥来见，约访土客园林。申正中餐，随赴沿海一带游观，略如之罘风景，而朴茂逊之。灯后雨，通宵不辍。

初三日癸亥　晴。土人德恩来见，自言客华十九年，曾任福州领事，特来一晤，意良殷。午初观潮，天风浪浪，颇祛尘翳。游人乘潮而浴，出没波涛跳跃为戏，男女杂遝，衣裤咸具，却知廉耻，所见强于所闻。晡时访议院绅士璧拿蛮，园亭富丽且滨海，甚凉快。出观《打球图》一轴，云系吾华手笔，细视之，盖倭画也，笔墨精细，似仿仇实父，人马冠服颇有古致。随访德恩，亦近海结庐，修竹映带，暑气所不到者。与谈华事，殆道光、咸丰时贸迁于闽者，回美已久，闽省尚有字号，留一子经纪之，自不办茶，代客装运云。夜雨甚凉。

初四日甲子　晴。伯罗巴阿士哥偕访其友人阿利士园亭，小坐清酌，其女絮絮问中国五等封爵袭次年代，又欲中国多遣读书人来导之礼义。阿利士为银行富商，复偕乘马车遍游诸胜，殊有东道之情。晡后赴球场观跃马打球之戏，五马角逐于浅草平原，驰骤甚捷。观竟更历数衢巷，所过皆楼阁宏敞，树帷草茵间有绿藤密缠窗柱，一望潇碧。戌正赴璧拿蛮之约，坐无杂宾，主人盛服相迓，父母、兄嫂、诸弟列坐同餐，绮席丰腆，母年已逾六旬，珠饰极盛。酒半，璧拿蛮起辞赴鸟约，入坐时先已言明有要公，须即日往，因留客晚饭，遂延至夜。西人硁硁守信，其可嘉者。璧拿蛮曾言近阅新闻纸，中华兵轮九艘并集高丽，不知何事？余未得京津来书，特论形势，高丽毗连俄、倭，国又奇窘，内乱频兴，言顾东藩深为之虑。席散返寓，将子初矣。与参赞谈西人切音之学。子正就枕，不成寐。

观跃马打球之戏

初五日乙丑　晴。观狗会，无虑千百，豢养珍惜之，有价值千金者。会场宽敞，观者须给入门票钱，西人好事类如此。派仲兰、震东赴蒲拉夫顿士机器厂，查察沪上织局所购机器。

初六日丙寅　晴。天气清爽，侵晨仍有烟雾，在几席

12,8,7

间门窗洞开，朝曦微曜，则雾气散矣。与进斋、仲兰、震东共照一相，其技甚劣。晚观西人乐舞，约三百人，中有曾贾于华者曲礼士活，款接甚殷。又水师兵官曾到中国，亦极亲洽。

观西人乐舞

初七日丁卯　晴。午初趁船泊域佛，乘火车至鸟稀渍。进斋回鸟约，余偕仲兰、震东往哈富，稍迟两刻，遂误车期。薄游鸟稀渍市肆、书院，亦大都会也。酉初车来，附至哈富，沿途小站车停屡屡，酉正二刻乃抵柏仙露客寓。容纯甫来，共晚餐，且坚邀至其家，猥以连夜失眠，拟明日往。纯甫论及缅事，谓中国不宜与英说断，但当存而不论，告以暂不与争，但此案我总不平，兵力盛时当必取回，此时仍是普鲁泰士特译言“深不许”之谓也。所论尚不忘本。

初八日戊辰　晴。夜睡足。晨起小吃后，移寓纯甫之居。纯甫购地二十亩，广植卉木，中建楼阁，挈妇子以居。夏间妇殁，弥留遗属以园产付二子，而纯甫不与焉。纯甫既有遗袿之悼，其子又幼稚，即寄养外家，而将楼居扃钥，自乃寄榻比邻妻弟之室，亦纯甫所购赠者。纯甫伉俪敦笃，推爱及之，近转如寄生之草，固安之矣。以余远来，特辟房闼，重置爨具，中馈无人，触处增感，亦大可怜。与论昔日学堂起止功课规条。子正睡。

初九日己巳　晴。柏立自花门顿来晤，即去，约往游，诺之。午后格林炮厂主人来，约观格林炮机器演试。格林炮新旧两式并快捷，其极大之管径一寸，每炮以十管

观格林炮机器演试

为度，少或六管，能穿一寸厚铁，其主人持已穿之铁板为证，然不甚能及远。又观其验器之机，此即总署拟购者，问值只四千元，当令详开清单绘图见贶。回寓中饭。间拿炮厂又遣一车来迓，其厂较宏富，所制间拿炮略如格林，只平列两管，出子不及格林之多，而管外涵筒盛水，虽连放数时，炮管不热，其法甚良。炮式则前圆后方，机器简便，偶阙一器，则窒矣。遇败北时，仓卒不及搬运，则随意抽出，不致资敌也。近乃改制圆式如小铜炮，较精工，所配炮车上下左右圆转自如。

初十日庚午　晴。纯甫约赴挨云，访其岳家，其二子

炸药引线机房

蓬头赤脚而能长揖为礼。对门为炸药引线机房，遥望但见线机环绕，状如缫丝。旋往观之，则线皆入药，又外裹黑油，始能出售。其机轮用水力鼓动，故无碍于火药也。随至花门顿，柏立挈家避暑于此，预为午餐以待。柏立寓楼为华盛顿曾驻之地，火炉遗迹尚存，形制甚古。复往学庐浏览泰西故籍，不谙西文，不敢附和，客寓主人坚请留名而去。沿路山树丛密，中经两湖，尤幽邃，湖水极清，哈富城中自来水悉从此出。置机湖上，有人建屋湖堧以司启闭，草树湖光，结构幽雅。是日轻车骋游，晡时始返，所览山光苍翠秀逸，余诧谓“似吾华佳山”，纯甫徐应之曰“山色固无分中外也”。其言甚婉，而若有言外之意。

十一日辛未　晴。震东自劳伦回，查得织局所购罗未

织局所购器具

尔机厂棉花机器五副，纺纱机器八副，纺线机器五十二副，焙线机器一副，士颠铁筒七捆，浆锅一枚，压布机器

12,8,12

一副，展埽棉花机器七副，绕线大铁筒二十条，织三尺四寸阔布机器二百零四副，每副每日能织至四十码或四十五码，又织三尺八寸阔布机器九十六副，每副每日能织四十码或四十五码，折布机器一副，零用器一箱。共计马力二百五十四，每日需煤五吨，共银五万七千五百三十八元，分装七百八十箱，系光绪九年定造，并未交价，该厂现欲转售。震东此去，往返均夜行，尚不为埃党所窘。纯甫约一西人墨兜款来谈银行事，多未中肯，余告以国家银行之设要在裕国便民，又能顾全商本，斯为近之。中西情形不同，非可胶柱鼓瑟。

十二日壬申　晴。辰正早饭。纯甫送至鸟希渍。豁泥枪厂主人候于火车房，偕赴该厂。遍览所制枪，无甚新异，多就林明敦旧枪改作，枪子仍用中针，视旧枪不加捷，恐销售不多也。又新改一枪，三运手而出弹，枪膛内别缀小钢筒，亦可多储弹子，连环六出，近日兵枪之最快者，仍就旧枪改作，原制名曰“哩枪”，中国有购者。今春途经金山曾见之，今豁泥又加意修改，且欲以李傅相之名名之，西人制器多取闻望素著之人以为名。阅竟同至温遮士得厂，主人避暑出埠，只观枪式四种，未及遍观机器。该厂原于两月前函请往观其所制枪，又久已运销中国，惜主人他出，阙融洽之趣。时已未正，豁泥约在客寓午餐。申初仍赴火车房候车。申正起程回鸟约，纯甫送至车上，展轮而别。见赠羊豪十管皆纯净，又假《四库提要》一函、《骈体文钞》一函，其他书籍缥缃满橱，无甚

赴枪厂参观

陋本。纯甫曾举半以赠哈富书院，欲西人传诵云。

十三日癸酉　晴。美属南省地震成灾，英后贻书总统慰藉。算学家云两月后仍有地震，势渐偏西，金山各埠亦不免云。午后渡海观野人马戏，观者约二万人，略如斗马，野人为烟甸种，美之土著也。状貌狞丑，皆焦色，黄头插鸟羽，耳贯铜环，乘马追逐，或出而劫掠，结布幕以居。手鼓摇铃，群歌踏跳，但形其野而已。有女郎自围外挟鸟枪登场演技，百发百中。以黑球为的，用铁范作鹿形，黑球即满缀于鹿之上下左右，后悬一绳，浮曳其上，鹿形摇摇不定，女郎于十步外燃枪击球，每击辄破碎，观者击节。续横一机，以长绦悬击一球，摇曳不可捉搦，别一女郎背球发枪，且置枪于顶，手镜以验准的，亦百不失一。两女郎一为怀阿明属邦，一为嘉利福尼省人，两地皆悍，华人屡受其害者，不图女子亦具此奇技。日晡返棹，渡至中流，牙医哈文指点两帆船相示，曰纯白者为英船，黑白匀者为美船，岁于鸟约斗捷，前日英又不胜，计连负三十五年矣。英美海国，擅舟楫之利，轮轴机巧层出不穷，而帆船为航海始基，故尤以此斗胜。十年前美船往英演赛夺银鼎归，嗣是，则英船来美就赛，而其屡负之故，或船制失宜，未可知也。每年所斗皆各制新船，视为故事。

观野人马戏

十四日甲戌　晴。牙医哈文约晚餐，观水法。酉初登台，观者逾万，西人聚水为池，甃以砖石，上穴数孔，水从穴中喷出，高可一二丈，略如济南趵突泉之法。惟水成

喷泉

12,8,15

五色，中或如球，或成方柱，此则以电气映之，仍用机器转轴以运水，西人每设奇技，必于此中求利。其主人请观机器，并赠电灯两枝。子初渡海回寓，月色波光相映，风趣不俗。此种渡船日夜不息，两岸各有埔头，此往彼来，不差晷刻。船分上下两层，船舷前后置小几，便散坐。船中明窗短榻，便眺远，且可避风。合船可容四五百人，马车、货车亦并渡送。散坐各五仙士，马车半元。泊船时刻与火车合，抵岸即可登车，大率船车共一公司。

十五日乙亥　晴。中秋节，同人循例致贺，华人之贾于鸟约者仍为月饼分售，不忘故乡之思也。傍晚偕进斋拟登铁线桥，遇雨而返。

十六日丙子　晴。鸟约博物院储无翼鸟一头，长约八寸，高如之，长喙绿睛，缩颈秃尾，两足似鹤而距甚小，其羽细腻如绒，黑白两色，出太平洋滨。又有重翼鸟，五采备具，头红嘴黑，略如吾华之鹦鹉，特尾长于身，分张如燕，两翠翼之下重展两白翼，作飞鸣势，出南阿墨利加洲。两鸟相视，诚有幸有不幸。语云“两其足者辅之翼”，天之生物，殆不尽然。 无翼鸟

十七日丁丑　晴。法文翻译联兴经刘芝使派驻俄国，现在日署事简，拟不再调，俄事重要，自应先其所急。午后访西华，不遇。

十八日戊寅　晴。湾克来谈，云布鲁伦案已结。前数日布鲁伦华人持斧误伤房主人未笄之女，医生以为难治，讼之美官。华人请作保，立单二千五百元。又必该埠有产

业者始能出保单，一时颇费踌躇，讵一挨利士人慨允作保，如数订立保单，直仅见之事。埃党乃有此人，可知人性善恶，并非有生俱来者耳。与进斋搭夜车回华盛顿，子初登车。

十九日己卯　微雨。辰初抵华盛顿。得劼侯书，七月十八日交卸俄篆，仍返衣钵寓，拟挈眷暂寓法都，以避英伦秋末寒湿之气，又赠公服照相一纸。午后接文报处第十号包封，李傅相六月初八、十四两书，论美案办法，并属以应办各事，勿以中外音书隔阂，遂驰任事之心。

二十日庚辰　晴。复外部书，谢照行金山税关遵验札文，准令董事登岸，并查复华妇搜捡事。日来天气甚热，已过中秋，炎蒸未退，殊方气候调摄诚难。仍患头眩。

查复华妇搜捡事

二十一日辛巳　晴。田使贻巴夏书，言华人虐待美人，近有两案，索偿五千金，又据汉口领事佛郎坚禀，称英、美、法、俄教士亦有被扰之事，此皆在美肇衅所致云。《波士日报》乃论之曰："在中国固应苛待美人，因何而不为耶？我美人岂未尝导以难容人之量，残害之机乎？我美人曾有因驱逐伤毙华人而缳首者乎？"日报之言如此，美之不肯抵罪，靳不赔偿，自难餍众志也。近闻教王已派亚和雅第为驻华公使，不识确否？教使驻华，教堂各事无预于法，省却法人交涉之一端。然教使每喜干预地方公事，又必将入教之人归其管辖，近日环球各国多厌薄之，智利且逐其使。从前法兰西、西班牙多崇奉彼教，西班牙则疆宇日蹙，法亦受迫于德。从前德相毕斯默力诋其

12,8,22

教，有志富强者咸韪其言，年来教王赠予宝星，毕斯默欣然拜受。德近争西班牙一岛，教王出而调处，毕斯默亦俯允让还。或曰毕斯默勋业炳耀欧洲而犹惑于天堂地狱之说，或者血气既衰，亦如中国达官暮年佞佛。

二十二日壬午　阴，午后晴热，酉初雨，疾风虹见，晚凉。坚弥地来谈：美国人在中国近有不安之事，理所必然，昧昧者不悟。又言：该省或将复举为议绅。余戏谓之曰：尔乐与华人交，则投阄者少矣。坚弥地笑而不言，复言：金山巡抚近释凶犯四人，皆五年前虐待华人者，原判以监禁终身，刻竟保释，殊不公允云。今日外部照复金山税关不认搜捡华妇，但已雇西妇充役，前事可不辩自明。

虐华人者获保释

二十三日癸未　晴。照会外部以进斋回美参赞使事。复锦堂第十五、十六、十八号函，又属拟中西学堂章程。

二十四日甲申　晴。西班牙日报言，小吕宋一岛华人自行设官治理，俨然一小中国也，宜设法禁拒华人之来云。华人旅食海外，近几无可托足，微特墨洲已也。晚访科士达，告以司圭也报外部案已钞出，容送阅。坐有纯甫旧同学，熟精美国枪炮形制，约得暇往观。

二十五日乙酉　晴。美总统今日言旋，天气渐凉，或不再出矣。午后拟访巴夏，适巴夏今日不到外部。又闻总统归后巴夏即往避暑，燕雁代飞，足征一德之契。独巴夏每不践言，洛案固无论矣。即舍路留兵一事，巴夏于六月底犹许以此项防兵不遽撤，即撤亦候总统批示。当译其语函告领事，转慰华人，乃昨接华昌公司来信，此兵已于七月二十二日撤去，幸地方尚绥靖耳。

二十六日丙戌　秋分，晴。得总署公函，答复华人到美及墨西哥立约事，抄寄致美、英两使照会。又李傅相函询小吕宋能否设领事，曾沅帅书嘉辩驳补正限制华工章程，并述小吕宋事。

美与墨西哥立约

二十七日丁亥　晴。未正偕进斋访巴夏，间询以诗家谷巡差命案，闻已拟抵，巴夏曰然，而于华人被害各案乃不肯援以饬办。亥初姚祝彭、吕杰卿自金山来，火车颠簸，少坐，即属以安憩。

二十八日戊子　晴。许竹筼书言曾劼侯月半内渡，论小吕宋设官及香港近议不谐各事，刘芝使八月初一日谒俄王递国书，无甚要事，行将返英云。询杰卿金山近事，尚安戢。前月谕禁械斗，榜示通衢，华人亦知感化，有读之泣下者，或钞存一纸，互相传诵，深夜秉烛立誊不惮烦劳，领事乃将示谕刊派，似华人非尽不可教诲者也。近因迁运旅厝枯骸回粤，中华会馆存项不敷，领事欲先集资后发掘，曾为告白，而措语不圆，又为众论所嗤。要之，此举固不容缓而领事持议亦慎重，但须统筹尽善耳。

二十九日己丑　晴。秘鲁内部檄行各府优待华人与各国人一例，秘廷特施惠政，仍欲拓办招工耳。晚询姚祝彭所查舍路、士哥、槐花园、洛士丙泠各案，并现在华人情形。自冬春惊扰后，华人多已失业他往，只舍路尚有数十人，防兵则于七月二十二日撤去矣。洛士丙泠煤矿仍开采，华佣承工者尚千馀人，防兵未撤，或可相安。钵伦及

12,8,30

英属域多利两埠华工各有千馀，生意尚佳，均有粤剧园馆。

三十日庚寅　晴。天气郁热，无秋爽气，头眩之患仍未霍然。刘湘浦书述秘廷相待尚优，拟即派员查办各寮虐待华工之案，又将筹办中西学堂。今日巴夏赴波士顿送幼女入塾读书，外部事暂交波打代办。

查办各寮虐华工案

九月初一日辛卯　晴。复总署书，论美案赔款办凶、中国自禁华人及墨西哥通商事，并缅甸、徽贡、珲春定界各情形，又寄去重庆教案新闻纸。天气热甚，夜大风暴雨。

初二日壬辰　早雨嫩晴，炎热未退。西人占验，谓今日大风雨、地震，不知验否？《尼华地日报》言：重庆教案，耶稣教士与天主教士互相谯让，天主教士谓耶稣教士行为不慎所致，耶稣教士谓天主堂盖用琉璃鸳瓦，大违中国制度因而肇祸云。巴夏果于七月十六日函致田贝，以洛案骤未了结之故，属达总署以明敦睦之情。巴夏此事尚不遗漏。

初三日癸巳　晴。昨日西人地震之说不验，只朔夕风雨，微有影响。姚祝彭自檀香山回，述该岛口岸轮船固不敢深入，舢板亦不能泊岸，登陟甚难。岛人于岸上悬杆以长铁练系木斗，人坐斗中，略如秋千，俟舢板来时，波浪稍定，摇曳作势以就之，稍不慎则坠波中矣。又沿岛皆山，高或一二百丈，恃马以行，马多驯良且能负重，山路崎岖，往来如平地，马性习之也。水陆皆险阻，惟于陈芳

岭南水果移植檀香山

园中一啖荔枝，岭南嘉果移植遐荒，陈芳倡之矣。近渐垦辟榛芜，土人犹以树叶围项，日啜芋浆，无匕箸染指而饱，亦荒外之民也。檀主每顾田畴辄喟然曰“此地华人流汗不少，乃有今日”，殆天良发现之语，然其国例一导美教，虐待华人殊苛。

初四日甲午　晴。晡后制造局总管威露健臣来见，约观局中机器模式。

初五日乙未　晴。今日发第十号包封。笺牍既清，索阅徐进斋所藏李北海书《古诗十九首》，见所未见，与岳麓、云麾诸拓笔政相类，纯从张猛龙得来。今人王梦楼学云麾，略窥涯涘而究乏清严气，观此则并不薄梦楼矣。卷为宣和御府藏物，有“散主道君”章，却无“天下一人”押，曾属半闲堂，展转至商邱宋氏，进斋以千金得之都下。

初六日丙申　晴。重核织局机器数目，咨送北洋。又检舍路、的钦巴损失各案，交进斋清厘，备译洋文，与外部商办。

初七日丁酉　晴。霾雾四塞，朝阳既升，犹形蓊翳，外国天气不常。曩闻之纯甫云，去冬请医为种洋痘，纯甫年垂六十，何自苦若此？盖西人七年一种，若遇天花流行，无老幼皆种，亦不拘定蜻蜓穴，西女皆种于腿，虑臂上疤痕，袒舞不雅观云。又西人保命险及保手足伤损险公司，美国最多，莫盛于哈富，每公司有储本至四五千万元者，亦甚获利。窃谓手足损伤保险岁输息于公司，一旦偶

种痘免疫法

12,9,8

尔损伤，公司如其所保之数偿之。彼佣工作苦之徒预虑残废无以自活，且不能赡妻子，照章保险，不为无见。若保命险，既殁之后直为子孙计，不仅作马牛而已，似非达观也。进斋谓保命险亦有益，保十年、二十年、三十年，如期不死则公司将岁输之息加倍纳还，西人保命险不尽为身后计。

保命险

初八日戊戌　晴。秋蝇渐冻，偶启画簏，取数帧补壁，薄慰卧游之思。房主人甚不愿壁上缀钉，遂购极小钢钉，无害墙纸而能悬物者，经营数日而妥。海外旅居，动止殊趣，此其一端。所藏恽册得自匡鹤泉少宰，而坊肆有摹本，几可乱真，前年在京朝邑携示南皮，相与抚掌。论画且然，况知人哉。

初九日己亥　晴。约同人恰卞庄桥登高。自使馆西行约二十里，溪河林木映带，陂陀绿波红叶，时见楼阁沿山。场圃秋获甫毕，粟秸盈畦，高阜犹复犁种。堤外泊船三五行，则以骡马拉纤，故舟人必蓄马，翘踛树阴，亦足点缀风景。午初到桥边酒楼饮啖，遂缘山亭直下，清流可鉴，积岨砦礶，拂石小憩，颇有在山之趣。歧曲萦回，略如鹿石园，追忆旧游，怦怦不置矣。美国石桥此为巨观，长二百二十尺，高一百五十尺，桥洞如虹，横跨波上。夏秋之交游人甚盛，或乘独轮车于桥沿极险窄处疾行，赌赛龙山之会，则非西人所知也。归途进斋谈安清道友之教，英、法皆同，英曰“糜生”、法曰“麻松”，相见握手亦有暗号。此中衣钵究不解自中而西，抑自西而中？曩在皖中闻此种会党皆粮船散丁，无业为生，于江淮间别相要结，不晤英、法亦有此会，且同一鼻祖。

初十日庚子　晴。王荣和、余瓗申称，改期七月二十五日附洋舶先至小吕宋，此事久不得香帅书，莫名濡滞之由。

十一日辛丑　晴。舍路华人公禀：本年正月五日攻劫华人恶党获案后，问官竟于本月一号判释。又槐花园案，其陪审人乃谓华人先发，洋人自顾性命因而回击，问官亦遂释之。原告律师谓应科以杀人放火之罪，问官徇陪审人之情，仅科以滋闹轻罪，将案中送臬司以定赔偿，此司主也具报外部之言也。此案余于五月间照会外部，曾言华人被击时均在睡梦中，安能放枪自卫？外部已照原文转行。即据现谳，亦言华人所住布帐，枪弹洞穿之孔，其弹均自外入，绝无自内打出者，可见华人先发之说为大谬。又言华人枪弹均打入地里，尤牵强。俟巴夏归后，再与驳辩。

虐华案均获轻判

十二日壬寅　晴。西人每谓环球国权，中俄为最，俄且兼管教务。余驳之曰：中国自开辟以来，不知天主耶稣为何事，若但言教务，则回回、喇嘛、僧道各教，中国久已辖之矣。

十三日癸卯　晴。王荣和、余瓗书言展期南发，系因和兰不允委员往查，改为游历。又钞寄小吕宋华商官文斗等禀今年被土人逐害事，即详复之。

十四日甲辰　晴。金山领事禀：华人旅厝各棺检运回里，金山医生每具索银十元，现请律师讼驳，请照会外部

12,9,15

美政繁苛虐及尸骨

查理。当即备文巴夏。美政繁苛，虐及枯骨，环球各国所无。希九书，言日后避暑回宫之日，乱党乘间为变，拒伤护军，续调多兵乃捕获数人，皆前废后之党。是日各国公使均往迎迓，恰值其事。

魔术

十五日乙巳　晴。义大利人携妇至美变戏法，大都在华时所曾纵目，或如许氏番剧杂说，惟内有三出颇足解颐。其一出于台上设矮榻，横约八尺，纵约四尺，空诸所有，榻上置小几，演剧者之妇艳装而出，扶立几上，以木棍撑两臂膀，略如蒙药熏鼻状，即朦胧若无所知，乃去小几悬立，续去左膀木棍，随意屈伸之，又取小旗鲜花诸物教之擎举，已大可诧。随施小扇轻扬，妇即渐渐横卧，四无依傍，少焉又扇，乃徐徐而下，悬立于矮榻，观者瞪目拍手喧嚷，术人乃取小几仍置妇足下，乃醒，或曰机器钩挽所为。又取墀子观剧者之高帽置几上，其妇略为拂拭，纳还原主，乃从帽中取出五色彩球无算，又手帕百十块，又牵出五色纸条数十丈，愈曳愈长，西人举以授妇，续又自为接卷，以小短竿绕之成团，忽有白鸭自纸团出，沿台叫跳。术人视帽中无物，呼后台一老者持帽还人，半道而踣，帽为之扁，术人若甚愧歉，旋推一田鸡炮置台沿，裂帽数段实以炮子，猛轰一声，高帽乃粘于墀子顶上，术人下台，燃手枪一击，帽应声坠。又于台上置六扇屏风，席以红氍毹，又垫新闻纸一张，上搁高木几，引妇端立几上，蒙以薄绸，作西语念温都地厘一过，揭绸而西妇不知所往，旋从台右小门出，与观者点头而散。此种奇技无非机器电光所为，台上饰观姑不深求其伪，傀儡中别一格也。安知匽师奏技，无此机器电光耶？当时但倾倒其幻，而不详思其巧耳。

创设中西学堂

十六日丙午　晴。陈霭亭禀呈创设中西学堂章程，略有条理，即批令择日开馆。又复希九书，述小吕宋华民被害事，属达外部并示以中国将为设官保护。今日天气陡热，楼上寒暑表至八十度。

十七日丁未　阴晴微雨，气候甚恶。卯初睡醒，腹胀如厕，复睡，微有热汗而不觉冷，或不致成疟。昨医生诊视以为疟痢并发，此间不足怪，疟非泻则汗，否难告痊，为订两方配丸。今日金山领事报筹设中西学堂，欲假西人书馆，令华师率华童就学，殊误，即批饬另拟办法。

十八日戊申　晴。昨晚服丸药，约四时许药气行动，果如所言，泻后微眩，且复畏寒。午后沪局递到十二号包封，总署寄回奏报到任各折片，六月十四日奉旨，钦遵分别咨行。

十九日己酉　晴。检总署钞来日文条约，照缮一份寄日署。中国与外国所立条约往往中西文字互异，亦有脱误，如美国续约观审一条，中文刊本乃将首句“在中国”三字删去，又“限制华工所定人数年数之限须要公道”等语，又将“须要公道”一层意思略之，两者交涉均吃亏，往往持中文约本与办，动多轩轾，不知当日翻译之人有意错误或无心出之也？故将日约原文钞存日署。

条约因翻译脱误

二十日庚戌　晴。针布电筒搭至鸟约，能与陆永泉问

12,9,21

答，仍不能字字清晰。近以连日作病，闷坐不堪，乘马车至苏遮士龛观红叶，夜霜不重，杂树微赭，尚不及恰卞庄桥之势。

二十一日辛亥　晴。麦天拿属邦命案，巴夏回文该属邦虽为查理，仍未获犯，拟为文促之，并行金山领事。晡后收到更换日斯巴弥亚国书。

二十二日壬子　晴。晨起胸膈稍舒，仍有寒热，似是肝木克脾。复总署书，论日斯巴弥亚事。又函促刘湘浦办中西学堂。昨晚医生赠药水属饭前服、药散属饭后服，谓可消滞舒胃气，约五六日可愈，嫌其纡缓置之，西医之药既无速效，不愿尝试。

二十三日癸丑　晴。外部索本署各员衔名，为刊缙绅。美都各日报盛述本署冠服大雅，迥殊他族，殆渐识汉家制度欤？

二十四日甲寅　晴。美外部照复金山华人搬运枯骨事，已行嘉利福尼省酌办。上议院绅、前任外部衣云士函约本月二十八号拔劳岛石像开光，美总统宣诵赞词，请往观礼。

二十五日乙卯　晴。晨起尚畏寒，不能出门。午后令参赞往晤巴夏，属函告嘉利福尼省总督平决华人搬运骸骨事，并托函知文劳炮台守将，余将往游。巴夏以嘉省事难于致书或托议绅代达，然该省之例专为华人设，恐难删减，特较墨西哥例骸骨不准出口犹宽云。《金山日报》言：散罗些埠有华人曾广成于上年在博场枪毙西人一名，众华人虑为牵累，遂缚付有司，定为一等罪名，监候久矣。昨复讯决判于西历十一月十二日缳首抵罪，不识确否？当告领事详查，若得确凭，可为槐花园诸案之证。王荣和、余瓗两委员七月初八日抵小吕宋，该埠商民迎迓甚恭。本日发总署包封。

二十六日丙辰　霜降，晴。巴夏函送兵部所致文劳守将书。美国秋高试马，主者函请往观。马既不多，人无长技。

二十七日丁巳　晴。昨睡得微汗，寒病略解。檄金山领事催办华人搬运骸骨事。

催办华人搬运骸骨事

二十八日戊午　晴。巴夏照复槐花园命案凶犯已释，不能再拿。欧洲通例，可一不可再，无论陪审人是否有意，抑罪有可疑，均不便干预，须知他国人系自行来美致此境地云，可谓无理已极。欧洲通例蒙岂不知？他国人若无条约岂能遽来？不问如何冤抑，尽付诸陪审人之口，尚有天日哉？当再驳之。檀香山商董程汝楫、古今辉禀言：建复会馆作为医院，如香港东华医院之式，乃为会党所阻，另禀求退。华人远客数万里，所遇皆蹇，又自立会党，操戈同室，安有绥戢时哉？

二十九日己未　阴，雾。比阅《广报》，番禺人郭见福忤逆不孝，乃父送县惩治，郭固贾于香港者也，控于港官，贻文英领事查询。番禺令驳之曰：郭见福在中国为叛民，在郭氏为逆子，自应惩治，律师不谙中国律例，妄行干预，殊出情理之外云。令诚能矣，安得中国庶官尽如番

12,10,1

禺令者，以办中西交涉事哉？香港毗近省垣，粤人每于此营生，以其不抽税厘，遂多获利，因而寄家于港间，生子女须赴港官报册，港官乃据为英民，偶犯中国之法，辄倚港官为脱身计，此风由来久矣。若如番禺令之词严义正，不激不随，港官亦不能不韪之也。泰西各国间有他国人寄生者，却不能引为彼国之籍，其自愿入籍者听之。法国律例则无论人民寄生何国，仍不得脱法籍入他籍。

昨美外部所言墨西哥不准枯骨出口之说，细查墨例系五年后乃准起运，并非概不准出口，特起运时却不索钱，非如金山之无理，巴夏所谓墨例不准运者仅知其一而已。闻数月前美绅有女殁于墨国，曾托巴夏函致驻墨美使代讨人情，墨未之许，巴夏遂援以为说。惟金山之事寻究美例，巴夏却无权转移，须请律师控之，地方官不直，则控之美都。若专为华人而设此苛例，大可驳除。即电金山领事将例案钞送。 驳斥不准骸骨出口之说

十月初一日庚申　雨。总署公函，颇以余驳诘补正新例煞费苦心，并为照会田使，一如鄙言以诘之，又促索洛案偿款。总署于美案已极着力，惜美政歧缓，令人焦闷。今日总统、外部均赴鸟约赞颂石像，巴夏贻书来约，余仍以病辞。

初二日辛酉　阴，微寒。阅邸报，直隶水灾极重，畿辅之地，思有以济之。海外华商秘鲁差胜，因告参赞贻书秘鲁劝办。今日为鸟约海岛石像开光之期，适大雨泥泞，观者未免败兴，各国公使多不往，只檀香山、墨西哥及纽 直隶水灾

约寄寓各参赞随喜而已。美总统闻夜间遄返。巳初核各案照会，凝神略久，冷气潜发，强饭以压之，仍不适。蓬云来商陆永全差事，几不能答。

初三日壬戌 阴。晨起似无病，偶至参赞房听习西语，复翻昨稿重核一遍，冷气仍起，然非疟也。照复巴夏，重论槐花园案。

初四日癸亥 阴晴不定。进斋理出的钦巴损失数目，头绪纷繁，拟照会巴夏办去。此数日间似疟非疟，甚闷。

初五日甲子 阴寒。晨起略免寒热，徐步雕扳园，稍畅筋骨。饭后复乘车，林木深处，秋林黄紫相杂，仿佛济南龙洞佛峪之境。闻巴夏亦自纽约回，石像开光之事毕矣。此像安置拔劳海岛，为纽约入口处，近瞰河海，远览墨欧，亦殊得地。像为女身，略如吾华之观音大士，纯以白石雕镂，光洁绝俗。下承以础，高八丈九尺，像高一百十一尺六寸，头面阔一丈，两眉相距二尺六寸，鼻准长四尺六寸，臂长四丈二尺，腰围厚三丈五尺，口阔三尺。左手挽一石碑，长二丈三尺七寸，阔一丈三尺七寸，厚二尺，碑镌“一千七百七十六年七月四号”等字，盖即华盛顿开国之日也。右手举一石盏，其大可容二十人，储火照远以备夜船往来。傍置小梯，为他日重修之地，西人谋事至深远矣。此为法国赠美国自主之像，当华盛顿叛英时，法实为之助。法美之交由来牢固，前年法越之事，何天爵屡诳言照约居间，谬甚。此像始于同治二年，逾年石盏、石臂先竣工，同治四年曾在肥路底肥亚埠陈设，续以

自由女神像

石像由法国赠送

12,10,6

德法之役，此像辍工，旋择定置像之岛，乃于光绪八年全像告竣，光绪九年又在巴黎斯竖立，几费经营，甫于光绪十二年八月安置于此岛也。是日法国文武到者若干人。

初六日乙丑　晴。天气颇清朗，今日病亦略减。晨起核正复总署第十二号函。午正医生来，劝服消滞药并多行动，理或然欤？澳路非奴命案，外部照会指李驹南为真凶，略如锦堂之密电。惟私刑缳杀，岂称明允哉？当与再驳论。希九书，言日国《新报》论洛案赔款美国翻悔之说，又言查释修打监禁华人各事，日外部允给各该衙门公文并给委员护照以利遄行，颇有修睦意，并将日国近易吏、藩、户、刑、海各部臣衔名寄阅。未初檀香山公使哈达来晤，盛言华人在檀岛甚相安，该国极愿中国立约，曾告郑前任，允代达之总署，而无消息。余以郑前任从未言及，出京时总署亦无属付，哈达遂去。余往晤科士达，论澳路非奴案，并询日都《新报》，科士达以为谣言，并谓近得田使书，洛案赔款两议院均已议准，田使尚未的确，可知欧洲日报更虚如捕风。

洛案赔款美国翻悔

初七日丙寅　晴，辰正仍雾。今日复有寒热，往来强行半里，不如昨日之适。午后答拜南阿墨利加洲沙路咸朵国公使威亚土高，该使自言知医治寒疾，无须金鸡衲霜，当别有道。又答拜檀使，不值，其妇出见，颇言檀岛国典土风，警示白羽竿，略如吾华鸡毛帚，约六尺许，谓檀王视朝以此为羽卫云。一物之微，显晦殊无定也。近日法人屏逐拿破仑子孙，以致流寓美都，美总统步行访之，复偕

拿破仑子孙流寓美都

至戏园观剧，绝无炎凉之见，益以征法美之昔交矣。

初八日丁卯　晴。美属公举议员之期，拉士不安于位，其党孤矣。未正英使偕参赞欧格讷来晤，盖自华调美者，曩在总署曾与往还。据云都中近状甚好，总署亦极相洽，并属贻书各堂为之道候，意殊恋恋。抵美一宿即返英伦，八月自吾华起程，先来美都谒公使，后请假归国。

初九日戊辰　晴。秘总统每月礼拜六日约各国公使入宫共谈政事，微特集思广益，亦足联络邦交。子正将就枕，锦堂长篇电禀，深为骇诧，因华商贩运烟土至域多厘、巴拿马等埠，经过金山税司，扣留输税，锦堂乃电请照会外部。光绪八年中美续约条款甚明，该领事并此不省，何哉?

初十日己巳　晴。卯初率僚佐恭祝皇太后万寿，礼成即曙，开窗纳朝气，凭案起草，早晚为酒食宴乐。批饬金山领事电禀。

十一日庚午　晴。患病经月，西医劝以避地。巳初附车至鸟约，震东、祝彭偕行，开车辄凉，饭后渐热。申正抵鸟约则更热，晚饭后乃大雨。西人有为菊花会者，冒雨往观，布列高下，疏密不一，合之有七百馀种。其大如牡丹、芍药者，中国种；小而瓣密者，倭产也。西人培植未尽得法，又以花多为贵。主人款接甚殷，询所好折以相赠，又约到园中赏鉴。

十二日辛未　立冬，晴。天气和煦，略似都下初冬景色。鸟约绅士湾克来寓订观倭剧。近有英伦访事人自华来

12,10,13

此，谓津东新制火车每点钟行七迈路，以为笑柄。申正微雪，不逾刻。

十三日壬申　晴。午后往仙打园观虎、豹、犀、象、狮、熊之属，下车微雪，寒甚。方池不冻，亦分畜海豨、海狗，数见不鲜矣。禽鸟颇稀，主人云天寒移置他处。旋复至博物院重观无翼鸟，却又见其一，毛色苍老略如元狐，嘴距并黑，背特高耸，秃尾。天壤之大无奇不有，列子言“大禹行而见之，伯益知而名之，夷坚闻而志之”，仍未尽也。又到一博物院，主人新得大水晶，琢为圆球，颇光洁，欲以夸客，折柬召朋旧，余告以中国以此作屏风为夏日避暑之用，主人大骇。旋至酒肆晚饭，寒月初上，林木萧森。访格前总统宅，谈两时许，煮茗肃客，重话曩游并询高丽近状，甚关切。座有专管医生牌照者，谓中医有数人于此售技，而无公使领事准照，土人群思执之，乞给以准照。当答以不深悉此辈医学，故不给，若美例如是，当告领事查给可也。便道重观南北花旗水战光学画。

十四日癸酉　晴。津电小吕宋事。鸟约寓楼火炉烟重，遂患咳嗽。

十五日甲戌　晴。秘鲁参领琐言并署非宜及何子刚讼案，殊未的当。

十六日乙亥　晴。未初徇菊花主人之约，渡海往观，田庄风味，犹存朴拙气。留饭至灯时乃还，承专人迎送，又赠菊花归。晚访湾克不遇。渡海一行，头眩渐解，咳嗽仍尔。

十七日丙子　微雨。檀使以檀王诞日，请宴，病不能往，即婉复之，属参赞届时往贺。

十八日丁丑　阴雨。檀使复请酌，带从官与会，当属参赞并复谢之。金山来电，张广胜一案已缓二十日，仍可设法减轻。曩阅新闻纸作曾广成，缮写讹矣。申初雨雪，气候愈寒。

钵劳仑（布鲁克林）

十九日戊寅　晴。午后渡铁线桥，访钵劳仑花园。平湖浅草，略具亭榭，长松叠翠，红树间之，状如紫荆，色如含桃，草木变衰之候，得此甚奇。凫鹭浮沫，晾羽波间，游人荡小艓往来，颇类江乡光景，亦或驰马沙岸，恣其游骋，乌约别一境也。湖堧夕憩，仍沿桥道归，已昏黑矣。本拟缓步过桥，凭眺形势，海风凛冽，病尚恶寒，遂乘车行。

二十日己卯　晴。古巴领事禀：翻译谭乾初请假六月，当批俟日秘差旋再酌。秋气已深，美都林木凋落，垂柳犹青，物性之不可解如此。

二十一日庚辰　晴。李傅相九月初四日书，以余所办均得法，并属厚结科律师，又言俄高私约悉属子虚，已奉明训，当益谨侯度。又邮政局事，总署尚未深信，银行事则议者纷然，尤不敢着手。

二十二日辛巳　阴雨。金山电陈、邝董事二人于二十日到埠，登岸无阻。澳路非奴案照会外部文十八日送去，又预定保护华民章程，批复王荣和、余瓗两委员禀，并分咨总署南北洋、粤督。

12,10,23

二十三日壬午　大风，雷雨，窗瓦摇动，约三刻而霁。鸟约律师巴庐偕总兵官魏礼森来晤。魏盖京津旧识，甫从吾华回美，备言与田使游历江南闽台，见曾沅帅、刘省帅，款留饮宴，省帅目疾仍未痊。又谓在华一晤何天爵，无所事事，此旬日间即将回美。巴庐约观剧，行后又遣其子来订期，闻其室庐园亭甚佳，多藏中华器物。

二十四日癸未　晴。美城气候仍恶。诸参赞劝在纽约多避数日。又请汇秘鲁经费。

二十五日甲申　晴。美前总统亚大殁于鸟约，现任总统及外部诸臣并往会丧，各部衙门悬孝一月，弁兵持服半年，尚不忘旧君也。各国公使惟墨西哥亲吊，余以华人近为美国苛虐，特沿彼族之例，赙以鲜花函唁其子。前年增修限禁华工例，亚大曾与议员折驳，尚非不雇邦交者，巴夏至今犹忿其所驳为不然。旗昌、士蔑德自沪回美，偕福士来见，询以吾华商务。士蔑德言今年业茶者尚不吃亏，惟西商转运外洋则大损，又言招商局生意尚佳，中国宜用小轮船运货，获利较厚，曾至台湾谒刘省帅，拟接办铁路，无成。福士历言前在粤中境况，颇念伍怡和之情，又拟招同曾往中国各商，谋一欢叙。余以微疴未痊谢之。　美前总统病逝

二十六日乙酉　晴。答拜巴庐，阅所藏吾华玛瑙京料雕瓷白玉烟壶百十枚，又霁红瓶一枚特佳，旗昌得自伍怡和，以之转赠者。拟访魏礼森，已返乡矣。访巴那蛮，则高卧未起，美俗富人类如是也。灯后湾德约访摩登，曾使法兰西，云识曾劼侯，亦略言前年法越事曾为居间。湾德　观赏白玉烟壶

以其党人众多，将为上议院绅或拟举副总统，欲余与之认识，以备他时之需。

二十七日丙戌　晴。古巴招置学童说帖，留交易希梁在鸟约酌办，鸟约华人不甚联络，现办医院尚吃力，学堂恐未易办到。晚赴巴庐之会，鸟约戏园极宏壮者也，地跨四弄，楼分五层，第一、二层有间隔且别内外，第三层以上及墀子均散坐，岁收散坐钱不敷开销，园主人仍须津贴。今晚演剧为德国人，语音不辨，只跳舞尚整齐，坐客珠宝缨络与灯光相眩耀，美都无此巨观。

观歌剧

二十八日丁亥　雨。午初附火车，途中热甚。戌正乃抵华盛顿，同人皆夹衣，与鸟约气候又殊。得李傅相九月十二日书，论经营南岛及小吕宋设领事官事，与十三日来电恰相印证。此事已函属希九，今日亦得回书，言外部亦愿中国设领事，至华商官文斗前禀各案，须详查的确，乃免推宕。

二十九日戊子　晴。古巴领事禀：建设中西学堂事尚清楚，视金山为得体，拟即奏报核定。照会美外部文，麦天拿属邦旧案、金山外埠布林非鲁案。

感恩节

三十日己丑　雨。美俗祀神之日，总统而下均放假一天。传闻华盛顿拔出英籍后曾于是月大饥，麦谷均尽，忽波士顿飘来一麦船，遂庆更生，故年例悉于是月举家欢宴一日，烹火鸡佐馔以答神贶，无忘在莒之义也。比日本城巡捕多被拘禁，闻各巡捕以议绅减其薪资，欲伺议绅狭邪游时捕以泄忿，而为同事所觉，议绅怒甚，故拘之也。子

警察减薪滋事

12,11,1

豫书，言冬月初赴马丹萨各埠察看华民，并询余病状。当草复之，属以发春来晤，兼约谭子刚同来，以便随赴日、秘。美俗放假之日，信局仅于午前酉末收递信件。

十一月初一日庚寅　晴。晨起草疏一折两片具报，古巴筹设学堂一折，日君后感谢拯救小吕宋难民一片，秘总统嘉西勒士即位一片。午后访外部告以议院将开，所有未结各案宜请总统特谕议员速结。巴夏答以总统前为洛士丙冷案曾谕议院，语意甚详。此时议院并非不办，只是夏间散议时要事太繁，遂尔搁置，现在举官之期已过，议绅无所瞻顾，当无异议，我必极力谆托议绅于美俗给假之前议结。近日太平洋来船甚多，既坚既大，从此商务日拓矣。当答以太平洋商务，华商居其大半，若欲商务兴旺，非保护华商不可。巴夏深然之。又言田使来书，据上海总领事禀，欲与中国联办书信馆事，亦畅通商务之一助云。答拜檀使、瑞典使不遇，在多福、威露健臣处少坐，精神尚可支持，寒病或遂退矣。晚与参赞重论古巴学堂章程，详为考订。

初二日辛卯　晴。小吕宋华商本年被害各案，所有地名、时日、被害人籍贯、损失数目，前经批饬王、余两员复查，因虑该员行踪无定，又函托香港何昆山径询小吕宋各商，或更捷速。

初三日壬辰　晴。复北洋书，商小吕宋领事经费。致总署书大致亦如之，兼叙英前署使欧格讷谢优待事。比日天气颇暄暖，复为苏遮士毚之游，木叶尽脱，红树更寥寥矣。

美国画报讽刺漫画

初四日癸巳　晴。美国画报列牛、马、鸡、犬诸状而面目则作人形，神理逼肖。其庞然大物、骍角细毛者，今总统企俚扶轮也；小犊相依、眯目张口者，外部大臣巴夏也；蹲踞于前、狺狺欲詈者，两举总统未成之咘哇也；俊耳高腕、倜傥权奇，一圉人牵之以出，则将举总统之劳近也；其他鹰、兔皆作人面，识者悉能辨认。民政从宽甚于处士横议，然所周旋者视此图，能勿慨伤哉？

初五日甲午　雨。查岛委员来禀并钞呈小吕宋华商禀折及该员照会小吕宋总督稿，当详批之。小吕宋能否设领事，尚烦唇舌，该员遽予日官照会，益速其疑忌，甚无谓也。

初六日乙未　晴。午后拜发折片，并附总署咨函、北洋咨函、南洋粤督咨。晡时令震东告夏卢报馆中美未结各案。德使鸦劳湾士宾自百灵回美，来谈甚久。询德王病状，已大痊，濒行曾与共食，今年恰九十岁，毕斯默亦年七十二矣。日耳曼多寿人云。

初七日丙申　晴。小吕宋领事薪俸，据查岛委员及华商陈谦善、叶钦龙禀，均言就地筹费。而委员禀末又虑为日官所轻，仍请拨款。当援案咨商香帅核复。

初八日丁酉　晴，气候渐寒。《波士日报》言：德沙士邦眉劳艾打埠有华工五十名，修理铁路，日久相安，讵本月初四晚，深夜之间被涂面洋匪数十人抢劫银五百元，凶手未获云。当饬金山领事查理。美政纡缓，前日德使来

华工遭洋匪抢劫

12,11,9

晤，谓向来如此，曩有类此之事，曾受前外部之诳。

初九日戊戌　阴寒。锦堂以华商洋药被税关扣留一事又电商核办，可谓颟顸矣。不看批札，只徇商情，何以处烦剧哉？叠次禀牍，藏头露尾，深可骇异。申初雪，答拜德使、英使，雪意甚重，颇有深冬气象，不识吾华得雪否？畿疆、秦晋、齐辽今年并有水患，三冬若无雪，尤可虑，窃默祷之。

初十日己亥　雪。乘雪车循议院一游，以挹清气，略如京东狗爬犁，然价视马车倍蓰，双马者尤不多也。金山洋药事来电含混，展转思之，乃悟其辨生熟土之意。因美户部定章，凡烟膏进口后复出口，纵不拆箱亦须征税，每磅十元，故该商絮聒生熟土耳。惟须领事与税司将此项烟土提出一枚，会盖印花，律师签名，寄往香港售土之地，或印度产土之区一为试练，乃决为生土为熟膏，甚非泛泛文牍所能争理。锦堂办事如是隔膜，奈何。香港近有将烟土煮熟灌入皮壳化二为一，审若此则更难制胜。是宜详询各商，踏实脚根乃可发手。

十一日庚子　晴，申酉仍雪。本日为议院复集之日。循俗往拜诸律政司，于威地处晤法使，握手通名，避坐，因与寒暄数语，甫自法国回美也。美总统谕议院文，煌煌大篇，所言中美交涉事，意在限制华工，无他谬巧。

十二日辛丑　雪，午晴。美总统谕议院诸条所论中美交涉事，仍以虐待华人为非，且云照约保护，但限制华工之意尤为侧重，并及洋药、金山近事，或有所闻耶？谕中 议院诸条限制华工有索智利偿款一事，而于应偿中国之款乃不着一字，亦无意于办凶。陆师大将军佘利钝来晤，人尚稳练，格总统之旧部也。习西学者应从算法入手，偶举《新唐书·郑钦说传》，述梁大同四年七月，任昉得钟山圹，铭曰："龟言土，蓍言水，甸服黄钟启灵址。瘗在三上庚，堕遇七中己。六千三百浃辰交，二九重三四百圮。"试令翻译以西人算法推之，数目仍歧。

十三日壬寅　晴。沪局包封，总署寄还七月奏派员弁各折片，又公函一件，述田使辩论限制华工事，总署谓：田使纵以此时辩论为早，然预制其谋不为无益。本日为美各部臣见客之期，循俗一行，仅见兵部、水师部两家，来客纷如，主人肆应不暇。希九电述外部言小吕宋宜设领事。

十四日癸卯　晴。粤海关税司贺璧理自粤来，言粤中夏秋旱甚，田禾尽槁，入口之地厘金倍征，商船裹足。新监督接任后六礼拜内常关无一钱之税，旧监督因家丁被罚贻累，甚窘急，卒罚二十万金了结。又黄浦海口仍堵塞，英领事以为堵塞之工有名无实，徒碍商船，无裨防务，特遣人入水探视，绘成一图送香帅阅，意以促其毁拆。香帅留阅斯图，即就图中所云不结实者照图加筑，此时更无改拆意云。贺璧理系英人，娶妇于美，偕妇寓岳家，叩以此次抵金山，税关作难否？贺云：作难之至，箱箧检视，极其烦琐。因自往见税司黑假，仍不少宽，见犹不见，然总算留情。同船有日本三人被其盘诘，尤不堪也。惟钦差所

黄浦海口堵塞

12,11,15

调两董事极优待，特将衣物另搁一边，无须搜检。余笑语之曰：尔在中国当税司无此认真也。又询以香港稽查洋药事，贺云：须候澳门并行，澳门新易总督，故担搁。与谈甚久，不图此间遇此熟人。美政纡缓，外部又屡食言，特致田使一书，略言其状。钞稿寄总署。

十五日甲辰　晴。副外部请茶会，四点钟至七点钟，相距甚近，一酬应之。科士达已回，早间将外部复文送阅并订晚八点钟往晤。科言外部回文谓前函所述华人被害数十命指为失实，当驳复之。税关阻碍一事，余不深究，已极通融，巴夏于中美交涉各案仍不能速结，岂不可叹？科亦云然。茶话至子初，返寓晚餐。

十六日乙巳　晴。发总署第十三号包封。英使来询中国书信局事有无成议，当答以顷接北洋九月书，略言其事仍无开办之信。从前税司赫德曾设华洋信馆及驷拨处，此系暂时试办，非如外国邮政章程。日前晤外部，曾言据田使书欲设中美信局，自旧金山以达上海，究不知已否定议。因询以印度洋药有无过火，答言不甚了了，允代详询。告以域多利华商烟土为金山税司扣，索每磅十元之事，并将电饬领事办法告之，英使深以为然。又共论美总统所谕议院文且及银价各事，属并翻译户部报章，谓极紧要云。湘浦来电：集捐直赈千元。秘鲁华商今年倒塌二十四家，现正艰涩。佛山万善堂捐得一千三百馀元，已极费力。中西学堂须明春乃能开办云。闻仲兰得子，特与致贺。张弧月日，仲兰亦未详，远道音问之难如此。 欲设中美信局

十七日丙午　晴。西人以女发黏织为花，毛色红黄黑白不一，具有巧思。进斋近制一屏赠秘鲁人，所费不赀，惟鸟约工匠能之，南阿墨利加无此新制也。作《发花歌》。

十八日丁未　雾。秘鲁电称直赈不能加筹，益可见华商之困矣。金山书言张广胜案已得减死，但科以监禁终身，此已极费斡旋矣。刘玉麟所译美总统谕，语意甚明晰，于彼国外交亦略知梗概。当分寄总署、南洋，以资考证。

十九日戊申　晴。美前总统亚大殁于鸟约，念中美旧好，赠花如礼，书唁其子，令刘宝森往吊。顷其子专函致谢，并亲串名刺俱来，美俗然也。午间科士达来，自携拟驳乌庐命案稿，谓巴夏前文指为失实，殆将去文并未办凶一句略过，遂致上下脱节，或系外部庸手所为，巴夏尚不至是，现与驳复，使之自愧。

何天爵自吾华来见，别逾两年，面目苍老。忆前年中法之役，照约请美调停，何天爵频频居间。适以他事为美撤回，何天爵又谓中法各派使臣至美候断，渠愿充参赞。又为与中国借款之说坚求廷旨以行，余言借款既有着，乃请旨，此时事之成否未可知，岂能以圣谕付之尔手？如借有确实，必先请旨后收兑，何天爵唯唯。遂由蕙吟拟定借约稿，余酌加数字付以户部砝码，卒之所借无成。余奉使出京之顷，总署属晤何天爵取回借约，余抵金山而何已赴华矣，砝码等物已寄还总署。何天爵到京求见，总署拒不

何天爵自吾华来见

12,11,20

接晤，遂赴津谒李傅相，力诋柏立才短，将欲黜而代之乎？北洋频有书来，当切实答之，其品诣尚逊柏立也。顷何天爵来晤，殊有不甘落拓之概，屡言有事可以相助，余属将借约交还，何天爵有延赖意。美各部为前总统亚大持服一月，今日已满，各衙署黑绸均摘去。

二十日己酉　阴。美为民主之国，应译其创国例备览。蔡毅约有译本，甚清晰。其词曰：

美国国例译本

美国合邦盟约（一译作律纲）我合众国人民意欲联合众邦，以益巩固、昭公义、保安居、敦守卫，兴利除弊，爰及后裔，永享自由之福。特立盟约曰美国合邦盟约。

第一章论立法司（按合众国政治分三门：一曰行法司，总统是也；一曰立法司，国会是也；一曰定法司，律政院是也）。第一节第一款：众邦既合之后，所有立法之权应归合众国会，曰上议院、曰下议院。第二节论下议院绅士。第一款：下议院绅士由各邦庶民选举，每二年一换，举之之法悉照各邦选举邦会各绅士之例（按各邦会亦分上、下两院，其绅士由民间投筹公举，举法各殊，有男女皆准投筹者，有不准妇人投筹者，有二十一岁后皆准投筹者，有须读书识字始准投筹者）。第二款：各邦所举下议院绅士必须籍隶本邦，年在二十五岁以上，入籍美国已逾七年，方准充当。第三款：每邦所派下议院绅士人数及科派丁税之数俱按照各邦户口丁数比例而定。统计良民人数及他邦来此限年佣工之人加奴役人等五分之三，共得

立法之权归合众国会

若干人，照数均派，烟甸土人不纳税者不入算。自国会初开后，三年之内务将民数查清，此后每十年间照例重修户口册一次，按民数每三万人选派下议院绅士一名，小邦不及三万人者准其选派绅士一名。未造户口册以前，纽罕什尔邦准派下议院绅士三名、麻沙朱色士邦八名、洛爱伦邦一名、干捏底吉邦五名、鸟约邦六名、纽折尔西邦四名、宾夕尔勒呢安邦八名、特尔拉华邦一名、马理兰邦六名、勿尔吉尼阿邦十名、北喀尔勒那邦五名、南喀尔勒那邦五名、若耳治邦三名（按合众国既立盟约，美洲各邦归附者渐多，原订按民数每三万人举绅士一名，觉绅士人数过多，碍难照行，嗣后民数限额屡有更张，近年则以十三万五百三十三人准派绅士一名，共得下议院绅士二百九十二名）。第四款：各邦所派下议院绅士有因事出缺者，由该邦总督出示晓谕民间举员充补。第五款：下议院院长由该院绅士自选，司事属员亦由该院选派，纠参官吏惟下议院独有其权（下议院纠参，上议院审讯）。第三节论上议院绅耆。第一款：上议院绅耆每邦准派二名，由各邦会绅士选举，在任以六年为期，凡判事可否，各人得自摅己见。第二款：国会初次聚会即将各邦所举上议院绅耆约分为三排，第一排绅耆以第二年为满任，第二排绅耆以第四年为满任，第三排绅耆以第六年为满任，此后每二年选举一次，得新任人员三分之一（旧多新少，以资熟手）。如上议院绅耆告退或因事出缺适值邦会停议之时，未能即行选员充补者，由该邦总督派员权理，俟下届该邦邦会聚议时

每十年重修户口册

再行遴员充补。第三款：凡充上议院绅耆者必籍隶本邦，年在三十岁以上，入籍美国已逾九年方准充当。第四款：上议院以副总统为院长，议事不道可否，若所议之事众绅耆从违各半，则以院长允否为行止。第五款：上议院司事属员由众绅耆选派，遇副总统他往或摄行正总统事，众绅耆可择本院一人暂充院长。第六款：凡纠参官吏，悉由上议院审问，遇有此等事，众绅耆必重行具誓，然后开审，如总统被参提审，则以律政院正堂为院长，定案时必须在院人员三分之二意见相同方成信谳。第七款：官吏被参事迹属实，上议院只能革其官职永不叙用，不准再当合众国各项差事，至革职之后应如何审办定罪，由有司遵例办理。第四节论国会。第一款：选举国会绅士应于何时何处如何举法，悉由各邦会自定。国会亦可随时立法，以易其章程，惟举上议院绅耆之处则不得更易（按选举上议院绅耆，恒在各邦之议例院）。第二款：国会每年至少须聚会一次，以洋十二月内第一次礼拜一为期，或立例另易日期亦可。第五节论国会应行事宜。第一款：国会绅耆得邀公举之据是否合例，由各该院绅耆公同核验，每院人数过半即可议事。如人数不及半，可以连日停议或设法勒令旷职之员即行到院（按在院有十五员即可拘传不到之员）。第二款：上下议院各自定其办事章程，惩办不循规矩之员，如三分之二意见相同，可将本院某员罢黜。第三款：每院须设一日报，将所议公事详载刊布，其机密事件不便刊布者，由院绅酌定。每议成一事，如在院人员五分之一

上议院院长为副总统

国会应行事宜

请将曰可曰否者之名载于日报，应即载明（按每议一事，各员先行辩论，事理了亮之后，院长请定行否，愿行者同声曰可，不愿行者同声曰否，察声音之大小以定事之行否，间或曰可曰否声音相埒，未能立决，即须按名查问孰曰可孰曰否，逐一载于日报；又或曰可或曰否声音大小迥别已无疑义，而在院人员若有五分之一人数愿得曰可曰否者之名，俾举国共知某人主何说，则应将曰可曰否者之名载于日报）。第四款：当国会开议之期，除两院公允停议外，每院暂停不得逾三日，至停议必在上、下议院立定之处，不得前往别处聚会。第六节论国会绅耆应享利益与其所不得为者。第一款：国会绅耆应得俸薪照定例酌给若干，由合众国户部开支。该绅耆自赴院会议至议毕回家之时，除反叛、大恶、伤风败俗、死罪外，不得因案拘拿。其在议院内所辩论之公事不得于别处究诘。第二款：国会绅耆任内于合众国新设文职各缺，其薪俸较优于绅耆本任者，不准充当合众国现任职官，亦不得兼充国会绅士。第

立例事宜 七节论立例事宜。第一款：凡议征收税课之例，应由下议院先议，议成之后，上议院或从或改，悉照寻常例稿办理。第二款：凡例稿经上、下议院议成之后，必呈总统核准，方谓之例。总统允准，即在例稿上画押；若不允准，应将不准之故批明，发回创议斯例之院（或始议于上议院，或始议于下议院）。该院即将总统驳词详载官报上，重行置议，如众绅耆愿行者有三分之二，即将总统驳词转送至又一院重议，此院绅士若再有三分之二画诺，该例即

12,11,20

为定例（无须总统批准）。凡重议之例，众绅耆孰曰可孰曰否必将姓名详载于官报。总统于国会呈例稿后，除礼拜日不计，及十日内若不将例稿发回，该例稿即作为定例，与已经批准者无异。如因国会停议，无从发回者，不在此论。第三款：凡号令条议画诺之件，须由两院核准者，除议停歇日期不计外（国会停议日期由两院绅耆公同商定，无须总统批准）俱应照呈总统，听候核定，方得举行。如总统批驳，须由两院重议，仍须每院愿从人数有三分之二方为定例。办理悉与寻常例稿无异。第八节论国会之权。第一款：国会有权征收地丁税课、出入口税、制造税，以清还国债、维持国是、昌裕国度，惟所征出入口税及制造税，须举国一律。第二款：国会有权为合众国揭散债款。第三款：国会有权酌立通商章程与外国贸易，或各邦互市、或与烟甸土人买卖。第四款：国会有权定立外国人入籍章程，及亏空债项规条，俱宜举国一律无异（按外国人来美至少须寄居五年方许入籍）。第五款：国会有权饬将钱币，定其轻重价值，酌定外国泉布相当价值，设立权衡丈尺。第六款：国会有权立例以惩办假冒钞票钱币等弊。第七款：国会有权设立邮务局与驿站。第八款：国会有权以鼓励格致技艺有用之学，凡著书之人，及始创新式器用之人，俱给予年限，使专其利，毋许他人翻刻仿造（按现例著作书籍准予二十八年限期，限内不准他人翻刻，始创新式器用者给予十四年限期，限内不准他人仿造）。第九款：国会有权设立审司衙门（巡按署及合众国

国会之权

按察司署），归律政院统属。第十款：国会有权立法惩办海洋盗犯及干犯公法之案。第十一款：国会有权宣谕交战，发给出疆强偿执照，定水陆地方捕拿敌人物业之章程（惠顿氏万国公法云：用力自行伸冤谓之强偿，如本国之民遭别国强暴冤抑即可发给强偿执照与受屈者，俾其自行捕拿抵偿）。第十二款：国会有权募养兵士，惟筹饷不得逾两万之需。第十三款：国会有权设立水师。第十四款：国会有权定立水陆二师军法。第十五款：国会有权调集民兵，以伸国法、平内乱、御外侮。第十六款：国会有权令各邦团练民兵，给予军装妥行训练，如经合众国调用则归国会节制。至于派官统领，按照国会所定纪律，如何训练，悉由各邦自行办理（按训练民兵由各邦自行派官者，缘民兵本为各邦自卫而设，合众国偶有调用，非常事也。训练必遵国会所定纪律者，冀步伐止齐，举国一致也）。第十七款：国会有权立法管辖京畿地方。其地四方不过十洋里，某邦让出，经国会核收即为合众国都城。至合众国向某邦购买地段，既经该邦邦会允肯，其地用以建造炮台、军装局、军火局及一切公所地方，虽在各邦界内，仍归国会统辖管理（按盟约定后次年，马理兰邦让出波淘麦河东地一段，又明年，勿尔吉尼阿邦让出河西地一段，均经国会核收，截地方十洋里名曰哥伦米阿郡，至一千八百年始建都于此，都城曰华盛顿）。第十八款：上文明载国会应有之权及合众国各部院官员遵盟约应有之权，由国会详审立例，使其权必行。第九节论合众国之权有限制。

国会有权宣谕交战

合众国之权有限制

12,11,20

第一款：招徕各国人多寡，悉听各邦自行酌量。国会于一千八百零八年以前不得立法禁止，其招徕之人拟征收人税，每名不得逾十元（按立国之初，地广人稀，须工垦植，故暂准招工贩奴，拟征人税，所以示禁阻之意也）。第二款：提审票所以恤无辜，被押之人不得无故停发，遇内乱外侵，事势危急，有关大局之际自可停发（按提审票由被押者之亲属请领，由审司发给，定日提审以免久押受累）。第三款：越权定罪之例、追罪往事之例俱不准行（按越权定罪者谓不循例审办且无确实证据遽定人罪，追罪往事者谓犯法后始立苛例以重惩之）。第四款：征收丁税正税，必按户口册均派，法详上文（见第一章第二节第三款）。第五款：合众国各邦货物出口不得征税。各海口贸易章程税则宜一律无异，不得有此优彼绌之别。船只载货赴某邦或由某邦开行，均听其任便往来，不得限定某邦某口为卸货纳税之区（按美属英之时不与欧洲各国贸易，凡船只载货物出口须赴英国口岸起卸，商民病之，故盟约特载此款以革其弊）。第六款：户部存款除遵例提用外，无许乱支，其遵例提用之款，务将进支数目、如何动支逐一载明随时呈报。第七款：合众国不设爵衔称号，其食俸任事官员非有国会允准不得受外国君主礼物、酬劳、官职、称号。第十节论合众国各邦之权有限制。第一款：国内各邦不得与外国立约联邦会盟，并不得发给出疆强偿执照，不得铸钱币、出钞票，除金银而外，不得制他物以偿债，并不准行越权定罪之例，及追罪往事之例，凡律法能致人失信而弃约据者不准行，爵衔亦不准用。第二款：各邦非经国会允准不得征收出入口货税，如酌收规费以供本邦查验出产之用者，在所不禁，各邦所征出入口税实数俱归合众国户部动用。所有征收税课之例，如须改订，悉由国会核定，各邦非有国会允准，不得征收船钞于升平之日，不得豢养兵士建置战舰，并不得与邻邦或与外国订立条约擅启衅端。若外侮方侵，事变叵测，急不及待，应行从权者，不在此论。

论行法司

第二章论行法司。第一节论正副总统。第一款：行法之权归于合众国正总统。总统以四年为满任，副总统亦然。举总统之法如下款。第二款：各邦按照邦会绅士所授之选派公举人若干员，其人数与各该邦所派上下议院绅耆之数相等，现任国会绅耆及合众国食俸任事之员不得派充公举人。第三款（按此款所载举总统旧法今已不行，改订新法如下）。续增美国合邦盟约第十二章第一款：各邦公举人在其本邦聚会，各出筹拟举正总统一人、副总统一人，正副不得同籍本邦，至少须有外籍者一人。筹上书明选举某人为正总统，另一筹书明选举某人为副总统，于是将拟举为正总统者伊谁各得筹若干，拟举为副总统者伊谁各得筹若干，分列为二单，由公举人画押批明封固，送至合众国都城交上议院院长开拆（按此单须缮备三份，一份专差递交国会，一份交邮务局转递，一份封交本邦之合众国巡按司公署存案。如延至正月内第一次礼拜三此单犹未递至都城，则由院长遣员赴该邦巡按司公署查取存案之

12,11,20

一份，送至都城以凭核计）。该院长届期即在国会众绅耆之前将各邦送到名单当堂开拆，核算某人承举为总统，得筹最多而其数又逾于公举人总数之半者，其人即定为正总统；如得筹不及公举人总数之半，即取得筹最多者约之，由下议院众绅士投筹重举一人为总统。计筹之法，每邦无论所派下议院绅士多寡，须同一筹，此事须得众邦三分之二绅士在坐方得开办，若绅士所举之人筹数逾于邦数之半，即以其人为总统。如下议院绅士于应举总统一事延至本年三月初四日犹未举定，即以所举之副总统署正总统，其办法与正总统身故出缺或有故未能任事者同。第二款：其承举为副总统得筹最多而其数又逾于公举人总数之半者，其人即定为副总统；不及半则取得筹最多者二人由上议院绅耆重举。此事须得本院绅耆人数三分之二在坐方得开办，若所举之人筹数逾于众绅耆人数之半者，即以其人为副总统（按上议院举副总统，每员准一筹，下议院举正总统，每邦只准一筹，办法各异）。第三款：凡不能胜正总统之任者，亦不得为副总统。第四款：各邦选举公举人日期及公举人投筹日期均由国会酌定，惟投筹日期须举国一律（按一千七百九十二年定例，公举人聚会投筹在十二月内第一次礼拜三，国会核计算数在二月内第一次礼拜三。又一千八百四十五年定例，各邦选举公举人在十一月内第一次礼拜后一日）。第五款：在美国生长之人或入籍美国在立盟约之前者，方准为总统，惟年纪不及三十五岁，入籍未及十四年者，仍不准。第六款：总统因事开

总统选举之法

缺，或身故或告退或有故未能任事，即以副总统为正总统；倘遇正副总统皆因事出缺，或身故或告退或有故未能任事，则由国会议立一员摄行总统事，以俟总统照常任事，或俟各邦另行公举。第七款：总统任内俸银不得卒加卒减，并不得受合众国及国内某邦酬款（按总统俸银前定每年二万五千元，至一千八百七十三年增至五万元，副总统俸银八千元）。第八款：总统受职必先具誓，其词曰："指天具誓，愿竭诚效忠以任合众国总统之职务，殚尽心力以保全合邦。"盟约第二节论总统之权。第一款：总统为合众国水陆二师统兵大元帅，各邦为合众国调用者亦归总统节制，各部该管事务总统可饬令该部大臣议奏。除官员被参不得宽宥外，凡有干犯合众国律法者，总统有权特赦其罪、或命暂行监候。第二款：总统商准上议院绅耆可与外国立约，惟须上议院绅耆有三分之二意见相同，方能定议。总统可点派头等公使、各等出使大臣、领事官、律政院审司及合众国日后遵例续设职官，均须上议院绅耆公议允从而后定。至于各属司员，或由总统自行点派，或由律政院审司及各部大臣拣派，应由国会酌度情形立例议定。第三款：上议院停议之时，遇有合众国官员出缺，总统可以发照派人充补，其任事之期限至下届国会停议为止。第三节论总统职守。第一款：总统须将合众国各邦情形随时谕知国会，令将应行事宜公同商妥，遇有要事可调集两院或任调一院绅耆会议，如两院于停议日期意见各殊，总统可酌量谕令停止至何日再行会议。至于接纳外

总统受职先宣誓

12,11,20

国各等公使，皆总统之事，又须留心体察各定例是否实力举行，并给予合众国各职官莅任执照。第四节论总统被参。第一款：正副总统及合众国文职官员（谓各邦大臣、律政院审司及巡按司等官，国会绅耆为各邦所举者不在职官之列）如有谋叛大恶、授受贿赂、干名犯法等事被劾后，审明即行革退。

第三章论定法司。第一节论合众国法院。第一款：合众国司法之权归于律政院及国会，随后所设归律政院统属。诸法院、律政院审司及属下各法院审司如品行果端方，应令长莅斯职，在任时应得薪俸不得核减。第二节论审司之权。第一款：凡与合邦盟约律法及合众国所立和约有关涉之案，或有关于公使领事之案，海上战利管辖等案，与夫一切龃龉案件，合众国在局内者，或此邦与彼邦龃龉，或此邦与彼邦之民龃龉，或此邦之民与彼邦之民龃龉，或同为一邦之民凭二邦之权索地基而兴讼者，或此邦及此邦之民与外国及外国之民龃龉，以上各案件皆归合众国审司审断。第二款：凡有关于外国公使、驻扎使臣及领事官之案，与案情之牵涉于一邦者，律政院有径行审断之权。其馀前款所述各案件，律政院遇上控有复审之权，其有不准上控者，有须循定章者，悉由国会酌定。第三款：凡审问一切罪案，除官吏被劾外，须有陪审人员，又必在起事之邦审办；如起事不在各邦辖内，应于何处审办，由国会议定照行（按陪审人员以十二人为额，择民间之殷实诚朴者当之，遇审罪案，令陪审者到听审，审司执法判

定法司

陪审员制度

案仍须陪审十二人公议允行，方得定罪)。第三节论反叛。第一款：兴兵谋反，或潜附敌人助之济之，斯为反叛。反叛之案须有见证二人，供词相同，或逆犯当堂自招，方得定罪。第二款：反逆如何治罪由国会议定，惟不得查抄家产、罚及子孙，反逆不处死者，不在此论（一千八百六十二年国会定例，反逆或处死、或监禁、或罚锾，由审司酌定，惟监禁不得少于五年，罚锾不得少于万元)。

第四章第一节论各邦例案。第一款：此邦于彼邦之律例契券及其审司讯判之据，当奉为信凭，应如何察验以杜假冒之处，由国会立例通饬遵行（一千七百九十年国会立例，各邦律例契券审司判词均以印押为凭)。第二节论庶民利益。第一款：此邦之民赴彼邦，其应享利益与彼邦之民所享之利益相同。第二款：此邦有反叛凶恶罪犯逃往彼邦，由此邦主政者（即总督）行文到彼邦查拿，应即将犯解交起事之邦惩办。第三款：学徒佣工遵此邦之例定有年限，如在限期内逃往彼邦，不得以章程互异遂为逃人解脱，如经原主查取应交还。第三节论新邦新疆。第一款：新邦愿入合众国者由国会核准，但不得于旧邦辖内别为一新邦，亦不得合二旧邦或数旧邦以为一新邦，更不得于数旧邦内割地凑合另为一新邦。如经各该邦会及国会核准者，不在此论。第二款：国会有权定立条例以掌管处置合众国新疆公业。至合众国与各邦各有应得之地，盟约各款不得作有碍于其应得之额解说。第四节论护卫各邦。第

庶民利益

12,11,20

一款：合众国愿保全各邦永行民主之政，各邦遇有外侵内乱，一经该邦邦会或总督报知（邦会停议即由总督）合众国，必妥为保护。

第五章论增订合邦盟约。国会绅耆如有三分之二欲将合邦盟约增订，或合众国各邦三分之二其邦会请国会将盟约增订者，由国会知照各邦派员会议如何增订。议成之后或由各邦邦会绅耆画押，或由会议各员画押，应由国会酌定，其画押须得众邦四分之三具名方称定议。议定之款即与原立合邦盟约无异，举国一体奉行，惟一千八百零八年以前如有删订，不得于第一章第一、第四两款稍有妨碍。各邦非出于自愿不得减少其应派上议院绅耆人数。

论增订合邦盟约

第六章第一款：未立盟约以前，所有拨借公债立定约章均系合众国肩承，办法悉与联邦时无异。第二款：合邦盟约及遵盟约而立之律例暨已立、续立之条约，俱视为合众国之上法。各邦审司执法办案，凡邦例与盟约不符者概不准行。第三款：国会邦会诸绅耆，及合众国与各邦行法定法之官，于受职之时须具誓卫护合邦盟约，至于奉教，无关于职守，无论所奉何教，合众国不得歧视。

第七章论盟约告成，众邦会议以上盟约如有九邦画押愿从者，即作为定议，由愿从之邦遵守奉行（按会议盟约之时美国共有十三邦，愿从者十一邦，一千七百八十七年九月十七日）。

盟约告成作为定议

合众国自主后第十二年，众邦同立合众国续增盟约十五章：第一章，民间立教奉教各行其是，国会不得立例禁

续增盟约十五章

阻，至于言论著述、安分聚会、负屈请伸等事皆得任便行之，国会毋得立例拘制。第二章，各邦应练民兵以资保护，民间置备随带军器不得禁阻。第三章，国家平定之时寓兵于民房，必由房主情愿，乱时亦然，兵士如何安插，候立例定夺。第四章，民间身家房屋物产契券字据不得无故搜夺，如请搜检票，必须案出有因，又必具誓确实，指明应搜之处某人某物应行搜拿，方准发票。第五章，凡干名犯义重大罪案，须由陪审大员具呈（各邑择有名望者至少十二人至多二十三人为陪审大员，遇有罪案，先由陪审大员会议确查原告所禀情形属实，然后具呈有司审办）方能提犯到案审讯，水陆二军及民兵当国家有事之秋有犯前罪者，不在此论。罪犯既已办结，不得再拿惩办，并不得勒令犯人自供其罪（指用刑鞠讯）。除遵例办理外，不得杀害人之生命、拘制人之行藏、侵夺人之家产，如以私业取为公用，必须公平酬偿。第六章，犯罪之案，被告者须由犯事地方例定界限内之陪审人员公同妥速审问，将所控情由详告被告之人，准其当堂与证人对质。如被告者欲得某人为证，须即传令到案，并准其请律师到堂申理。第七章，遵例审判之案，凡银数逾二十元者，须由陪审人员断定，既定之后不得在合众国法院重审，其遵照通例所载有可以再行提审者，不在此论。第八章，取保不得多索，罚款不得过重，刑法不得太酷。第九章，合邦盟约所载民间应有之权利，非谓所有权利，仅此而已，其寻常所有者，仍旧照行。第十章，凡盟约无载明特让合众国之权，

重案须由陪审大员具呈

12,11,20

及特禁各邦之权，准各邦与其居民仍旧照行。以上十章于一千七百九十一年十二月十五日增立。第十一章，无论本国列国之民，不得因例案争端兴讼控告合众国内之某一邦，合众国司法之权不得理及此等案。此章于一千七百九十八年正月初八日增立（按原立合邦盟约第三章第二节第一款载，此邦及此邦之民与外国及外国之民兴讼亦归审司审断，是无论本国外国之人皆得与国内之一邦兴讼，众邦以其有碍于体制，故增立此条，以删改之）。第十二章，译见前，此章于一千八百零三年增立。第十三章，第一款，合众国内及所辖地方不得蓄养奴仆，并不得迫人为奴役之工，罪犯定案后罚作奴役之工者，不在此论。第二款，国会有权妥定律例，以行前款之意。此章于一千八百六十五年增立。第十四章，第一款，凡在合众国内生长之人，及入籍于合众国，或其属地之人即为合众国之民，亦即为所住此邦之民，无论何邦不得立例减少合众国人民应享之权利，并不得违背例章杀害人之生命、拘制人之行藏、侵夺人之家产，凡属合众国辖内之人，皆须遵例一体保护。第二款，下议院绅士人数系按照各邦民数多寡而定，烟甸土人不纳税者不入计。凡居民男丁年在二十一岁以上不入叛党又无犯法，若所居之邦不准其投筹选举公举人及下议院绅士暨本邦总督、审司、邦会诸人员，则该邦应派下议院绅士人数按照所不准举官之男丁人数比例核减（按何色人始准举官，系由各邦自定，合众国本不与闻，但释奴后，昔日之奴役作五分之三算，今皆齐民，南邦之

不得蓄养奴仆

民数顿增，其所派下议院绅士人数亦与之俱增，乃南邦每不准昔日之奴举官，故国会特增此款，意谓南邦绅士人数既因释黑奴而增，则黑奴应一律举官，如不准其举官，则派绅士人数应比例核减，欲各邦自择所从，以示限制也）。第三款，凡上下议院绅士及合众国职官暨各邦立法、行法、定法等官，于受职时业已具誓遵守合邦盟约，此项人员如有明归叛党或暗助之，以后不准再充国会绅士，并不准充公举人及合众国各邦文武职官，如国会两院绅耆各有三分之二允准其人复充职官者，不在此论。第四款，合众国遵例揭借之公债及剿平乱党优恤粮借款暨募兵平乱，所给之鼓励银借款（入募者例给粮饷之外有先给鼓励银一款，所给不一律，其多少视募兵之难易而定）等项自应照还。至于乱党所欠之债为扶助反逆以攻合众国者，既释奴后，奴主亏累之款皆属不合法款项，合众国及各邦皆不认还。第五款，国会有权立例以行前款之意。此章于一千八百六十八年七月二十一日增立。第十五章，第一款，凡属合众国之民，皆准一律举官，不得以种类不同、皮色各异或因其昔日微贱为奴，遂不准其举官，或减少其举官之权（按第十四章第二款，用意在黑人可以一体举官，不在核减绅士人数，乃南人卒不愿黑人举官，国会恐黑人不能一律自主，故再增此款，欲举国二十一岁之男丁皆得一律举官也）。第二款，国会有权立例以存前款之意。此章于一千八百七十年三月二十日增立云云。

合众国民皆有选举权

此项译文，不知吾华有无刊本，录于简端，以资考

12,11,21

核。夜雪竟夕。

二十一日庚戌　古巴招工之初，华人被诱卖而至，不耐寮主苛虐，愤而扑杀，坐是获罪，分押各省监。陈副宪往查的实，因达总署与日廷订约，古巴设领事保护，虐政悉除，华人各得自主，而各省监房仍有期满不释之患，郑光禄派员往查，分别省释。其修打省、格兰那达省两处被禁尚二十馀人，余属希九照会外部释却其五，仍虑中有隐瞒，特令邓琴斋亲往查看，修打省尚有十八名、格兰那达二名，其一已释，其一瘐毙。此外，思维洛省、巴士隆省、伯渊省备文外部再往查。各省华佣流寓者一百三十一名，工作糊口，苦累之甚，求赴古巴，求送回籍，又求寄家书，其情可悯。内有黄敬一名，以久客思亲，专禀求余代寄家信，甚可嘉也。若辈被拐远来，暗无天日，乃幸睹中国衣冠，且为之设法保护，几同再生，弥见皇威远播，小民受益无疆矣。资遣存款不敷用，当另为筹。西人将度岁，售年货之店频请往观，遇总统与妇同车，意甚自得，民政之国，洒脱乃尔。各店铺所售略如货郎担，目迷五色，四围缚架，支架铜线，中缀一小船，购物之银随手搁于船里，随机转至楼上收银处，有找赎零银零票亦随船而还，呼吸而至。每货摊皆如是，故货场虽杂而收银不乱，甚得以简驭繁之妙。议绅巴拿蛮来言，洛案赔款假期之前不能议及，巴夏托以转告。

二十二日辛亥　晴。核定科士达所拟照会，付震东翻译。晚到科寓重论中美交际事。重论中美交际事

二十三日壬子　雨。赠宫太保丁文诚公督蜀十年，勋业炳著，履任之始，裁夫马局，改离堆水道，办官运盐，锐意兴革，怨毒之声腾于京外，言者交弹，使星勘治，而松柏之姿经冬弥茂，名实相副。天眷愈隆，比者鞠躬尽瘁，归葬山东素旐。首途军民悼哭，有相泣而歌者，曰："忆公之来，降福孔皆；川民熙熙，如登春台。我有学校，公为振兴；我有田畴，公为经营。除莠安良，教养兼至；日用不知，皆公之赐。彼苍者天，歼我哲人；如可赎兮，人百其身。公柩返鲁，公泽在蜀；无小无大，同声一哭。岷山峨峨，江水泱泱；公归不复，如何勿伤。"此与子产谁嗣之歌后先辉映，乃知至诚可以感神，况蚩蚩之民未有终昧天良者也。意既可嘉，词亦雅驯。吾华税司吴得禄请假返美，来见，谓明年夏秋假满即回华供差，求余晤美总统时述其在华得力，余诺之。该税司经事颇久，芜湖开办新关时，是其经理，尚无大谬。夜雾甚昏，对面不辨。

二十四日癸丑　早阴，午晴，气候甚暖。粤中秋旱，米价奇昂，十月朔日粤督率属祷于南海神，仍未得雨，粤中民情浮动。法越事起，困于输将，又散卒纷然，城乡不靖，劫案重叠，琼州生黎，兵事棘手，值兹歉岁，何可设想？县令方议捐议借，条教风生，瞻望乡关，杞忧滋甚。直隶今年水灾甚巨，畿辅重地，屡烦圣廑，截漕赈济，复蒙皇太后捐内帑以拯恤，深仁厚泽，亘铄古今。余曾任畿南，岂能恝置？倡捐六百金，为诸华商劝。各岛华人均无

各地颇多兵乱天灾

12,11,25

佳况，秘鲁劝办仅得千元，同使各员集捐约可千金，杯水车薪，诚无当也。

二十五日甲寅　晴。申初答拜俄使，不值。赴金饰店一览，视鸟约铁佛尼，则小巫之徒矣。

二十六日乙卯　晴。时将改岁，未睹明年历书，诚为阙典。中西既殊历，各国使馆似应颁宪视各行省，不然，去国数万里，几不识长安弦望也。拟具疏陈乞，因属参赞先查会典，颁朔之文既际，重修会典宜可编入此条，亦拟于疏内声请。外部总办司员布郎偕绅士挨林士、绅士阿希来晤，索观中国旧瓷，随意检数种示之，叹美不置，亦能究其佳处，诚美人之风雅者。美前外部咘哇，画报中之巨獒也，党羽既夥，又首诋华人以媚工党，曾两举总统不谐，仅得外部，亟营华居以自夸耀。未数月而总统架非被刺，亚大继立，即黜之，不耐炎凉，出居外埠，而以新居赁与巨商黎特，租值岁万二千金，距使馆咫尺。黎特避暑初回，顷来修谒，遂回访之，其楼廨闲隔颇精，殊为咘哇惜此美室不安其居也。本日发沪粤包封。

二十七日丙辰　长至令节，率僚属望阙行礼，复为酒醴相乐。晚延英使、日使、倭使、檀使、威使、科士达、柏立诸西人饮宴，入夜寒雨，似将酿雪。古巴总领事禀呈学堂各童籍贯名册，谓规模强于西学馆，西人啧啧称善。现已满一班，明春可推拓一班，惟教习一人恐难兼顾，须酌添。

二十八日丁巳　阴。议院昨已放假，巴夏所许洛案速

洛案审议拖延

议之说，又成子虚，巴拿蛮日前曾来言之矣。巴夏屡约皆爽，殊令余愧对华人。午后上下议院绅耆福来、多福、歇谛路列，水师提督坚高罗士比纷纷来拜，概未接晤。晚到柏立寓，茶话逾时，闻松子香冽异常，云系山上老松树所生，可以疗病。归寓适格总统之子远寄方枕一枚，即储此香屑，上绣数字，谓枕之可得美睡且清头目，答以老君眉茶叶四瓶。昨晚之会，倭使九鬼席间见示五古一首："浩月天无际，霄汉一星飞。清光不待瞬，黑夜锁流辉。客心迷碧落，秋魂归不归。"末署"近作成海"四字。余席间次和之，复赠以五律二首，戏将和诗属译官译作英语，转示求诗之人。窃恐有韵之文，非英语所能肖。

二十九日戊午　阴雾，雨。美俗年前假期议绅可散，各部仍照常办事。今日为外部见客之期，拟访巴夏一谈，遣人询之，遁矣。所复积案办凶文和平之甚，或亦自知理绌也。威使来言，美国苛待华人，此间稍明义理之人均不谓然，惟官员则无不附和工党。

西人圣诞节

十二月初一日己未　晴。西人假期，相传为耶稣生日，交相庆贺，亲友馈遗，室中缚松树于几，上缀彩绣花果之属，亦一到礼拜堂。以中历推之，总在冬至后三日，其年节则在冬至后十日，似视吾华至日以为准。中朔有定，西历靡常，或曰闰月、重日之说有所参差，何以西族给假度岁之期衡以中历则不爽，固知声教之遐被矣。科士达来，约初七晚饭，又劝余于中美交涉各事持以忍字，西俗古谚"能忍可以上天"，此与吾儒忍字之义不背，试举

12,12,2

九世同居百忍字告之，可共证也。检前致田贝书示科律师，科言情义兼尽，但田贝阅之自觉美国愧对之事忒多，未免难为情。又云美廷将加田贝薪俸，与出使英、法、俄一例，宠异田贝即尊崇中朝之意云。威使偕美绅怀阿庐来晤，怀盖家于鸟约，其妻父为旗昌行东，室中所储吾华器物甚富。又言经营鸟约花园河汉各事，有旧图行当送阅。威使又痛詈美官与恶党同一见解，致华人被害种种积案又不肯结，近日土尔其人来美佣工渐多，能勤俭耐劳，亦必为埃党所仇。

初二日庚申　阴。鸟约华商公禀为张丁盛辩冤，以所裁薪水为屈。申正大雪。上年墨西哥属境有地名地安打壁者，扬言招工建铁路，金山华商为所蛊惑，遂有新宁人卫滋德以巨资创设荣华公司，招雇华人前往受佣。域多利埠去者二百人，金山四十人。至则地安打壁无工，遂转泊麻士连埠以待，渐有矿土可造，而劳苦不堪，其无工之徒，则坐困麻埠，狼狈可悯。秋间曾饬金山领事檄令该公司将华人载回，该公司既无可推诿，由中华会馆与该公司特请一人先往察看，乃所言异词，此事遂延宕。顷领事来详，有理喻势禁俱穷之语，良可骇诧，当批饬之。刘湘浦函，言秘鲁各部又复更换，自嘉西勒士即位后，至此而三易部臣，民情浮动，深以为虑。幸各寮华工近免凌虐，似新政亦不无可采。

初三日辛酉　晴。科士达送阅俄国图说、墨西哥火车路图说，俄说篇轴较多。议绅劳近今日病殁，即画报中之獦马，曾立战功者也。余初到时曾与往还，因函唁其家属。希九禀商遣送华佣经费，并言日外部于小吕宋设领事之举无异议，华人损失各案亦已行文该省总督云。又收到笺纸十匣，脚价乃费六元，拟之洛阳，殆有过之。午后沪局包封，总署寄回折件，徐学伊等保案，罗熙尧开复鸟约领事，易学灏丁忧留差，及日秘两署酌调酌留各员，并荷圣俞，谨钦遵转行。罗熙尧事适得香帅咨复，已饬拿冒名入场之人，及经手请咨之藩县各书吏，庶几皂白昭然，水落石出乎？随使各员截留薪水养家一事，到美查卷极其烦猥，自当撤销前咨，由各员自行汇寄。顷总署公函，为希九家属请仍留支，只可仍托总署按月代给，不必托赫德也。晡后答拜布郎不值。在科士达寓晤法使，醉态可掬。旋访挨林士，亦不值。晤阿希，出观嵌银小铜瓶，云得之日本，该国以为华物，殊误。挨林士之祖若父曾任美总统，饶有故家之风，与阿希比屋而居，门内外布置大雅。

于小吕宋设领事

初四日壬戌　晴。横滨中学馆教习梁明照，南海人，春间道经其地，曾宿学馆一宵，与之夜谈，询华商事业并学馆规条，梁以馆谷微薄为请，曾言之徐孙麒，乞岁加二十金，顷得梁书，知言之无文，行之不远。寒士可悯，当为再托横滨领事。午饭后议绅衣敦携眷来谒，与论纽阿连华商生意，人尚老洁。酉正赴邮政部威拉士公会，喧挤之甚，遇倭使九鬼，立谈片刻，谢余赠诗，云将属和。其妇亦与会，倭女而为西服，倍形腼腆。随至水师提督劳拿偕士公会，客殊寥寥，绝不认识，内一老妇云从其夫任福州

询华商事业

12,12,5

领事，住闽十馀年，曾携一华女回美，然已不能华语矣。晚饭后赴比邻黎特公会观跳舞，英使、德使均在坐，会者约三百人，子正返寓。

初五日癸亥 晴。美总统脚患浮肿至膝，已数日矣。劳近之病，缘手腕而起，不数日而殁，论者遂为总统忧之。今年英、德诸国皆大雪，西人以为丰年之兆。日报有倭假美款七百万元之说，或不确也。早间倭使次答一诗云："方域车书异，遣情日夜难。窗前飞雪戛，江上凝烟寒。岁时蛇赴壑，天外雁传翰。吟君相寄句，蕴藉有馀欢。"声韵不甚谐，造句却不落套。外部知会，总统订中历腊八日接见各国公使并从官等，准十一点钟不误，病或霍然也。午后答拜俄、墨、瑞典、巴西各使，访议绅歇地论赔款，又答拜议绅怀阿庐，所藏铜器绝非佳品。夜雪。 美总统脚患浮肿

初六日甲子 雪后寒甚。昨歇地言，田贝加给俸薪近将议定，且欲筹建使馆。今日寄赠巴庐五宝镶嵌画屏一幅，赠湾克绣垫、绣裙各一，鸟约新交也。美国派驻墨西哥领事基利敦函言：准金山欧阳领事文，查荣华公司所雇华人赴墨，有无工作，旅况何如？谨查，该公司相待华人尚好，墨国亦肯保护，华人初抵岸时，众论甚哗，群思抵拒，近渐安戢，皆地方官吏保护之功。现有数处矿业多用华工，而各华工皆不愿赴，或自相打架。兹据该公司所言，敢以禀达，毋亦荣华公司托为说客者乎？晡时赴总察院步力尼公会，颇盛集，主人年逾七十，拱立迎送，亦忒劳矣。晚得寓墨华人致中华会馆公启，备言为荣华公司所 墨西哥保护华工

诳，无工可佣，近且被该公司绝其饮食，驱之入山。墨境地方官悯流佣饥饿，发帑赈济，每人日给二毫子，责以修路。前月十三、二十七两日，华人李广及墨官均有电致欧阳领事，请速设法救济，两电并录刊于后。似此情形，该公司何异猪仔头？连夜电谕锦堂，饬集会馆传卫滋德，限明日定议将华佣尽数装回，如再玩违，即禀候电咨粤中查抄严办。一面由会馆设法集资将华人载回，毋令流落异域。墨为无约之国，卫滋德贸然招人前往，殊荒谬不量力矣。古巴领事复电：今年照费不敷开支，若移拨马得力为资遣华犯之用，实虑顾此失彼，请示遵。此事应与希九再商办法，不能汲汲也。夜雪寒甚。

初七日乙丑　阴，雪。晨起函饬陈霭亭认真经理照费各事，收数大相悬殊，江河日下，无以支拄，即裁冗员以节糜费，仍无济也。议绅劳近，为美国仰望之人，于其殓也，仍赠以花。以姚祝彭所查檀香山华人情形，及酌给董事程汝楫、古今辉正、副领事衔办法，咨总署。酉初赴科士达之约，谈日斯巴弥亚近事，并询赴日水道程期。戌正返署，冒雨登车，天气却暖，早间顿异。

初八日丙寅　晴。为腊八粥以饷同人，循中法也。西历以今日为岁首，各使均赴美宫与总统贺年。洋例接见各使以到国先后为序，无强弱无大小。此次希特国使为领袖，中阿墨利加洲极小之国，其到美在葡使之前，余到美在西班牙之次。如外部之约，于十点半钟偕进斋、仲兰、蓬云、震东、柏立同往，各使先后到，随意起坐。少顷乐

各使与总统贺年

12,12,9

作，美总统携户部之妇、外部携总统夫人同行，各部臣均易妇扶携相导，总统立于偏殿东，西巴夏旁侍，总统夫人立于右，水师、兵、户、邮政诸部之妇立于总统夫人之下。各使以次握手，为贺岁之词，总统免冠欢接，词色蔼如，约半点钟，乃往正殿接见僚庶，至一点钟散。余与各使及各议绅立谈数语，复至客坐少徘徊而出，约周旋半时许。往年见总统后随赴外部之会，巴夏持妇服甚哀，此会遂废，到门投刺而已。顺道至倭使署一贺，盖郑光禄所属，谓每年中历岁旦倭使必来贺，故以报之也。他概不往，即有来者亦不答拜，中西殊历故也。归署饭后往拜户部、兵部、内部、邮政部、水师部、律政司、总水师提督、陆师将军、下议院掌院、都城九臬司，均拜会，所不接客者仅律政司与两臬司而已，展转至水师部，时已酉正，亦杜门矣。

往拜政府各部门

穷半日奔驰，每上下马车已形疲苶，又入室握手，后必立谈刻许，宜可径行，主人悉备酒盏茶铛饷客，亦须立饮，少尽其欢。屡与各使相值，彼此皆匆遽。于臬司梅拉处晤德使，乃询内部住址，其生疏甚于余。在水师提督处晤兵官颠拿与同加力船来者，尚能认识。返署已灯时。此种应酬，幸只一年一度，否则筋力难为礼也。

子初锦堂复电荣华公司卫滋德具限本月内先后将华人载回。果能如限，尚可从宽，不然此种作为天理、国法、人情皆不容也，即电复之。丑初睡。

初九日丁卯　晴。曩从鸟约购到水仙，近已着花，惜未先培植，遂尔叶长盈尺，仍以所携旧瓷分植。吾华度岁室内瓶罍多插万年青，不图美国却有此种，名亦如之，献岁家家遍插以为瑞，吾华吉征无远弗届矣。美都有以幻术演剧者，相邀未往。长至之夕日使、英使来会，略谈其异而不甚详。顷医士言：西人确有此术，或用镜光，或直伸一指，或拂数指，坐客视之稍专即摄至台上供其戏弄，随所支使，然行必左右踯躅，不能平步，憨态极妍，术者拍掌一击或旁人击掌，其迷辄解。解后术人欲重弄之，但按其脑或摸其鬓，则其人迷罔如故。始作俑者名蔑士迹，距今已百馀年，其术甚炫。其后各医家潜心考究，亦得其秘，设病须刀割而其气体不受蒙药者，医即以此法使之不药而迷，奏刀不痛，名曰歉那，译言迷药也。特迷后恒数月不适，脑髓足者亦不受迷。近日谙此术者，正人以之业医，幻人持以为戏云。《周礼》所谓怪民，《史记》所谓方士欤？

催眠术

初十日戊辰　晴。总署知照吏部文开："光绪十二年十月初四日奉旨，张荫桓补太常寺少卿，钦此。"当即恭设香案，望阙叩头谢恩，拜发谢折。同日得李傅相函，论小吕宋设领事，宜请香帅派员，筹虑周密。惟此案七月十九日钦奉电寄谕旨，饬与日外部妥商。而外洋通例，惟公使有选派领事之权，且各省疆臣无径达他国外部之件，似粤督即能定人，亦须此间委派，否则总署行文作为署派，庶不为彼族所拒也，拟再商之傅相。又言吾华刻无需人之处，格总统长子投效之请，可婉却之。又言枪厂以贱名名枪，忆曾文正乡居时喜衣灰布袍，乡里效之，名曰“曾布”，兹以“李枪”为对，不禁轩渠。德兵官丕艾哥士奇来见，沪上旧识也，今春复于粤中遇之，承送阅铁炮台图式，海口颇宜，粤中以款绌未与商。渠自华来美，亦欲谋炮台之业，自言曾于津门将各图式面呈醇邸，此中奥妙一览便透悉，实深敬佩。因面求随侍至旅顺口炮台晤瑞乃尔，仍当教习差使，薪水优厚，境况尚佳云。午后复北洋书，寄去印花奏事处咨文各三件，印花不寄空白必陈谢后乃能换填新衔，后有升转亦随谢折付寄。

阅铁炮台图式

今日寒暑表窗外十三度，楼内五十八度，盥巾亦冻。曩在之罘冷至十八度便谓极寒，不图外洋竟有冷至无度可纪者，十度内外仍不奇也。发总署第十四号包封。丑初睡。

十一日己巳　晴。前日西历岁旦，美总统接见公使，所奏乐章曰“愔巴瑟特”，译言“头等公使”也。此间各使并无头等，虽曰地室而悬，意在娱客，毋亦自夸大耶？今日为议员假满之期，当兹公会纷然，恐未能料量各事。饭后循例往拜下议院专管外交事务十二员，晤升高顿，久谈。升为南党，在议院十八年，人甚坦白，深以洛案未能速结为歉。锦堂禀乞回籍就医，积劳至疾，喀血不寐，若久于金山，恐难获痊，当准之矣。郑光禄寄来总署咨复第四次报销册，并言粤中旱象，耕农无年，足疾渐痊，无须扶杖。晚赴总察院威地公会，法、倭、墨、威各使均预，主人周到之至，子初返署。

欧阳领事乞回籍就医

十二日庚午　小寒。格总统乃郎函谢茶叶，其投效吾华之意已得北洋书，拟面告之也。察其境况亦可支持，集书之值垂五十万金，又新为士颠公司生意，苟拓亦足自全矣。议绅怀阿庐送阅鸟约全图，其未经开辟以前荒芜一片，极数十年经营遂成一都会，合地球计之，类此却不多也。美人石米得，前任上海总领事，又代办驻京公使，去冬在沪相送，颇殷勤，顷复派充津门领事，特来晤谈，云俟西三月时携其长子赴华，眷属续往。叩以田使既加俸薪，领事亦应一律加给，石言总统本有此意，讵下院集议时不待筹商，先将领事一层勾去，现只盼上院核议。余许为致书北洋，并关道税司，石感谢而去。希九电复资遣华犯事另筹酌办。竟日密雪。申正往拜水师部、邮政部、户部，赴英使公会观乐舞，英使年将六旬，亦跳以娱宾，会者三百馀人。丑正归寓。

华人赌馆已禁

十三日辛未　晴。希梁自鸟约来，询华人赌馆，则已禁歇矣。鸟约银行主人布琅，南党也，有子颇聪颖，西历献岁特来美都游历，科律师领谒总统，即识礼节又能代父母致词。科又偕谒余，与之茗，饮不敢尽瓯，美俗未成童时不得饮茶与架啡。余嘉其谒总统能善为说辞，其兄则归美于弟怡怡可爱，美童之翘楚也。爱立谟甫自外埠回，贻书请见，比以酬应忒繁，午后鲜暇，因于拜客之便往访之。其意总欲招工，历言华工在秘近免苛虐。余答以秘国政令未一嘉，总统接任后不数月而四易部臣，民情浮动，此时刘参赞在彼，与各部甫洽不旋踵而又换一班，办事颇

12,12,14

难。派员往查，各寮久未办到，特各地方官颇能与领事出力，下情尚通。今年华商倒塌二十四家，生理甚蹙，招工事未便遽商。爱立谟不能强，濒行复请示期接晤，尚欲再申前请也。美绅坚弥地性颇质直，又最顾华人，自孙稼生后历任往还甚密，余以秋冬寒疾久未答拜，近屡于公会中见之，遂与订今日往谈。寓中繁花甚香，见示一叶，云得之金山，微有麝味，宝藏于匣六年，其气不散，且不枯，莫名其种。酉正晚餐，后在波房手谈。正凝思间，忽闻烟焰，回视波桌，则火光熊熊。其桌布本洋花镜光者，滑泽而脆，着火即燃，急裂之，乃灭，然不解火所自来。桌上有煤气灯，其气横出，或曰煤气下坠所致，然煤气无质，从无坠火之说，特燃着之布适承其下，果尔，则煤气灯亦须善用，若非坐隐有人，几误矣。子初赴兵部之约，晤德使及其从官，各使已先后散矣。子正归寓，丑初睡。

华商倒闭数十家

十四日壬申　晴。阅华报，丁太保予谥文诚。按《谥法考》，道德博闻曰文，肫笃无欺曰诚，朝廷眷礼荩臣隆厚极矣。未正访巴夏，告以美总统谕议院文，于保护华工尚存公道，而于限制华工未免太急，此事总署已照会田使，贵总统尚何汲汲限制为哉？巴夏谓久欲相商，只以积案未结，欲言辄止，容订期晤谈。

限制华工未免太急

十五日癸酉　晴。电汇直赈三千元，不过沧海一粟，聊尽心力而已。查岛委员禀言：查过新架坡华人约五十馀万，槟榔屿亦如之，且华人产业几占十分之二，新架坡领事，华人出进口绝不关白，槟榔屿各岛又不兼顾，宜设副领事于槟榔屿云。此为刘芝使所辖，未便越俎，意粤督必有经纬也，即批复之。申正偕参赞翻译往见总统夫人，略如西历岁旦之仪。随到柏立寓少憩。回赴亚希公会，室庐雅饰，暖阁承尘，绘画微仿吾华，陈设亦不俗，案上有雕漆小屏风，美都仅见。此外铜、瓷各器倭产为多，华瓷两种，却非古物，然辉映其间，如见鸡群之鹤矣。临窗有杜鹃一盘，鲜艳绝伦，曩在鄂中颇喜此花，购之彝陵，花时当夏，鄂人名曰"夏鹃"，去楚后从未复睹矣，爱玩久之。其几上玻璃瓶插玫瑰花四朵，大如牡丹，产自金山云。晚访科士达，商舍路案。旋赴劳令公会，德、法、俄、倭各使均在坐，热甚，不耐久谈，子初返署。接金山电言，今日派人赴墨西哥，载回华佣。卫滋德具限本月内将华佣载回，迟至此时始派人前往，能不逾限乎？当电饬锦堂查其产业先行具报，果不能依限，即行奏咨严办。卫滋德忍心害理，必有以惩之。

往见总统夫人

十六日甲戌　阴寒，微雪。爱立谟来晤，劝习英文，差旋回华便可阅各路日报。又询赴秘之期，届时或可同道，诺之。同人以余补还前官，宜为酒醴以宴，薄作主人，犹是故乡风味也。西俗以腊、正、二月为冬，三、四、五月为春，六、七、八月为夏，九、十、十一月为秋，亦具四时之气。夜雪。

西俗四季之分

十七日乙亥　晴。核正咨札各稿。申正到科士达处一周旋，随赴畀劳将军之约，格总统旧袍泽也。出观李傅相与格总统并坐映相，神理甚清。又导阅拿破仑第三波都游

12,12,18

猎油相图，偕相臣部臣缓辔展眺，卫士前导，鞍旓骈阗，极郊垌之乐，特图绘以示驻美使者。未几而为德败，使者得耗，手枪自毙，此图遂流落畀劳之手。子初，金山电言：荣华公司业于十六日专人往墨载回华人，回域、回华或愿留墨，须查明分别办理。此为众华商勉助卫滋德之力，若遽查钞，则众商之资无着，乞宽办。当电复以回域、回华均须悉数载还，委为愿留，仍是欺饰。无工无食，无约之国，又无保护，情形甚惨，宜速办。锦堂若推恻隐之心，当能妥筹。

十八日丙子　晴。各国方言互异，即能翻译而字义亦无可诂。美利坚一国或作米或作谜，《瀛寰志略》言之详矣。苏鹗《杜阳杂编》，《四库》嗤其祖述《拾遗》《洞冥》诸记，所称某物为某年某国所贡，如日林、大林、文单、吴明、拘弭、大轸、南昌、浙东、条支、鬼谷、诃陵、兜离，《唐书·外国传》皆无此名，读者挹其葩蕊，遂亦忘其夸饰云。然以近日海外诸国衡之，苏鹗所记当系南洋群岛之与中国近者，译音互异，《唐书》偶失载，未可概目为夸饰也。

各国方言各异

近有英商贩烟土一箱至金山，为税关所留，讼之户部，此与华商烟土事相类，且看户部如何判断。午后得津电“捐赈谢转通副贺”七字，荫桓又蒙恩升转，电音简略，未悉奉旨月日。屡荷天恩，迄无报称，弥滋惭悚。前任各案，科士达为之料理，洛士丙冷一起，案情最重，美已允结。巴夏曾屡言之，且见诸文牍。外此乌庐公司、澳

英商贩烟被扣

路非奴、姑力阿路美、的钦巴五案尚无端绪，的钦巴捐失数目亦须详查乃能补送。又舍路华昌公司一案，郑光禄濒行属俟洛款有着再行续办，转瞬逾年，今日属进斋将舍路全案送律师核拟照会，并与订笔费。

十九日丁丑　晴。前夕德律风主人之居不戒于火，焚毁殆尽，幸未伤人。中夜火发，巡捕从窗外遥见火光乃为呼救，或曰火油之害，今晨震东往视之，云系室中多储电罐，相激成火，理或然也。西人近多用煤气灯，火油之患渐泯。吾华方竞用火油，穷乡僻壤亦多售卖。曩居京师，曾与大金吾、大京兆商所以禁之，然群情喜其价廉而光澈，恐终难禁遏也。《辽史》载火油产高丽之东，现美国所产最盛，其亦高丽之东乎？吾华台湾、四川均有此产而未开采。科士达偕夏卢报馆主人来晤，以其关切华人屡倡公论，欲余与之认识，午后赴各部公会之便亦答拜之。

使费支绌薪俸裁减

亥刻刘芝使转总署电云：使费支绌，本署拟奏定限制，除电费仍另核计外，每年限定英、俄九万，德、法等国八万，美、日、秘十一万，从明年元旦为始。因文函太缓，故先电知，使各馆可将本年销册截至除夕为止，并可预定明年各员薪俸裁减之法，或一律减成，或少减多减之分，或得力者不减，听使者自酌。请转电许、张，并候电复。当复以此间薪俸参赞照章，领事、翻译以下均减发，金贵银贱，颇难再减。署章另款核计者何项，来码讹乞复。岁限之款，即薪俸一节尚不敷，况他项杂费哉？

二十日戊寅　晴。巴夏来文限制华工事，即驳之。美

12,12,20

方限制华工，总署乃限制经费，美方议加田贝薪俸，总署乃饬减薪俸，何其巧相值也。今秋美都地震，余适避暑鸟波，及询钱涵生，谓是日灯后，几榻自动，窗灯摇撼有声，墙壁依然，人亦不眩，震之微者也。《云间杂记》载徐阶为首辅时忤旨下狱，地震赦免，虽正史不载，然吾华因地震而及时政者由来尚矣。外国无遇灾修省之意，几以地震为常，灾重则恤之，犹存恻隐之心也。 美都地震

刘芝使复电，总署所谓另款核计者似系专指电费，又询美、日、秘岁需经费若干。复以出使经费向系到国一年总署据册定数，截至除夕，非通年也。此间使署三、领署四，共五十一员，俸薪减发如尊处，与德、法并遵办。乞示复。

今日循例往拜上议院绅并赴总统文案处公会。返署微雨。外部知会总统九点钟接见各国公使，先半点钟往，各使先后到，倭使携妇致敬，西装西语，灵慧趋时。杜诗"香雾云鬟湿，清辉玉臂寒"，庶几近之。届时乐作，总统偕夫人出殿面东立，如西历岁旦之仪，各使依次见毕，巴夏退出班行，户部大臣仍遥立于总统之后。略与寒暄，旋至东殿少坐。是夕总统并延见水陆军官、上下院议绅约数千人，戎服裙襦，喧嚣杂遝。诸人见总统讫辄来访余，请人介绍或自通名，余亦劳甚，直相周旋至十点半钟。内有老者名克格伦，年八十七岁，鬓发皓然，为美之善人，家资三千馀万，好行善事，凡美都育婴恤嫠诸善堂多其倡设。近又创建一高楼，为商贾无业落拓者所居，殊堪健 总统会见各国公使

羡，不以一敬加喜也。柏立言总统将回内殿，尔时大众同出，车马拥挤，不如乘便先行，遂从人丛中觅路，甚逼迫。归署则子初矣，与参赞论总署限制事。丑正睡。

二十一日己卯　雨。冈州会馆另捐直赈二千元自行汇津。嘉里约领事来禀，波利非亚国近拟招华工，亦有华商潜行招去十数人，亟为禁止。商之地方官，谓须领事予以文牍，始能禁其出口，且以领事护照为凭。现拟自捐纸费，但有利无害，即拟举行，已商之参赞，并告华商，均谓应办云。所禀殊有匣剑帷灯之意，出口给照为领事固有之权利，何谓无害即办？又自捐纸费，甚觉词不达意。禁止招工，固无所害，若非招工而出口，亦应请领事给照乃行，即酌取照费亦无不可，何所禀之掩沓也。今日译出巴夏来文，欲订限制华工之约，要以三十年，而于保护之款仍只带叙数语，至积案未清则迄无一言，当痛驳之。申酉大雾，倚窗凭眺，一片蒙溶。

二十二日庚辰　晴。巴夏亟拟限制华工，记八月初一日总署与田使辩论议院限制条款，田使复称此时与商未免太早，余亦以此语答巴夏，虽涉机锋，亦报称之义也。午后往访克格伦，延坐内书房，绝无豪富气，陈设并不华侈，楼屋宽闳，且有园圃，林木参差，美都居室之极大者。克格伦自言行年八十七岁，向皆杜门，昨赴总统之会，得晤中国公使，诚大幸事。今日诸孙均不在家，不获出见，殊以为歉，可谓工于词令矣。又属往阅其画院，余颔之。因嘉其好善而得寿富，此天理所必然。克乃谦谢不

12,12,23

置，以其年老，不便久累之。粤中来书，夏间寄到玫瑰，花开如小铜钱，何迁地弗良也？

二十三日辛巳　晴。许竹筼复称昨电署倹文函到再筹复。比日华民稍安戢，金山无恙，各岛胥靖矣。锦堂以病乞假，因令蓬云往代。今日为吾华祀灶之日，外洋使馆历任皆不举行，只益殊方之感。晚饭后访科医生，云把菟麦河前日冻结四十迈，冰积不厚，履行者稀。余告以吾华黄河冻后车马往来杂沓，然必验有狐迹始敢畅行，盖狐性多疑，应机甚捷，每夜侧听冰里无水声乃渡，故车行先视其爪印也。合坐闻之，诧为格物之要。余询以寒天膏泽，西人傅面以护肌，此吾华不龟手之药也，能否透入肌理。科云可透，譬之病者不愿饮药则以药水擦手背，药气自达，病徐解，其理一也。又言西人欲除面上坏色，有带药面具以睡者，睡熟则汗药气蒸之也，约数礼拜坏色可去，然究以不用为妙，此非自然之理，此等药亦于养生非宜。 吾华祀灶之日

二十四日壬午　阴，雾。永乐四年张洪奉使缅甸，作《使规》一卷，《四库》已存目。近日使事较明初繁杂何可以道里计，张洪但使缅，其地且邻滇、蜀，今日欧墨诸洲远近难易何如也。援古证今，颇难求类，然或能取资一二，则古人贶我良厚矣。拟自为撰著，不知有此间暇否？或差旋回华博访群书积日为之。霭亭寄到西班牙招工国谕十条，似尚优厚，他日言行翕符与否，殆难下断语耳。前晚美总统之会，有总兵克他为宫内热气所逼，归而冒风，昨竟溘然，年仅五十馀，西人咸惜其暴卒。是夕英使、日 西班牙招工

使均未往，或曰英、日与美并有龃龉故，然此种公会，纵有不洽，似不致显露痕迹。午后刘芝使电“许复限数，勉敷用，敝处实不敷，拟请益”十六字。许昨电谓“候文函再筹复”，尚不确也。

二十五日癸未　晴。金山电报，前夕有帆船帕厘利入口触礁，进退维谷，夜潮湍急，撼击至沉船。载炸弹碰石自燃，海口炮台堤岸为裂。岸上救生棚三西人震之半空而坠，死者一，馀重伤，船上水手乃先逃免。航海惟帆船肯载火器，驾驶不慎，竟遇此险，船主不能无过矣。

帆船触礁

曩见威露健臣家有石华一枚，威即以此馈岁，更示刊板。西文疏其出产，略谓此系骨体海上纤小生物缠积成泡，内聚小蟹无数，得之印度洋，此间惟博物院藏一枚，视此倍小，盖不常有云。传示同人，共相嘉赏，文愧元虚，博渐壮武，遇物能名，谈何容易。余直谓此为冰蚕茧，其色白，其外有毛如丝，其形如茧，其末如蛹，进斋漫应之曰将毋同。又诗他令家陈设颇富。有金装佛像二尊，得之日本。又埃及金项圈、土尔其银项圈，云系出土之物，年代甚古。有吾华雕漆瓶，京料套色烟壶，市肆巾履。又顾绣销金寿幛一幅，款署“道光辛卯十一月戊子举人李师白、明经进士刘桂臣撰书”，上款折叠高悬不及辨，西人宝此以为清供，尚非诧罽为布耳。美总兵克他殁后，与之游者如畀劳、歇地，皆杜门不见客，颇有古风。

访总统别业

二十六日甲申　晴。早起访总统别业。沿山积雪未消，河冰尚冻，寒林远岫，颇幽致。楼居却不闳丽，略如

12,12,27

华盛顿故宫之式，企俚扶轮隐与创国者相颉颃也。午后闻窗外军乐，军士列队，炮车前驱，众兵皆肩搭红羽毛，右臂缀黑布一幅，倒持兵枪，克他出殡也。美俗凡兵官殁，所部列队相送，其制如此。巴夏持妇服如亲丧，颇欲以此求誉，近纷传其续弦，巴夏愤甚，毋亦皦皦者易污乎？午后于邮政部遇诗他令，言今早所居几遭回禄，烟筒为风所遏，烟气窒滞，激而猛突，幸急救乃免。洋房本极便当，而火灾大可虑，居处宜格外谨慎。

二十七日乙酉　大寒，晴。锦堂来电，今日由墨载回二十八人，未载者尚多，船期难凑拍，不得不宽予限期。嘉利福尼省议绅士丹佛富于财，所居华赡，陈设多中国顾绣帷幔，司庖用华仆，见余至，窃窥于屏，并不剃发改装，可嘉之至。士丹佛自言虽籍居嘉省，并不仇视华人，犹有质直之气，此为庸中佼佼者。申初出门，灯后返署，亥正复有应酬。天气忽热，换夹衣。

二十八日丙戌　阴，雨。阅邸抄，京师蚕池口教堂现已移置西什库南，办理此案中外各员并蒙保奖，未尽事宜由北洋与法使妥订。想教王遣使之说不果行矣。去冬出京，北洋以伍秩庸经手此事不能相从出洋，此时请奖秩庸不预，或未始终其事也。俄馆梅寿祺书，言海参威拟设领事，图门江拟通市，不悉能办到否？海参威宜设领事，特使臣遥顾为难，图门互市能遏俄侵，亦有裨益，买卖则寥寥耳。又言俄都冬寒，只巳、午、未三时放晴，馀须灯烛，又较华盛顿不若矣。午后赴议绅家，其妇年逾五旬，

图门互市能遏俄侵

肥硕臃肿，絮言数十年旧事，谓华盛顿都城为密的力所经营，即陈副宪之旧房东也，辟草莱治泥滓乃有今日之平坦，美国人将为之立碑。征引指证不休，而狐臭扑鼻，进斋随答随引酒自熏，良久乃得摆脱。余不谙西语，幸免此窘。

二十九日丁亥　阴。美俗花草四时不断，亦饶色香，惟桂花绝少，近购一盆，聊慰乡园之思。复郑光禄书，缕述今年中美交际并金山更换领事各事。

三十日戊子　晴，天气暄暖。徐孙祺书，言日本长崎案停讯，案牍送北洋候决，若如球事办法，恐益为所轻。许竹筼见寄外国师船图表九月间已到，而其书函乃从日本使馆寄来，邮筒互误也。师船图表始辑于刘孚翊，竹筼集大成而每图加之序，既洞识制器御侮之实，而犹不失中国士夫气概。晚复总署电五十六字。今日岁除，为酒醴与僚佐同饮，检新罗《祝寿图》、吴墨井《松壑会琴图》悬壁，吴画款署“壬午年炊熟日”，距今二百六十四年。客窗得此，聊志岁华，更为祭诗之戏，镜听鸡卜，或难验诸海外。柏立却循华俗馈岁。

13,1,1

卷三

光绪十三年正月初一日己丑　雨。寅正二刻率僚佐望阙朝贺，旋复团拜。雨意甚浓，巳初微见雪花，气候却暖，寒暑表六十九度。去国四万里，辄忆唐人《元日早朝》诗，弥重觚棱之恋矣。午正密雪，仍不觉寒，与僚佐会饮。《金山日报》：罗舍利埠有西人那亚笠畀，年一百一十五岁，诞于那付卡罗磷拿埠，随父母徙居纽折尔省，复迁丕兰非埠，足迹不逾本国。精神强健，每谈华盛顿开国时事，人多就询，战陈情形均能口讲指画，老人而善记者也。郑光禄留折，西历度岁各使馆不往来，来者亦不答拜，惟倭署必须一投刺，因中历元旦倭使必来贺，所以厚之也，余谨步萧规。其日倭署蒙国旗于门眉，以志尊崇西历之意，此间各使馆皆不悬旗，倭特委婉以张之。今日倭使乃不来此，非郑光禄之误，九鬼或忘之耳，然其请会余仍赴之。倭俗好自侈恣，每思睥睨，识者窃笑，莫敖 百岁老翁趾高矣。

春酒会

初二日庚寅　晴。为春酒会，就前任留交应请之客暨余新交约七百人，大都以预会为幸。九鬼既不来贺岁，乃函求偕友同来，谓为倭之故侯，余诺之，并补与一柬。订约九点半钟，巴夏令布郎来代张罗，各部及英、俄、法、德各使，上、下院议绅并至，十一点钟时竟及千人，有仅延一客而举家俱来者，遂至应接不暇。音乐既作，随意饮食，直至两点钟散。余与参赞迎送于厅事门内，疲于握手。客散后看视诸仆收拾灯烛，洒扫房屋，四点钟睡。是夕有约不来者，旗昌、士蔑。会中能华语者，税司贺璧理。

初三日辛卯　阴，早雨，午晴。各路日报述昨晚之会，谓自格总统后无此盛集。或询英使曰：英馆之会不如也？英使答曰然。于是日报又言余力顾邦交，每事不肯落人后，皆意度之词。金山会馆公禀为卫滋德乞恩，但惜卫氏资财，不顾华人生命，似非持平之论，当批饬之，姑候限满再酌。晡后赴户部、邮政部公会，咸讶昨晚宴客极劳，今日尚能出门酬应。

初四日壬辰　晴。余生日，同人置酒，约英、俄、法、日、墨、威各使，科律师、夏卢、科医生三家。夏卢制小蜡十六枚，以糖食镂作烛檠为赠，烛尽则糖中有吉祥语，西俗然也。是夕总统请会，余仍往赴，归而肃客，丑正始散。寅正睡。

初五日癸巳　晴。早饭后往外部，巴夏谓驻节逾年，

13,1,6

华工与西人不洽

华工与西人不洽之故，当了然矣。是宜筹限制之法，否则美律几穷于保护。且美人在华只能侨寓通商五口，华人在美则无地不可行住，似华人利益较多。余答以西人之不能入内地，中国待各国人与美人一律，无所区别。且美人传教吾华无地蔑有，极之蒙古、新疆，足迹几遍。巴夏谓禁之不往，未尝不可，余笑颔之。巴夏又言昨见巴拿蛮，洛士丙冷案日内可结，此次断不虚。余答以各案未清，遽议限制，何以对华人？四川教堂案，田贝不已有书致贵部耶？中国之待美民优厚为何如也？巴夏有愧色，徐云下礼拜四总统宫里再谈。余不谙西语，总统请宴主客之情不通，并告巴夏代道歉。美新派驻朝鲜公使田士谟持副外部波打函来见，余适到外部，遂未接晤，巴夏亦未言及。旋赴邻人会，并答拜两客。返署晚饭后幸无酬应，拟早睡。阅金山译刊西报，言美部诸臣在余圈套中，所拟条款只有益于华人，断无利于我辈。因与蓬云、杰卿衡论其事，并到美后所办各案，不觉絮絮，仍至丑正始就枕。

初六日甲午　雨。域多利贩运烟土一案，既延律师讼争，此时更未便遽商外部，恐于华工加损。午后答拜新派朝鲜美使田士谟，询之外部，则已他适。遂到科士达处，述昨日巴夏问答之言，并叩以美廷何以不令田贝兼使朝鲜而别派一人。科言中国交涉重大，不能分身，美亦向不兼使，如和兰、比利时所距甚近，仍各遣专使，前人命意所以重邦交云。前年田贝欲兼此差，北洋为电托郑光禄，或亦格于美例故未果耶？美议员鹦哥倡言于众，谓美宜将英、美交界阿那麻地方收入版图，中阿墨利加洲之愿附美者亦应一并收纳。闻者韪之，阿那麻之土著尤欣然附和，而英伦绅民乃大相诋诃。英美交涉之案因海渔起衅，已数年矣，那民乐美政之宽纵，故愿属美，此岂英之利哉？其地辽阔，若并而有之，恐亦尾大不掉，是在谋国者之善为经度耳。

华员薪俸减成

初七日乙未　阴。电各署自元旦起华员薪俸减成核发，遵署限也。中历腊正之间美都游人颇盛，总统每礼拜内接见两次，无分贵贱等差，鱼贯握手而出。各部臣议绅又叠为公会款客，故有不远数千里而来者。华盛顿坟鸦灵顿公冢皆游人杂遝之地，近以船桥待修，游袂稍滞，苏遮士竟亦以泥淖不便车行。偶忆粤中花埭人日游船之盛，不禁乡思萦萦。杜甫《览物》诗“巫峡忽如瞻华岳，蜀江犹似见黄河”，固诗人拟议之词，海外客居并乏兹境。金山乡人纷请书联，久未践诺，灯下濡笔，借以遣烦。

旅顺雇法人修炮台

初八日丙申　晴。贺璧理来，言旅顺口近雇法人承修炮台，法日报谓该口地势险要孤拔，所不能到者，近则一商人肩其任云，言亦夸矣。又言曾劼侯近著一论，叙述中国自强之意，语甚透辟，宜购此书备览。又述赫德夸美总署近政。又言香港烟土事未成议，顷将携妇往鸟约，有一月之别，特来长谈。贺璧理为赫德高足，西人之能者，余以总署旧识，亦厚遇之。午后英使来约下礼拜二晚饭，诺之。天气晴暄，赴公会六处。

返署阅日报，巴拿蛮少弟以洋枪为戏，竟尔自毙，巴

13,1,9

拿蛮得电报急奉母回鸟约，洛案之议恐复延宕，事机错出，直非人力所能推挽矣。巴拿蛮之弟去秋曾识之鸟波，眉目秀朗，举止大方，嗜酒，则西人通病也。昨夜乘醉入打波房，令仆人缀小铜扣于顶，自燃手枪击之，闲常试演，百发百中，仆亦不惧。甫欲燃枪，虑乃父来阻，属仆闭门，仆阖户毕，回视则已自毙矣，当系醉后致误。西人类此者多，不图巴拿蛮之弟亦蹈此习，尤为其父母惜也。晚十一点钟后赴上议院长佘文之会。丑正睡。

初九日丁酉　晴。希九电资遣华犯事竣。此事希九甚着意，固免彼族所轻，而于无业华人亦免流落，诚为善举。李芳荣贺年衔版署驻法监造战船，或自日署辞差后取道巴黎，为许竹筼留用，然已在日署领却回华川资矣。属柏立为函唁巴拿蛮。天气甚暖，柏立虑日内有雨，余谓将雪，柏言正二月不致有雪。申正赴墨使及下院议绅公会五处，升高顿以病不获晤，余因明日洛案之议巴拿蛮不及赶回，欲兼托升高顿，而竟相左，事机诚绌。子初赴水师提督波打乐舞会，主人导至楼上斗室。英使、威士及美大将军佘利钝宴坐，闲论德法近各备兵，势将用武。英使谓局势如是，然此三年内当不出于战，毕斯默有深意也，三年之后必有恶战，嗣是则兵气销矣。盖火器至今日，穷工极巧，甚难增益，经此一战不问胜败咸知器械之功利不过尔耳，当专务修睦，无复旧憾。余叩以兵枪单响与连环究以何者适用，英使云单响能及远，佘利钝云连环利急发，余谓急发而不能及远似以单响为佳，英使深然之。询以亨利

闲论德法势将用武

马蹄尼枪英国现尚见重否？英使云刻无新制能驾而上之也。纵谈良久，主人肃客饮啖，为尽一瓶，吸冰酒一碗，随复登楼小坐。前外部帮办请英使介绍与余接谈，词意甚周。是夕会者约二百馀人，房室不多而不形拥挤。波打行年七十四，精神周到之至。外洋使规，每于岁底将与外部来往文函钞寄政府，余属参赞编检，计七十一件，厘政事由节目缮一总折，复与参赞论到任后所办交涉各事，寅初睡。

初十日戊戌　雪。罗熙尧开复案，已奉准部文。余原奏所请，以后各埠会馆延聘举贡生监充当董事，报由使臣咨明原籍督抚稽核一层，部议并准专咨报部，着为令。罗熙尧沉冤已雪，亦杜他日冒混之弊，部章诚周密矣。惟署南海令张琮交部议处，责令缉拿冒名入场之人及根究经手请咨诸吏役，亦应有之义。部权隆重，政令清明，为之喜跃。得盛杏荪书，言织局不难于集资，难于得人，托详查丹科手艺，又请代物色矿师，因黑龙江商办金矿，欲得良工指导之也。又书言中国宜自铸银钱以塞漏卮，制内河小轮船以拓利源。科士达来，言洛案本明日定议，因巴拿蛮有人琴之悼，展至下礼拜，连日夏卢报馆频论列之。科士达询余日夕酬应累否，答以甚疲乏，科谓此为公使应尽之职，各国皆然，万勿厌烦，否则声息不通，一事办不动矣。晡时赴公会七处。雨霰沾濡，了无意趣。

物色矿师

十一日己亥　阴雨，雾。科士达偕总兵魏森礼来晤，魏本津门旧识客，冬又于鸟约遇之。此来为言比得招商局

13,1,11

电询火车办法，欲自大沽筑至新城，自新城至紫竹林商局自办。余叩以金矿师有精良者否，魏言数日前曾为北洋物色煤铁矿师一人赴华，金矿亦可兼也，余告以开金之地在黑龙江省，舟航不通，须由陆路，恐西人不便，魏言西人在华乘车亦不觉苦。申初赴公会两处，访士丹佛不值。梁蓬云接办金山领事，士丹佛为该省富绅，欲令与一晤谈。

赴总统宴

晚七点半钟赴总统宴，不带翻译，柏立送至宫门，有人领导沿升梯至楼房，巴夏在此接迓，指宴席图告以坐位，另各予一小图。各使并至，易衣后德使、威使相约下楼，总统偕夫人已立候，巴夏旁侍，遂进与握手。徘徊刻许，总统肃客，鱼贯入坐席，布工字形。总统北面，右则墨使夫人，左为英使；总统夫人南面，右为希使，左则巴夏。此中坐次似不论到国先后，余与俄使、法使、巴西使一行坐。总统之亲串夹陪，余不谙西语且不认识，直无从周旋，法使则极周到，与余隔坐者为德使，旁坐者为威使，平日往来稍密，均曲为指导，宴至十点钟而罢。复至正殿行游，热甚，得英使女公子惠假一扇。与日使觅烟房不可得，随至花园游憩，客有自携烟卷者分饷一枚，日使展转寻得两枚分贻。进览园花，徐步一周，重入宴会之地。总统与各使杂坐吸烟，饮佛兰地酒，余与总统对坐。烟酒两度，总统起赴正殿，各使随出，女客先辞，各使以次握手。余无须易衣，以扇还英使，径出宫门，御者候于阈，返署则十一点钟矣。静坐阅《字林报》，汗气稍解，至两点钟易衣睡。

曩闻柏立言郑光禄往值此会，伊送至宫门属门者指明道路即返，洎余此会，柏立乃忘之，当令译官传语，柏立愧悚，坚请随往，余却之，柏立益惭。又代询布郎请余带仆从以代问答，余不愿为苟异，且幸不为所诳，各使皆独行，只余携仆，则美廷将更借口谓中国独有权利。此等宴会亦无仆从侍立之地，徒贻笑柄。弥悔不预习西国语言文字，各使总以能谙他国方言以为称职。

赴宴不携仆从

十二日庚子　立春，晴。昨日墨西哥载回华人七十二名，合之客腊载回之数，恰百人。转瞬十六日，展限届期，徒事姑息，无济也。秘鲁领事刘福谦禀言，华人出口护照事，秘官又有新议，近虑疫蒸，另觅敞地，属华人晰居，领事晓示三次，华人不移，秘官乃为拆运，华人无如何，乃归怨领事不善保护，冥顽极矣。刘湘浦函言，从此华人不到外国未始非福，虽过激之论，然华人之不受教约，亦可愤也。晡后循例赴美宫投刺道谢，又应酬公会三处，答拜魏礼森。晚饭后赴佐知探公会。子初返署。湿雾漫空，气候却暖。

十三日辛丑　雪。总统夫人见客之期，雨雪泥泞，方谓去客不多，循例往拜，抵宫门车马杂遝，拥挤甚于曩时。宫内侍者导引排拨乃达偏殿，法使、俄使在焉。热不可耐，适衣灰鼠裘，益难久立，绕至正殿而出。偕震东赴公会两处。返署少憩。

酉正赴阿希晚餐之约，承出观旧总统灵谨谕文及诸铜器，内有宣德铜炉，疑为倭工所仿，瓷瓶一种，背镌

13,1,13

"大明成化年制"，确为倭工伪造，以此类推，知日本赝物甚夥，美俗每得一二，诧为华产，甚于燕石。间询博物院中石刻各碑及石椁图绘能否拓拓，希言此地无此工，大抵拓拓须着色，西人必不愿，遂不强之矣。询以气球之戏，希谓此极险事，前数年诗家谷有为此戏者，久之渺如，佥谓坠于湖中，阅数月有人于墨西哥属地岩壑间见骸骨，腐朽在气球之侧，检视球内乃知诗家谷之物。此间作此戏者大都贫人，借奇以觅食。每当发球时，较量未竟，球已上升，急往缘之，球力太猛，竟难纵身入坐，仅牵缀球底绳索，球愈高则手力愈微，往往颠坠而陨。昔南北花旗鏖战时亦不常用。往曾试一遍，球升之后，下视则深不可测，横视则远而若近，未携食物，数刻即下，迄今思之，犹惴惴也。近日欧洲讲求斯技已能渡英法交界之海，然实无把握横行之法，终未尽善。球制始于拿破仑第一军中，用以觇敌云。希又出观罗马新出土铜像、石像、映本各一，与谈中国古彝鼎诸器。挨林士亦在坐，皆好古之士，听之甚乐。亥正始散，雪霁，微有月色。

日本赝物甚夥

热气球

灵谨被刺即在新戏园楼之侧，同时被刺之西华适患齿颊，医以铁箍夹之，赖此铁箍刀难遽入，得不死，灵谨则枪毙矣，距今二十一年。阿希曾司文案，故能什袭其谕单，谓历任总统以此谕为最佳云。当灵谨时任兵部大臣者，刻乃不能自存，牵马一匹求售于阿希，民政之国，无所谓世家旧族也。灵谨而后又有奇笃之案，距今七年，此则直以一己私怨戕害总统，尤凶悍离奇。

林肯遇刺案

十四日壬寅　晴。复秘署书，询中西学堂事，秘官令华民迁徙事，属随时寄知，毋令失所。复金署书，卫滋德贩运人口案毋得以“有利可图不能强回”八字遂其诡混，展限既届，不能再宽。晚赴诗他令公会，遇李格士银行亲属，言自美赴欧船只以英公司劳堪船为最稳，每年在荔华埔守冻，三月内当来鸟约，属余赴日宜附此船。

光绪亲政之期

十五日癸卯　晴。今日皇上亲政之期，率属朝贺。此间风日暄和，遥望京华，当有日月合璧、五星联奎之瑞。比阅各报，都中已于客冬得雪四寸，津郡亦雪，丰穰可庆也。午后草疏一折两片，奏陈调派参赞彭光誉、领事梁廷赞各官一折；法文翻译联兴不再，咨调拔升学生邓廷铿为三等翻译，供事李春官为随员一片；调派医官吕春荣随办金山华洋事务一片；附幕府誊稿。旋偕翻译酬应各臬司公会四处，返署晚饭，复赴上议院长佘文公会，认识者渐多，颇不落漠。

十六日甲辰　雾。照会外部梁蓬云接办金山总领事，请发准照，彭小圃接办三等参赞，请备案。晡时赴墨使公会。旋访挨林士，阅所藏中外古器，吾华名瓷有两种，不甚佳。有罗马陶器一种，古色可爱。壁悬倭画数帧，内钟馗一帧疑为华人手笔，惜无款识。返署得李傅相电，言驻津美领事巴得密，舆情爱戴，现彼国异党另举司米德来代，各国领事、各商公电美总统留巴，并求电余转达外部云。司米德为巴夏同里至交，此事想难俯如众商之请，姑与商之。七点半钟赴英使晚饭，谈宴甚欢。登楼阅其祖遗

13,1,17

珍宝，内有折扇一持，嵌金花绿钻石，可贵也，惟忒笨重，徒饰观耳。英使威士，英之世爵，人亦静默，燕见辄不甚周旋，人多诮其简傲，实则孟公绰一流。英使为言，现派驻华之公使人甚正派和平，中英交谊可以益固，余颔之。饭后久谈，子初返署。

十七日乙巳　晴。美擅铁路之利，环球各国首屈一指，桥梁之制极巩固。比以西北大雪，铁桥积冻潜致损蚀，昨十四晚，威漫省白河桥火车夜行，忽尔坠坏，车坠河中，殒七十三人。今年雪太盛，麦天拿属邦产煤之地，近日煤价每吨洋银六十元，雪大不能采挖之故。吾华近日用煤渐多，而不甚讲求开矿之法，恐他日价昂或甚于此。

大雪冻损桥梁火车夜行坠河

中国自禁华工之议本于郑光禄，其亦锦堂条议之一，总署客秋来函，嘉其卓见，就其节略照会田使并照会英使。大要有三：一曰未曾赴美华工禁不准来；二曰业经回籍华工，若无眷属、财产在美，禁勿再往；三曰现仍寓美华工，须责美国照约保护。其详细章程，属余妥定，照会外部，并寄署存案。余以未经赴美及现仍寓美两层尚易措办，惟业已回华有无眷属、财产在美一层，颇难清厘，因华人散处各埠，从未赴领事署报册，从何稽核？若概令弃之如遗，漫无区别，亦非总署本意，所以迟迟未发。比日金山盛传余与美廷订约限制华人，欲具公禀，锦堂附和之，而忘其首先建议。人情当颠沛流离、焚逐驱迫之际，辄以得归乡井为幸，凶焰稍平，事机不窒，则痛定忘痛矣。郑光禄之意，曲突徙薪最为善美，明知美必设苛例限制，何如中国自禁之为得体哉？锦堂初议亦然。特札令集议筹复。

申正赴公会五处，于下议院首座晤俄使，询余何日见客，欲来晤谢，余以彼此逐日相见，可不拘此形迹。灯后多福偕巴士来谈，阍人以晚餐却之。巴士以舍路案两谒不晤，殊负其意，洛案既归两议院互订，亦欲一托多福，阍人诚误矣，属震东函约明日两点钟接晤。

十八日丙午　晴。近因华人渐次安堵，而美党驱逐每在腊正之交，彼族稔知华人开岁后出而谋生，每豫遏其来。前车之鉴不远，居安思危，宜筹销患未萌之法。拟令领事布告华人之老病无业者，各谋归计，或如去春之商减轮船水脚。华人果否成行，原不必强，但领事有此告白，则彼族知中国并不愿华人流落海外，或当默化其凶焰。此鄙意也，与总署自禁、美国限制迥不相侔，华人虽散处各埠，当能体谅此心。

拟告华人各谋归计

午后巴士来谈，询以陈宜禧借给土人修建铁路之资已否收回？巴言：曾将借券八折减卖数千，现未收者仅二万馀金。该埠生意甚冷淡，的钦巴更稀云。申正赴公会六处，晤多福，言洛案赔款上议院亦如下议院之议，毋须派查。酉正返署，大雨。饭后偕蓬云往晤士丹佛，托以函致嘉省官绅与之联络，士丹佛欣然照办。又详言铁路机器之利，絮絮不休。又言他洲谋食之徒多聚于美，与华人争工作难，其心智远不逮华人，而为美国之害殆又甚之，现国会亦将筹限制。谈论逾时意仍未尽，余因总统请会，遂与

13,1,19

订另日再谈。即赴美宫，各使到者寥寥，英使领袖，次墨使，次余。与总统握手后，俄、法两使续至，仅一周旋，复至正殿少立。有水师提督士的蚡曾于沪上相晤者，特来就谈，叩其居址，定日往拜，伊坚辞，谓须先诣奉访，美之识礼者也。

旋至科士达寓，科谓洛案既定，其的钦巴等案亦有词以要之。美例从无赔偿之事，洛案初办时甚无把握，因就外部详查中美既办旧案，证以公法报施之义，美乃无词推宕，今日告成，亦聊自慰。余复以新蕾命案商之，科谓公使权利仍可衡论，但不干预他国内治之政而已，至其判断不公，总应诘问。商以提归美都审断，科言不合美例，只可就该省办理。此案为期已迫，不识能否挽回。鸟约各华商亦不甚关切，延宕至今，为之愤闷。

十九日丁未　晴。昨日上议院复议下议院所定洛士丙冷案，柏立往观议，其时预议者百八十馀员，无以为不应赔者。特派查与否尚难遽定，主不派查者一百一十五人，主派查者六十一人，卒从不派查之议。内有议绅言：事逾两年，如此延搁，殊无以对中国。又有谓赔款虽十馀万，而被害者八百馀人，每人所得几何？此两绅诚不没公道矣。柏立又言近日美人皆有加敬中国之意，非复从前狂悖，颇归美余之耐烦酬应。余忝持使节，自以邦交为重。午后作雨，略如吾粤初夏天气。酉正访巴拿蛮，慰其鸽原之悼。晚饭后电复北洋以司领事难阻留，美商公禀总统，驳之矣；又冈州会馆赈捐，容另牍请奖；又美赔款上下议

上议院复议洛案

院均妥定，乞达总署，共三十九字。夜大风，窗户摇撼，气候陡寒。

二十日戊申　晴。外部送到金山总领事准照，另致税关一书，属与总领事联络，极力推重，亦有意修好也，为书谢之。

西人以妇女缠足为奇

西人每以中国妇女缠足为千古奇事，至有觅弓鞋以为陈设者。吾华缠足之风不知昉自何代，咸以东昏步步莲花为创始，或言南唐宫嫔窅娘以帛缠足屈上作新月形，后世援为缠足之证。考古家据《史记》“揄修袖，蹑利屣”，《晋书》“男子履方头，妇人履圆头”，曰利、曰圆皆指为缠足，与细腰互宠同一嫮婷之态。又引《焦仲卿妻》诗“纤纤作细步，精妙世无双”，晋《清商曲》“新罗绣行缠，足趺如春妍”为缠足笺释。曩日山东得唐拓武梁祠画像曾子母像履形尖锐，殆非《史记》利屣之说，持此以傅会，或较有所本然。西人虽不缠足，而富贵家宴会跳舞不曳革履，率以诸色光缎为之，亦如《杂事秘辛》所谓“底平指敛，约缣迫袜”者，当勿以缠足作笑柄也。

商西雅图命案

未初科士达来商新蕾命案，须详查两造状师姓名、历次供判及现在情形乃能筹办，现只先托该省议绅函致问官缓狱，所论甚当。即电促鸟署速覆，并令陈弁函约卢达远来晤。卢达远颇知此中案由，曾于诗家谷密禀其略，亦具有侠肠，其人似不甚谬，穷极心力或能平反。又电洛士丙冷工头廖郡、廖社两人，饬令一人来署，询商发给赔偿事。申正赴公会六处，于毕顿宅晤日使，询余何时往日

13,1,21

都，如定意在日避暑须预定寓庐，否则客店不堪容膝云。亥正赴劳令公会，有矿师阿希，曾在津承阅开平、平泉各矿，深为叹赏，为言吾华佳矿甚多，惜未开采。颇以客华日浅，未及遍览为憾。

二十一日己酉　晴。议绅士丹佛约往教堂，听教士鸟文宣讲中美交关，普劝美人毋薄华人之论。午初赴之，列坐千人，中敞一台，鸟文高立其上，略如剧场之式。鸟文盛称中国版图之富，人民之繁，武备之修，教化之正，外交之厚，每段均能援据近事以为证，其于冯子材谅山之捷，尤眉飞色舞而道之。且谓法人虽强，从此不敢正视中国，举以劝美俗之仇视华人者。又言西省近年富盛，试登沙加免杜埠高处一望，铁路四通，货车络绎，贫者得以食力糊口，富者因而居积取盈，伊谁之力哉？若无华人为之开垦，则海滨之荒地耳。焉可遽忘创始之功视为仇雠也？所论殊正，姑勿问美俗能否感化，但得人知此理，亦不致前此之苛虐。

教士宣讲劝美人勿仇华

二十二日庚戌　晴。科士达明早赴鸟约查商新蕾命案。午后草疏，缕陈洛案定议，拟订善后条款，脱稿后赴公会五处。晡时霰雪交濡，气候陡冷。亥正赴李格士银行观乐舞，又至佘文宅公会，冒雨往还，甚累。李格士主人出观旧图绘，皆美国未开辟以前烟甸风景。

二十三日辛亥　晴。午初何天爵来谈，皆不经之语。云将赴华，不识作何营谋，总署去年来函已拒不接见矣。阿希、挨林士偕博物院一人来谒，云曾往高丽搜罗古器不少。及携示，殆一珐琅茶杯，极新；一粗玉牌，薄镌“九如”二字，殊劣；一白玉鹭鸶，雕镂颇工，下贯铜座，略如吾华雀儿顶式，玉质尚不甚恶。西人以此为古器，宜其得倭物而珍赏不置耳。老人百贾来晤，年八十六岁，尚能操华语，步履涩甚，少坐即辞，令梁震东掖之登车。晡时赴公会四处，晚与杰卿论髦字音义，罗亨衢字学仍不误，至于“牵率”“委随”两典，则忘之矣。亨衢函述荣华公司沓拖之故，有袒护之者而不敢明指其人，当缕复之，并告以会筹华工取益防损之策。

重访总统别业

二十四日壬子　晴。重访总统别业，天日暄美，途次所遇多旧识。返署阅日报，知华盛顿属邦华人损失各案，总统与诸部臣商定令议院议赔，惟数目微有参差。户部大臣珉玲辞职，挈家赴鸟约作银行总管，舍高位而营私财，杨氏为己之学，然视恋栈豆以谋食者则高不可攀矣。申初赴公会八处，于副外部宅晤布郎，谓洛款总统昨已画押。晚观法人跳舞会。

二十五日癸丑　晴。拜发折片，赶初二日船期，舍路案已译正核定后应添叙，前承缓撤防兵之文，此美之敦睦谊者，不宜没之。申正赴公会六处。议绅巴麻宅久谈，蒲安臣之同里也，酌酒相庆，谓蒲安臣曾膺中国使符，兹不敢跂，但愿备充武职效力，其词甚恭，酬酢甚挚。晚十一点钟赴后邻卜挨仁公会，新自日本营运致富者。壁悬日本所给札文，有“睦仁”二字，上钤“大日本宝”，旁著勋位衔名“三条民美”，其领袖也，书字亦不恶。俄、墨、

13,1,26

倭、智、檀各使并在座。

二十六日甲寅　雨。吴清帅俄界事竣，立铜柱于边，铭曰“疆域有表国有维，此柱可立不可移”，与马文渊交趾铜柱南北后先辉映矣。

越南名国始于嘉庆三年，农耐阮福映翦灭阮光缵，自诩为黎氏旧臣，求册封，请以南越名国，济宁相国时抚粤西，奏准纳款，而以名嫌赵佗，驳之。续以百越之南本乃夷域，彼先有越裳，继有安南，因请赐号越南，得旨俞允，为越南名国之始。当时阮福映两表署衔曰：　越南国事

南越国臣阮福映稽首顿首谨奏，为恭陈谢悃，冒达遥情，伏望高聪俯垂烛照事：窃臣九世祖阮淦以黎氏辅臣后裔，愤逆人僭篡，纠合国内义士，讨贼复储，扶立黎后。讵意臣先祖中道逝殁，其婿郑稔自专兵权，协制黎王。臣十世祖阮潢年在幼龄，止得就封于绝境广南、顺化等处，地嫌势隔，郑氏视以为雠，从此分疆别为一国。嗣后臣之先祖建国于南，辟土浸广，父传子继，二百馀年。惟海滋山陬，梯航路阻，区区僻壤，未获禀命于天朝。迨臣先叔阮醇冲年嗣服，国祚式微，臣辖内奸民阮文岳、阮文惠等倡乱于西山外，而郑氏乘危掩袭，臣先叔阮醇与臣族属播越边方，文惠遂逞毒心，肆行无忌，破毁臣历代坟茔，戕戮臣至亲骨肉，古来盗贼虐焰未有甚于此者。臣时在幼稚，未能图回，因率本部军士寄迹暹罗，深以祖宗之仇未复为耻，卧薪尝胆以待时机。文惠复逞凶威，连破郑氏，遂并吞交南全幅。遥蒙圣德涵容，彼竟不能祗承训范，犹　阮福映奏疏　内忧外患

且荼毒国内，无所不为，苛政暴刑，重征厚敛，阖境士庶靡有聊生。究彼所行，罪盈恶积，诚神人之所共愤，天地之所难容。彼既殒命，其子文缵以顽劣之姿蹈凶残之习，率性妄作，弗畏明威，容养匪徒，劫掠边鄙，暴残之怨，日甚月深。臣于戊午年始自邻国旋师，先复嘉定、康顺等镇。己未年水陆并举，克复归仁城，破彼巢穴定城。后水兵凯旋，适遇暴风大作，漂入上国广东地方，经督臣题奏恩赐遣还，并照给衣食需装，极其优厚。臣部属获归本国，具述洪恩，仰见圣德如天，并包遍覆。臣谨率本部大小将臣向北叩谢，无不感荷圣慈。理该即日遴选陪臣进京恭谢，惟臣尚与西贼构兵，海程多有艰阻，廑念天恩未报，殊切兢惶。辛酉年臣再督本部兵马收徇广南、顺化等镇，悉平故境。文缵只身奔窜，尽弃天朝赐封册命、印信，与齐桅党夥，曾与西贼助虐，如伪称东海伯莫观扶，伪总兵梁文庚、樊文才等并在生俘。实由臣遥仗天威，故获埽清南徼，现当整饬兵戎，水陆并进，报仇雪耻，志在必复国储而后已。文缵就擒，则洋盗无所凭依，必能节次殄除，永清疆圉，是臣之所大愿也。兹幸海程稍已宁贴，谨遣陪臣郑怀恩、吴仁静、黄玉蕴等，恭赍不腆方物，仰凭两广督臣代为题奏，恭候赐进，诣阙陈谢，庶表臣敬天事大之忱。再者册命、印信是天朝赐封名器，臣不敢擅便处决，并委陪臣赍禀缴纳解递，伏望曲垂体恤。窃念臣化外小番，叩沾优渥，彤庭天远，瞻就无由，望阙神驰，焚香拜表，臣不胜瞻天仰圣，激切屏营之至。谨奏以闻。南

自邻国起兵

13,1,26

越国臣阮福映稽首、顿首，谨奏上言。

兹钦仰王道荡平，圣恩溥洽，开阖关何言之，化天施地，生涵育昭，一视之仁，迩安远格，臣不胜感激铭佩之至，谨奉表称谢者。伏以乾元资始，普照通队至之尊亲；皇极建中，大华夏译鞮之怙冒，朔南咸暨，陬澨均沾。钦惟纲纪四方，仪型万国，神其化不遗于成物，故以字大则大畏，字小则小怀，一哉。心无息于征民，虽未施敬而敬同，未施爱而爱合，岂意区区小壤，独蒙湛湛洪恩。轸臣未入职方，照临及远离之将士，俾臣遥承恩宠，荣幸标新，构之家邦，沐天沾而喜溢寰瀛，叨帝眷而梦驰阊阖。臣敢不倾心向日，翘首望云沾膏泽于遐边，实重荷柔远绥方之德，仰威颜于咫尺，愿永输畏天事大之忱。臣下情无任瞻天仰圣，激切屏营之至，谨奉表称谢以闻。

合观阮福映疏表，词甚恭谨，斟灌一旅光复旧部，乃自比降王，大长其志，量为不小矣。然阮氏一线之传，莫非圣朝字小之德。乾隆戊申，该国内讧，越王黎维祁为其臣阮惠所逐，叩关吁救。孙文靖奉诏征之，自龙州出关，战于谅山、寿昌、嘉观、市球江，皆捷，乘胜至富良江，遂克黎城，阮惠遁归富春。乃传旨复黎维祁封，班师凯撤，为南征诗十首，以纪其事。不虞阮惠之卒至，黎维祁孤立无援也，归师遇险，上疏自贬。其后阮福映归命，越事乃大定，至今诵孙文靖诗犹足资考证，爰录之诗曰：

疏表词甚恭谨

门开太乙曙钟迟（是日黎明祭祃出关），茶火军容徼外知。未必遇师同枕席，庶几荒服见威仪。建旂已拜专征命，补牍应来选事疑（先是提督许世亨带兵出关，毅力请巢贼，蒙恩准视师）。为语戎行须报国，早将犁埽达彤墀。

围城襟带接重洋（谅山城一名围城，城外有江，通洋海），上下思文景物荒（上文、下文，谅山所属；上思、下思皆州地名）。寅雾蛟涎工掩日（安南多雾，寅时即迷漫四野，土人谓系蛟蜃嘘气。午前不见日），丁男鸦嘴惯耕霜（该国惟谅山百里内有霜。过此则无，其地一面殒霜一面耕种，土人谓之耕霜）。入云坂洞（坡名）盘千折，夹道翁茶网四张（呼官为翁茶，出，四人舁网而行）。最是马前频慰劳，槟榔满接当壶浆（夹道跪献槟榔者千百为群）。

羊肠留线虎留踪，闻道蒙茸路久封（江汉一路多萑苻，藤萝纠结，商贾十年不行，贼人疑大兵断不由此）。母岭群狙晨伏莽（母子岭极为险峻，数日前贼兵伏此），鬼门磷火夜乘墉（原名鬼门关，于康熙年间更名畏天关，草木蔽天，几不得路）。宣旬窃欲方朱俊（朱俊以兵五千分道进剿交逆梁龙，旬月而定，毅辄效之。缘极南地热瘴盛，势难久留也），来晚应知愧贾悰。多少步兵齐茧足，敢因下马便支筇（险峻处，率同官下马步行前进）。

龙城新铸赫连刀（令将士短兵杀贼，铸纯钢刀五百柄），要斫生鼍断巨鳌。万里戎王归信杳，三江戍垒陈云高（时未悉黎嗣信）。韦先郑犒情原怯（阮贼遣头目馈牛羊，愿大兵不往斥之），幕有齐乌计必逃（所遇贼屯，半

13,1,26

属空寨)。烈炬连空狼穴静，斯斯竟向朔风号（派总兵张朝龙、游击张纯于枯诂、诃卢等处，两路夹攻，匪众溃窜，尽埽巢穴，归报)。

阚虎声中喋血鲜，临江士气倍争先（市球江贼氛甚恶，我军血战两昼夜不息，不能蓐食，遂获全胜)。欃星远落三层外（驻军三层山，即市球江岸)，炮火还奔五步前。岂有夜郎能自大，果然飞骑竟从天（夜半令总兵张朝龙于左边二十五里外潜渡彼岸，绕出贼营后，直捣中坚，贼始溃乱)。战场直已成京观，此劫应消几百年。

获丑纷难诘姓名，一时骈首动哀鸣（连日生擒正法七百馀人)。编篱那许羝羊触，漂杵常教草木腥。人说妖氛连四镇，我怜杀气压三城（黎城内土城一、砖城一)。军门执法臣应尔，圣德如天本好生。

左鞍右伞古交州（黎城左鞍子山，右伞子山，富良江缠抱左右)，鼓角般江夜哭稠。搜粟几时停校尉（安南兵食概取诸民)，立功毕竟数兜鍪（时诸将用命，将弁并给花翎)。斩祛仅免思公子（国王母弟为刺客伤中要害，殆甚)，释缚还擒送孟酋（贼将陈文炳既降复叛，命副将庆成生致之)。一事尚教悬圣虑，前军未送月氏头（谓贼首阮惠)。

约法森严日几巡（克复黎城后，禁止弁兵不许一人入城)，满城焦烂痛遗民（居民呈诉阮贼戕害情形甚惨)。师贞行指逋逃薮（拟裹粮直捣贼巢)，巽命先加草莽臣（嗣孙黎维祁承袭国王)。钜野战难忘每饭，有苗格或待经旬（自出关至克复黎城，刚阅两旬，贼首阮惠是否投出，姑且俟之）。出关事事劳宸断，万里还同几席亲。

金章翠轴雁飞翔，俯首殊恩下九阊（时从驿递颁黎维祁袭封印敕）。已分纪侯成大去，忽令卫国庆忘亡。租庸不税尖方土（屡奉谕旨，惟在继绝存亡，不利寸土。安南向行租庸调法，今则不然矣），带砺仍然异姓王。底事乌孙消息断，澄江无际望宣光（宣光江发源云南教化，长官司入交境时，望乌提军信不得）。

衮带居然遍百蛮（云贵四川俱为毅宦辙所经，己丑、庚寅间随经略傅文忠公出师缅甸），洱河恩许唱刀环（时奉班师之命）。伏波迹已埋铜柱（询之土人，云铜柱没土中不可复见），定远心原恋玉关。二月花秾黄木渡（黄木渡，在广州府城外），三年香染紫宸班（现届三年述职之期，回兵后即入都）。只因妖鸟巢犹在，梦绕罗平未肯还（贼巢未灭，深感烈士暮年之语）。

粤中梁汝鳌笔记：孙文靖战胜后克复黎城，置酒王宫，大宴将士，为《南征》诗寄羊城缙绅，视魏武横槊殆有过之。阮惠乘其无备，寅夜袭攻，孙文靖仅以身免。阮惠为惠州人，张保为阮惠养子，与阮惠之妇郑一嫂通，杀阮惠以降。所说殊舛，张保为海盗郑一养子，非阮惠也，有年代可考。张保曾扰七府杀二大将，受抚后，闾阎被害之家犹切齿。粤督百菊溪内调，挈之偕行，张保改官闽省。荐至澎湖副将，任以专阃，林文忠劾之。姚莹时任剧令，言于闽督董文恪，责张保以讨贼，借以除之，贼灭

13,1,27

而张保亦死。百菊溪自东抚量移粤督，过安庆时寄董诗曰："此行一事君应羡，杀贼归来啖荔枝。"其后卒成抚局，董改前诗"杀"字为"抚"字以戏之，不图张保之殁，仍出董文恪手也。

二十七日乙卯 雨水，晴。廖社自洛士丙冷来，询悉该埠华佣工作无恙，美尚驻兵一营以护之。告以赔款经议院议准，自应照册给领，惟被害之二十八人宜量加抚恤。廖社言众人之意，则以被害之人已有赔款赡其家属，不必再拨。当告以黄钧选原拟将公共器具损失之项另行提出，为此案一切用费及赔还郑任垫款，中华会馆包垫款，廖社又以为不可。但请将此案共费若干于全款扣出外，此每人应得几成，求余斟酌。当饬与领事妥商。申正赴美宫及倭使公会，倭署所悬画帧尚有佳者，既尊西法当弃如刍狗耳，仍以饰观，不忘本也。晚得华人冯广盛等禀：去年七月在阿拉时驾地方被逐，损失一万三千馀金，请照会赔偿。金山领事却无禀报，检阅兵官所禀兵部公文，乃有其事。美总统客冬谕议院文亦声叙及此，虽被害不重，然非华人讹赖也。因先照会外部，续饬领事详查损失。新蕾命案已得该埠律师回信，须礼拜二乃能详查情节具复。旋赴劳令公会，法、俄、德各使将散，时已中夜，少坐即返。重检洛案覆阅，此案华人损失有着，而人命未抵，究不惬意，顷问科士达，缕述初与郑光禄商办情形。又检出古巴旧案钩勒，交震东译示，大约郑光禄初意怯于颠花一案为议院驳煞，恐蹈前车，又以凶手已释，难为追究，只就损

议洛案赔款事宜

失赔偿立论，亦苦心孤诣矣。余告科以去冬所驳外部照会曾有赔款为华人损失之数，无与于华人被杀之冤，似已伏笔。科言究不若专案请赔为合法，因复检旧卷一寻绎之，重与廖社衡论一遍。寅初睡。

二十八日丙辰　雨雪，午后辄止，弥望园地皆白，气候微寒。新蕾命案据上年日报言，赵寅秾在新蕾埠麦杰街开赌，骗尽华人钱财，龚佑自鸟约往为禁止。美官定期审讯，佑即于前夕被人戕杀，后三日在以离耐省勿非士波鲁拿获凶手，龚盛供认赵寅秾愿出银一千二百元酬杀龚佑，众华人皆不允，续赵卓、赵朴、刘学硕、龚盛慨然诺之，商定六月一号行事。赵卓、赵朴、刘学硕三人一持洋枪、一持小刀、一衔刀于口，从地窖板门入屋行凶，龚盛在门外守候，旋闻刀声、喊声，其三人由后门遁去，龚盛始入门打扫血迹，移尸小屋。适房门紧闭，将尸搁置膝上，然后开门，遂致裤渍血迹。事后索银百元只收得十五元，馀未到手。核与卷存禀钞各件迥殊，大约各护其党，编为说辞，托报馆传播耳。龚盛为龚佑同族兄弟，赵寅秾即欲谋杀，岂肯贿买其宗人？即以千二百元晰之，龚盛亦不仅百元之数，所称得银十五元何人过付，尤属子虚。且龚盛杀人后在河边洗血、酒馆饮酒，有黑人眼证，又曾在被获地仕拉埠衙署供认，解回新蕾乃翻，并以攀刘、赵诸人，明系两党挟仇致讼，情事显然。赵寅秾聚赌酿祸，咎有应得，然必指为谋杀至以数人抵一命，则冤甚矣。昨询廖社，谓去年曾往新蕾，该两党构讼已筋疲力竭，当函复鸟

华人买凶杀人案

两党挟仇致讼

13,1,29

署详询赵凤培近日情形，并候该埠律师回信。晚赴公会两处。

二十九日丁巳　晴。司米德因驻津美商禀留旧领事巴密德，遂匆匆赴华，仅投刺告别，承许代携信物均爽约矣。西人名利之切如此，或总统促之也。秘鲁国例，商民交易银纸二十元以上须贴士担，与寄信者小异，现新总统颁谕光绪十年以前士担概不算，否则示罚，意在丕焕新猷，实欲敛金作赎。午后杨约翰来晤，神色惨沮，非复驻华时气概，乍见几不认识，惝恍之甚，予之茶不敢啜，但吸冰水，似有病。与谈当日法越事尚能记忆，谓去年游巴黎，法人诋其附和中国，几目为中国人云。法越之事杨约翰屡欲调停，而才力不足，然美之国政操之自下，向仅自顾，岂能为人解纷？且其立国之初深荷法人之助，又岂肯明指法人之短哉？此固不足为杨约翰之责也。杨约翰言近日南党司令渠为格总统旧人，故尔投闲置散，并谓数月后拟为中国之游。今日为合众国各按察司公会之末，就踪迹较密者一往周旋。

比邻富媪毕顿嫁女，请八点钟往观礼，其正厅楣柱并堆花叶作璎珞，两旁栏以白缎绦，中边置一桌，亦陈设花卉。届时音乐作，天主教士手一卷前导，新郎君尾之，众女伴手持鲜花簇拥新妇出，以白绢蒙头面，新郎趋而扶掖至教士前，主人立于右，颇有涕出而女之状。教士执卷喃喃，随向新郎宣誓章，新郎随口说诵，复宣于新妇，亦如之，大率既为婚配，甘苦与共、疾病相倚、患难相扶之 西人婚礼词。宣毕，新郎以戒指一枚付教士，约之新妇中指，教士退，新郎新妇正立，解去绦栏，客与握手致贺，并贺主人。少顷客入餐房饮馔，夜阑人散时，新郎新妇潜遁至外埠成婚，美俗通例也。客有询中国婚礼者，余略举父母之命，媒妁之言，及亲迎、合卺、庙见之仪告之，客乃大诧西俗之简。

华盛顿诞辰

三十日戊午　晴。华盛顿览揆之辰，美俗官商均给假，各兵列队游行街市，并鹄立于美宫候总统阅视，复至华盛顿坟顶礼，所以志创国之盛，亦应有之义矣。申初访议绅修彭，盛称中国随使各员不为西装以为得体。答拜杨约翰并大将军佘利钝。晚按察司卜勒特佛约大餐为华盛顿作生日，会者十八人，水师、邮政两部，按察司马调，前农部劳令，议绅衣浑士，报馆主笔夏卢，皆认识，馀则茫然。并坐有前户部俚质臣，现任钱债臬司，曾到吾华江广等省，为言中国水利甚畅，不宜专设火车路以夺之。即如美国火车近已四达旁通，而固有之河道乃无问津者，水利将坐失矣。火车可助船力之不足，不合与船争利，此又一说也。又言中国工艺甚巧，宜扩充之，解身缀金练，云制之粤中，雕镂玲珑可爱。余询邮政部事，盛呀士谓此间岁役八万馀人，岁入士担银三千馀万，士担专有公司禀承于邮政部，其印文精绝，铜铸不能伪造。中国曾有函来问，已复之，容将现办章程致送一本云。欢宴将罢，主人出陈酒饷客，谓乃翁购自欧洲，距今已四十九年，购买之年，封识之号敬藏于厨，非盛会不敢饮，叙此酒来历及曾经预

13,2,1

饮之人，述毕座客均起，尽爵，为主人志庆。席间瓷器甚佳，英使曾向余称道内有吾华一种，自出模式托人定造，迄今六十二年，殆珍惜而善用者也。此会自七点钟入座，十点钟散，坐有前水师提督士京，久历戎行，右手为炮伤，年将七十，不终席而去，水师部亦然，一则年老多病，一则新占弄瓦。

二月初一日己未　晴暖，未初雨雪，陡寒。闻远近钟声，相传为耶稣生日，教士诵经致祷也。进斋气体魁梧，名利皆淡，少习拳勇，遂能耐劳。正月间偶觉夜睡不酣，神若外散，方寸不能自摄，急起徐步数次乃安。辄疑虚弱，购服西医药水，旋而便血，杰卿为之诊脉，以为血燥，恐致上行，昨果痰中见血，精神仍不委顿，但步履不适。劝以静养，勿吸吕宋烟，究其血所由来，则铁酒害之也。进斋亦悟铁酒流弊，遂不饮矣。陈副宪驻美时亦饮铁酒，顿生他病，啜白茅根汤乃解。西人药品有效有不效，未可胶柱鼓瑟也。夜雪已止，仍雨。 耶稣生日

初二日庚申　晴。子豫、子刚自古巴来，言修打诸埠遣至古巴华人颇难安插，因内多老病而瞎者，分别送入医院，受雇糖寮，聊可觅食，较在被系地方有生活，但领事稍吃力耳。又言学堂已有规模，惟学生多不谙华语，现增延中学教习一人，请书额悬之堂中，若榜于门外，则岁输税银数十金，此古巴省例也。古巴生意糖寮为大宗，近为德商所挤，顿形减色。比来欧洲日报每言德法将构兵，识者咸为扼腕，而古巴各商则翘足而望其必出战，兵戈之 古巴学堂已有规模

际，德商糖业且歇，彼可专利，此商情之可笑者也。义大利都城昨日地震，英储君方游历于此，英后闻之而忧，电询无恙乃安，英廷诸臣并称贺。

罗马昨日地震

初三日辛酉　晴。希九资遣华人之事，极费苦心，日国不吝不苛，亦微睦谊。希九函请奏陈俾与日廷致谢，余恐此端一开，动辄索奏，殊乖政体，而希九办理得宜，不能没其所长，无以鼓励，似应上闻，遂草一疏，附洛案赔款定议疏并发。脱稿而美总统批准议院议赔之数，外部刷印送阅，前拟片稿改为正折，因曾奉电旨饬催，且头绪纷繁不合夹片声叙，两稿既定，先电总署。晚至士丹佛处访格总统夫人，留刺而返。顺道告柏立以洛案批定，柏立乐不可支，酌酒以庆。

初四日壬戌　雪。重订洛案疏稿，缮政已逾六点钟，邮局加保士担不能买，明日又为西人礼拜，只可包封以待，幸昨已电奏矣。致李傅相书，论洛案议结及总署限制经费、金山冈州会馆捐赈请奏各事。曩与谭子刚论日月蚀之说，谭谓西人能前知，每年注于西历，本年六月十四日日蚀，西班牙有记载云。

初五日癸亥　晴。复刘湘浦书，劝以撙节公用。湘浦久任古巴，未经窘迫之境，不悟总署遽限岁费，而古巴鸿雪自难重印于利马矣。灯后大风，气候却暖。

初六日甲子　晴。许静山以余属集史传历代使事，加之论断，谓类于钞胥，心思误用，而别商译述美政导当事者，习美邦之静默，毋效欧洲之纷纭，又愿编辑中美交涉

13,2,6

旧事以谂来者，言外之意总不甘以文士自居。至谓使馆所用，国帑民膏，殊域光阴，卧薪尝胆，亦既痛切言之矣。而静山自抵美后不操寸楮之劳，拥书课子，薪胆谓何也？当率复之，曰：

复许静山书

早间惠示手书，以钞录二十四史中使事类于钞胥，鄙人以之奉托，又历指海外著书之无益，必不得已，俯商译述可为者一，编辑可为者一。崇论闳议，如聆清梵，汉人所谓穷该典籍不达予趣，虽欲无对而义笃其词者也。奉使欧墨，本为创局，试撮举历代使事可援证而或绝不相类者，默为论断，或非钞胥所办。国初通经之士大都援据古义，旁加考证，积日累月亦不免为钞胥，固知著述一事甚非空谈高视所能济也。《四库》著录《使规》一卷，明张洪永乐四年奉使缅甸，采古人奉使事迹，勒为一编，分忠信、节义、廉介、谦德、博古、文学、识量、智慧、威仪、说词、举贤、咨访、服善、详慎、勇略、警戒为十六类，各列事实，断以己意。此书虽罕传，而《四库》并不诋其妄作。若谓史传太繁，难以抉择，且证以近事，虑触时忌，犹为见道之言；若谓误用心思，鄙人窃所未喻，航海远行，张旃异域，本非谈艺著书之时，雕虫小技，壮夫不为，况执事哉？猥以数万里相从，方舟共济，虽吴越异产，犹相亲睦，充迈往不屑之韵，似无一事足劳清顾者。念馆厨恰有全史，拟师古人之意而一拓之，敬以相属。史学亦通人所不薄，随事论断，或亦客中破寂之一助，不悟阁下等之钞胥，固宜腹诽而丑诋矣。偶然著录，无与于国帑民膏，尊意谓非有裨中外大局者不必为，则诚有见地。至日本地理兵志，鄙人未寓目，许星使《各国师船图表》曾涉猎一过，似非尽属书帕本也。中国未睹兵船形势者多，更莫辨各国之优劣，此书详考各国兵轮，为之表，以便查考，尤非凿空一流，尊论以为无益，览未终幅，令人废然，盍摘示以启蒙也？

各国师船图表

承示美国幅员，襟海负陆，大势与中国同。其海防延袤东西两洋，计其里数不啻倍于中国，而气象闲静，四境晏然。每思体察其防海情形，凡守险之炮台、御敌之士卒、需用之器械、常年经费之制，译为一书，导当事者采用。美邦之简静无效，欧土之张皇炎炎，大言抑何切要，识时务者为俊杰，诚千古不磨之论也。鄙人愚陋，窃有所思，中国版图宏富而乏可守之险，自外洋以达津沽，可扼者何地哉？美自南北花旗鏖战后，兵轮炮台无非旧制，其东西洋路虽广，然西道则鸟约有险，东道则太平洋混混无际，中无添煤取水之地。所联接者，中国、日本，中间洋面却有俄罗斯一段，中日固非图美之国，俄船亦无从出没于此。且美之西偏原为不毛之地，近始渐开拓，敌人得之不易经界，故金山炮台坐视颓圮而不顾，凡此亮非中国所能强同。中国海疆无险，而国库民财并非丰裕，其能为黄老之学或如孟氏所云制挺以挞乎？美为民政之国，权操自下，总统坐啸画诺而已，中国能之乎？至其偃然不设备者，皆恃库储常数千万而轮路电线乡曲可通，有警则民兵应响斯至，彼盖先劳后逸。阁下但观美之近境而忘其缔构

中国乏可守之险

13,2,7

始基，谋国之道断未有无御侮之具而侈言镇静者也。美之长技尤在枪炮，此可仿效。比日美亦长虑却顾议拨定四千万金专筹防海之用，长袖善舞，健羡而已。语云："六经之治，贵于未乱；兵家之胜，贵于未战。"中国非筹防之误，不预筹于无事时之误也。若以美例之，窃虑仪豪失墙，鄙人既非当事，亦非好事。因阁下俯商译述，聊摅鄙积，季绪琐琐，曾何足云。

又中美通使以来，交涉各事择其有关系者，如外交之礼节、保护之章程、各埠开办之始末、条约限制之增损，随事摘次，开卷了然，敬纫明诲。美俗礼节甚简，保护限制并载条约，有保护而无章程，有限制而无增损。美只金山、鸟约有领事，他埠虽繁，庶中国迄未设官，历年所办之事，案牍固不泯也。此中各有典司，西俗谓之权利。同事假观，何须关白，若出自鄙人之口，则庖人虽不治庖，尸祝不能越俎而代之也。况前使经营未必尽符高架，率加雌黄，类于讦直，随案选录，犹是钞胥。鄙人近政疵谬弥甚，阁下若推袍泽之谊，为掩着之词，无以信今传后，萧氏选楼所以不收二何之作也。执事经朝邑相国之荐，许为淹博之才，曩在都门拜读大稿，弥深敬佩，窃幸远适异国，晨夕可资教益。鄙人谫陋，原不值大雅品题，既承枉教，未便安于缄默。庄生寓言，惠子知我，同付一粲可乎？季怀诗文稿寄到，幸见惠《郘亭文集》附览。

美俗礼节甚简

初七日乙丑　晴。拜发谢折。又为书寄北洋，印花咨文各三，备贺折用也。希九函述遣送华人案尚有陈某一人后未能行，随后续往。又言日后与诸部臣聚论接驻华公使书，有一日国教士在中国受侮，须索中国赔偿云。一教士受侮便索赔偿，则小吕宋诸华商被害索赔我更有词矣。

初八日丙寅　晴。新蕾公家状师回信，述龚佑命案仍是一面之词，乃复为书致两造状师核办。西四月乃复审，尚可设法。午后答拜百贾、科士达。回至英馆一谈，英使谓议院此次所结外交之案仅四起，洛案赔款能结直大不易。又询余赴日之期。

初九日丁卯　晴。料理梁蓬云赴金山，属将要案钞去，为诗扇赠行，谢傅仁风，非敢希冀，聊摅鄙积而已。吕杰卿同去，亦书赠之。廖社相随至洛士丙冷，并将华人损失之项谆属妥筹分给，俟外部交到赔款即电至金山领署。先给双联票，各华人凭票赴领，或托工头代领亦无不可，惟须本人或家属各有实益。此案一切公用仍应在各讧公共器具款内支销，此项器具赔款若散之各讧，亦难匀给，黄钧选此议不谬也。并属蓬云至诗家谷就询卢达远新蕾命案实在情形，蓬云此去成竹在胸，无甚棘手之事，只中国自禁华人一案，总署所定章程有眷属财产者仍准回美，颇烦稽核。卫滋德事亦须善筹结束。

华工凭票赴领赔款

初十日戊辰　雪，积厚盈寸。芜关赔款应请总署扣提俸薪代交内府，了兹夙累，余本年薪俸亦只六成，庶足以告同人之减薪者，为文咨署并咨皖中。巴夏照会总统批例，四纸一式，刊送备案，并请转奏，当照译达总署。

十一日己巳　雪。复外部照会，发沪粤包封。访科士达询商所拟保护自禁条款。途间雪霰甚密，往金饰店观所补旧瓷，竟如无缝天衣。

十二日庚午　惊蛰，晴。使馆居停士雕鹘来晤，新举上议院议绅，从西省来也，欲中国为购此屋索价十五万元。士雕鹘以开矿致富，与谈矿务，云矿师甚不足靠，如须寻觅可荐之来，余属以遇便留意，不必专荐，视其技能何如再定延雇耳。士雕鹘又言华人之业矿者大有能手，矿上之事优为之，矿内之秘则土人禁不使窥也。中国开矿，不如择此类三五人回华办理，当有明效。曩因盛杏荪托觅金矿师，故询之。复山东矿局书，遂详述此事。

华人业矿者大有能手

十三日辛未　阴雾。锦堂来函，条议自禁华工未尽事宜，虽不能自圆其说，仍与署意不背。午后答拜房东士雕鹘不值，随答拜上议院绅卜捞悟，南花旗人也，年将七十，无苍鹘气，治任将归，倚装待发，以余往访，犹率家人妇子出见。历叙南北花旗战事，曾因兵败为北花旗虏禁七日，即囚于议院之南，曩缘收买黑奴起衅，现在此风已息，南北浑一，亦自雍睦，所居多山，岁产稻甚富，亦有麦、棉、架啡之属。该省铁路皆其子经营，举图为赠，图中仍绘当日战迹。蓬云手笺新蕾命案甚详，知《鸟约日报》更不足靠矣。密令卢达远前往查察现在情形，并密查金山扛讼之人，为击首应尾之计。

十四日壬申　晴。兵部恩梯特函约往听西人宣讲，初疑为教士善会，殆非然也。美之游学于英者欲公建馆舍以备栖止，须费六万金，有西妇在鸟约募得万五千金，拟在

西人宣讲募款

此再筹万馀金，馀则逐年分募。首座为克格伦宣讲者，耳目精神并注之，毕顿、士丹佛并在座，使馆惟余与英使预焉，昨询俄使不往也。宣讲至半，西妇便授铅笔于其伴，拟求座客书捐，主人婉止之，谓好善之人有不愿显著名者，宜随后再商。客渐散，余亦辞出，天气极佳，乘便映相。返署，给外部照会，论美总统所准限禁中美商人贩运洋药例内第三款，与中国税关历来办法及地方官自治之权有所妨碍，仍应另文专驳。沪局包封，总署转准吏部，知照上年奏保一案只徐学伊照准，余均议驳，未满差期之员，非因丁忧事故回华者，不得给奖，系新章云。此次所保各员为郑光禄移交，仍照总署奏案办理，不悟吏部以新章见驳，此数君者并非缘事撤差，特未留用，乃并其前劳而没之，是历涉重洋供差殊域尚不逮海运之半年一保。使者驰驱海外，何以收群策群力哉？

限禁贩运洋药

十五日癸酉　嫩晴。赴波渡摩访西人窝路打所藏中国铜、瓷、珐琅、雕漆诸器。美绅挨林士领导，与美绅阿梯共作东道，主人即贺璧理之妻父也，同往者俄使、倭使。纵览逾时，无甚奇品，然搜罗瓷器至千百种，亦难能矣；古铜数器于花纹、雷纹之上泽以殊色，尤失本来面目；珐琅六器不伪，雕漆三器亦佳。壁悬花卉山水数帧，署款曰沈铨、曰应举、曰翚，皆赝作也。然满室所储吾华器物十之九，内郎窑瓶一枚，高不及二尺，乃以万七千金得之美洲，以为奇货，馀则倭、法两国铜、瓷数事而已。其里间所悬油画、水画悉西法之妙品，价或数万金。又油相一

13,2,16

幅，绝妙，在十步外视之直如生人，眉目筋骨栩栩欲活，浓胡浮现襟际，所见油相无虑千百，此为极工。此像系好为善事之人与窝路打交厚，特悬挂以示久要之意。闻窝路打微时业小酒店，近乃巨富，以所藏器物供人游赏，人索半元每日，所得悉送赠医院善堂。自不卖票，游人均买诸客寓、书坊，示非图利也。览毕，挨林士、阿梯约至客寓。午饭适微雨，饭后俄、倭两使与挨林士先返。倭使告余以长崎案结倭赔偿华兵船损伤之款，中国亦恤赏日捕，从此两息争端。余答以同在亚洲，相距邻近，若不格外联络，岂不贻笑他洲哉？倭使深韪斯言。

十六日甲戌　晴。访科士达，论新蕾命案，并所拟保护自禁各条款与美例不符者，分别指出，又交犯减税两条与华工无涉，须另款缀列于后。余谓既可另款，则公使来美不得阻拦一层拟添叙，科谓此事美廷大愧悔，若复提起则外部益惭汗，以后断无此等事，可免置议。余意在保护，容有持议太密之处，然不得不如是立论。科谓应请议院专议保护华人之例，较有实际。 再议西雅图命案

十七日乙亥　晴。未正往晤巴夏，告以限禁中美商人贩运洋药例，美官驻华权利太重，隐欲侵夺中国税关之权，此时若不言明，后来不免争执。巴夏旋取例本复阅，彼此折驳一遍，告以随后给予详细照会。巴夏唯唯，又重申修约之请，谓：西省民人以赔款既定而限制之例不行，纷纷唾骂，有各省自行议例之说。余答以：中国系与美国立约，非与各省邦立约，设有苛虐之事，只与美国讲论而

已。巴夏谓：我之苦衷特相告语，盖议院前议限制例不行，系我极力遏之，窃谓非两国互订不能公允，我非举此相催促，但此中难处一再详言之耳。余答以：总署已定三端甚费踌躕，此亦我之难处。俟将所拟条款晤商妥定再行照会。巴夏又询何时赴日，答以三月底。今日问答甚长，震东另记。

美两院议保华条款

十八日丙子　晴。美日报述美都察院裴露批案云，两议院有专议保护华人之权，应速议以为定例。并判匿市架一案，谓援据条例未当，盖强夺别国人应享利益，即是强阻申行合众国之法纪也。据所判而论华人惨遭杀害各案，并他国人未经入美籍或有被害如华人者，合众国例实未由保护，申理只得仍按各邦之例，期以保护而已。故都察院应责议院以速议保护华人之专例也，日报之言如此。申正访科士达，告以新蕾案西四月十九号提往别埠审讯，并与论保护华人条款。旋访老人百贾寓楼，出观前在粤中所治杂证各图约五六十幅，刊诸卷帙者又百十图，皆举极奇难而撮刊之得，其医治而痊者尽五万馀人。百贾在粤有善人之誉，不图丁巳之祸亦预兵间耳。现在行年八十二岁，步履少涩，上下楼梯其子绝不理会，余虑其蹉跌，屡语以扶侍，其子谓乃翁不乐相扶，西人父子之谊盖如是也。邻人毕顿之婿途次新墨西哥赴友人之席，食蘑菇稍多，归而昏不知人，新妇急灌威事记酒解之，医谓幸先得此酒，否则不治，然则威事记酒亦足以治寒疾。

华童来使馆寻父

十九日丁丑　晴。华童步兰敦每礼拜日必来使馆，期

13,2,20

寻本生父籍贯、姓名，至于流涕。其父别无遗物，无可追考。一日持一皮枕来，谓有华字，疑为乃父之名，质诸各员，则皮枕店之字号，童乃爽然若失。又谓：闻乃父来美时，经提督披利带至华盛顿，曾佣于农部花园，即今之钵多溺嘉顿也。谭子刚怜其孤露，喜其诚孝，偕至花园晤花匠士蔑，指园内荔枝一株高丈四尺，龙眼一株高丈二尺，含笑一株高丈，云系伊父从中国带来手植于此。惟其中国姓名殆忘之，约略记系澳门人，曾有题志旧帙，不知搁置何处。有诗家谷一人，为其旧交，容代询之。其来在南北花旗未征战之前，当日花园实亦荒芜乍薙，然华人之来华盛顿者，此为最先云。华童得此消息感谢不置，径欲自往诗家谷寻此西人，子刚以其年稚，止之，欲俟士蔑取有回信再为寻究。华童年仅十三岁，久养于西人，喊乐衣食无间，必欲自寻所生，天性之厚，良不易得。顷来使馆，因请进斋为英语奖之。

正月间闻士丹佛言，他日为美患者决非华人，而懵者不悟。近日议院亦将议限禁欧洲各工来美，云前日晤科士达论及此事，科谓并未明白宣禁，但议定不准美国工头赴欧洲招工，不禁而禁矣。进斋谓德人在美百十万，现有充议绅者，其势万难限禁，美只能潜为之备而已。比邻益鹘曾任兵官，炮折右骰，以木接之，行动如常，乍见并不悟为废疾，此西医之妙也。

二十日戊寅　朝阴，午晴。毕顿荐一映相人，午后往映照，技亦平平。秘鲁领事寄参赞书，言麻担埠华人庆贺元旦，各铺户纷竖龙旗，地保索资乃准，经代办领事些卢巴士哥惩革之。秘俗贪利可笑，而西官代办领事能秉公道不畏强暴，亦可嘉也。

限禁贩运烟土事

二十一日己卯　晴。户部珉玲辞职就贾，差片告行，余亦差送之。科律师来谈限禁贩运烟土事，中国应有专例，今中国不颁行，故美廷立例耳。余谓中国罚办本有定章，载在咸丰八年条约，所以续约无须申明。美领事权利较华领事天渊，现不与巴夏争者，以中国政存宽大，其界领事之权各国一律，非于美国特优；美为民政之国，权在国会，其界领事之权亦各国一律，非于中国独刻，故无须争辩。但美领事驻华既享受通共利益，应遵守通行关章，未可以续约所载“由各本国自行禁止，不引利益均沾”之词讲解二语，遂谓领事可独行其智也。科询关章向日是否如此？余答以税关之权向不旁落，随属参赞将条约引证数款添叙文内。

西人养花置温室内

二十二日庚辰　晴。晨窗将起，时闻鸟声，春气渐深，园树将拆矣。饭后门外马车云集，俄馆参赞约郊外试猎，余以猎无定处，追逐驰骋，雅非所好，遂赴农部花园。甫启扉，香气旖旎，则含笑花也，仰观龙眼亦缀蓓蕾，惟荔枝则绿叶扶疏而已。稍进有桂树二株，繁花如缨络，花匠摘含笑一朵以赠，自出山以后不观此花二十四年，不图四万里外遇之。惜西人养花闭置玻璃屋里，似难畅其生机。其旁植棕、椰诸树，沿砌鸡爪、兰花皆粤产，有类棕叶而大中缀实如芭蕉形者，西人标题为蓑衣树。粤

13,2,23

中袯襫之具，究莫能指名，《南方草木状》有无记载并忘之矣。昨日订定照复外部限禁贩运洋药文，检洋文约本校对无讹，即令震东照缮。又保护诸条款已译就，仍令进斋复核以免舛错。

二十三日辛巳　晴。昨检同治七年中美续约，校阅《志克庵日记》，与总署刊本间有一二字脱漏，然大致不差，且每条详疏命意，惜美廷不克遵守耳。克庵此记详于各国制造船械、枪炮、农具、金银、自来水、煤气灯及织造毡毯、布匹、绸绫、树胶、器皿，记载精细，若并算法而引伸之，裨益较大。惟矿务不甚推求，其时中国方以开矿为罪，故不愿考究。所载比利时海口炮台特详其式，守国有险，复建斯台，庶几可以自固。克庵驻法正当津案构衅时，法人颇有仇视使者之意。记辛未之冬余在鄂晤孙稼生，述法兵败挫，臣民离散，土匪抢掠之状，视克庵此记为详。然此种札记总为有用之书，足资考据。溯克庵来时，渡金山附船至巴拿马，换船抵鸟约，水程多阅两旬。当日金山至美都尚无铁路，自蒲安臣之约立，华人纷至佣工，然后铁路始成，乃铁路成而厌恶华人之衅起矣，今昔情形不同如此。土尔其新派公使来晤，眉宇间有灵慧气，殆习耶稣教而非回回教也。据云土国遣使视某国之教以为衡，若英美均遣习耶稣教人，义大利则派天主教人矣，俯仰随人宜国势之蹙。晚观鳏会跳舞，晤倭使，询倭俗五七言三十一字诗是否每句用韵，倭使曰然。天气甚寒，少坐即返，途次雨雪。

校阅志克庵日记

二十四日壬午　晴。贺璧理复称中国税关拿获洋商违禁私贩货物即行充公，无须知会该国领事，若惩罚则由领事主政，税关不专之也，与余意吻合，当将照会署名送外部。适巴夏来文，以洛案赔款备齐，候示订交，因电总署代奏。公使无代国行权之事，何可专擅？发电后赴英使之约，仍是前在兵部宅集捐之英人，意属克格伦而克仅捐二百金，余以英使之交特捐百金助其提倡。饭后赴外部晤巴夏，申明总署自禁华佣要以保护，末缀减米税、交逃犯两款，共十五款，草议付巴夏斟酌。华工日稀，华商日蹙，故须请减米税为华商稍谋生活。至订交逃犯一层，则美方与欧亚诸国订约，有可援证也，此虽与华工无涉，既互订约款，当连类及之。巴夏亦谓交犯一条原可照办，但当另为专条，并约下礼拜再谈。

洛案赔款备齐

就近赴画院一览。此中油画有值二万五千金一帧，却无过人处，其为值不昂者尚有可观。中有吾华珐琅几一张，却不赝。楼上下并有石像，雕镂极工，如老妇蒙纱、幼童垂泪均能形容于石，已非易事。其最难能者，拿破仑第一之像，系兵败被拘愁郁致疾，枯坐胡床，手握地图，背倚棉枕，膝盖棉毡，眼光上视若有所思，口鼻之间若喘息，既肖其兀傲不平、病困抑郁之状，而棉枕折纹、棉毡垂搭、地图如纸薄，悉于石乎求似，以至坚之物作如许揉叠，令人视之忘其为石，美都所见石像斯为最矣。续赴后邻观乐器，其制如弓形，中缀四十四弦，两手并弹，其近地处有一铜机以为轻重疾徐之节，以足按之，用意与洋琴

赴画院观赏

13,2,25

同，而工尺之音与吾华无异，疑仿吾华之瑟为之，出义大利，他日差旋当购一器以示知音者。

遇日使，云将为古巴之游，往返数日，并约置酒饯别。晚观幼孩跳舞，自四岁以迄成童，衣饰奇丽，教习者就中指与行动，进退略如兵法，部勒整齐。鸟约银行主人布琅携妇寓科律师处，科为设会约谈，晤檀使，询该国种茶有成否？答云种植仍不得法。告以中国产茶亦非到处可植，视地利何如耳。坐客甚多，不觉久谈，子正始返。是日为美总统生日，各驻使向无庆贺之仪，行经美宫只马车数辆，或其密友相与称觥。民主之国简质如是。

论中国种茶之法

二十五日癸未　晴。阅《广报》，本年正月十六日甲辰月食，四分四十四秒初亏，申正二刻九分在地平下，月出地平酉初二刻四分二十七秒，食甚酉初三刻，复圆戌初一刻，而此间不睹月食之象。顷询西士谙天文者，云南阿墨利加洲见之，允代查时刻见示，或可资考证也。美都之东伦柯忌埠有西人名专域，年一百零二岁，本月十三日纳妇曰压地士蔑，年七十岁，白头花烛，海外之奇谈。

二十六日甲申　晴。巳初得总署复电，美赔款奉旨照收。前电但云十四万零，未声明银数抑系洋圆，即电复，等因。当复以钦遵照收转发金山领事按册给领，豫刊告白联票，免舛误。此款十四万七千七百四十八元，照咨册索足。洋银均论圆，金则论镑。使费已到，俟善后约款就绪，寄呈核定。三月杪赴日，美新例杜美商贩烟土，由领事罚办，究碍税关权，已驳之，乞告田使，此等一面之例，中国不准云。

往讶西人嗜利，无孔不入，而官兵却无侵蚀空旷，宜其兵队之整而战胜之易，是操何道哉？比与阿麻玲谈，知各兵队中另有发饷之人，不出诸营官统领之手，各兵领饷必自行签名，每队层次给发，从无舛错。其有病伤告假，则就医院寓房给领，本队不给，亦免朦混。水陆兵饷均如此办法，询以带队官不握饷权，则各兵恐不易约束。阿谓自有军法，不系乎自行发饷也。询以管饷之员受带兵官节制否？阿云不受，又美例凡兵部、水师部两大臣向用文员，取其不如武人之暴动思斗狠。

西方军饷制度

晚观印度诸图，纯用白石雕凿，宫殿柱础皆白石为之，穷极工巧。殿内园池极幽秀，其王每令宫女衣纸裳荡舟，有消息纳水自覆，纸裳悉飘弃无馀，王乃垂竿钓之，令衔钩而出，赤身如白鱼，淫巧之极奇者，宜其亡矣。此时政令咸受成于英之留镇大臣，爵与王埒，而王之逸乐如故。其国多石佛像，梵宇闳峻亦凿石，雕镂极诸洲所仅见，乃悟印度盛时物力之厚。有喜神像一区，状如牟尼，左膝盘绕，右足下垂，袒肩垂手，善气迎人，彼族以为喜神，谓祷之必有欢庆事。曩闻财神在西域即佛寺头门握伞之像，谓白属金，伞为华盖状，肺亦属金，故为财神。今阅此图，知喜神亦出印度，吾华每于正月迎喜，乌有子虚而外别有所本乎？

观印度宫殿图

二十七日乙酉　春分，阴。巴夏约十一点钟晤谈条款，偕进斋、震东、柏立往，巴夏亦请副外部么士旁坐助

13,2,28

检旧牍，且代触发。巴夏意在限制，余意在保护，彼此辩论逾时。巴夏以余所拟条款“请美廷专议保护华人之例”，以为美国向无专为一国之人立例者，余微哂之曰：限制华工例非专为一国而发耶？巴夏愧怍。又云所拟合众国专派一员料理华人事亦可不必，余答以中国系与合众国立约，故请合众国派员，巴夏亦语塞。一席问答，折驳层叠，震东详记之。（晤谈保护华人条款）

二十八日丙戌　晴。议绅多福前日面交洋文一禀，系历叙华人江廷在阿利根省，能得众心，乞酌予职事。禀内签名数人，皆该城巡抚诸官，士圭也亦预其列，末则多福与税司巴士，当译寄蓬云详查其人。本日新闻纸言巴士途次洛士丙冷被盗，失却七千金，或多福近承国会公推督查兵营操防各事，故令巴士先驱乎？檀使送到该国主贺今上亲政书，又讣告其女弟殂逝，诚杂紊不典矣。檀为无约之国，特以华人佣工斯岛垂四万人，不得不虚与委蛇。前年该国有丧，亦曾讣告于我，郑光禄传旨慰问，此时若不上闻，徒滋口舌，朝廷答书如何，当与总署商之。檀使复请订期相晤，意在通商耳。秘鲁查寮之事，屡催无耗，因电派杨建勋、莫力侯两员往查，限夏季竣事。（酌予华人职事）

二十九日丁亥　晴。午后答拜俄使、土使，又晤议绅多福，询巴士被劫事，另有其人，非税司巴士也。晤科士达，论前日与巴夏议约情形及新蕾状师来函所陈各节，此案准西四月十九号移提美苏利省臬司复讯，能否全案平反，却有两说。晚令谭子刚往鸟约定舱位，并因新蕾案转告赵凤培诸人办法。

三十日戊子　晴。《字林》中西历误刊二月小建、三月大建，谨遵历书正之。申正往佐知探，观布琅自置轮船，形狭而长，其行甚速，每点钟能行十八迈，自鸟约至荔华埔仅四日。初制此船原为递送书信之用，共四十艘，久而散卖，此船遂归布琅作游船，月糜二千金，西人豪举也。船形视海东雄尚狭，视澄练则过之，然工本已十五万金，宜结实可靠矣。轮机坚固，设海上遇风，颠簸仍倍他船，亦宜于内河汊港耳。

参观布琅游船

灯后得蓬云二十二日手笺，略言自诗家谷起行，经阿美河、洛士丙冷、恰鼻士顿、卡伦屋顿、离那六埠均有华人数十，迎馈酒肉，欢声载道。咸言近日工作获安，佣值且昂，闻新领事经过，醵资畅饮，有从山里小埠间关来者，喜其今日敬爱之诚，益悯其当日流离之苦。又传谕洛士丙冷工头，勿以索得赔款为高兴，勿以原报厚薄相诉争，诸华佣均唯唯。金山一埠有约之国均设领事，竟有三十二员，英、义、和三国并设两领事，其交涉之繁，亦可想见。士丹佛未回，黑假近抱西河之悼，蓬云均未相见。锦堂于二十二日附茄力船内渡，云近日鸟约禁赌甚严，诸博徒乃欲输资恶党以为护符，仍理旧业，领事忧之而无权禁遏。晚十点钟大风零雨，几类地震。

各地华人迎新领事

三月初一日己丑　晴。道光二十四年即西历一千八百四十四年中美条约，粤督耆介春所订，总署刊本已遗之矣，而美廷时复援引。巴夏去年复郑光禄照会论洛士丙冷

13,3,2

案，引证数条，皆谓美民在华只能聚居通商口岸，非如华民来美到处可以游行，以见中美之人利益厚薄，而忘却美之待华人者如是，其待各友国人亦如是，中国之待美民如是，其待各友国民亦如是，美国非于华民特优，中国非于美民特薄，两国各有政例，未可强同。然此约本既非废纸，自宜备，因令翻译到外部将原约之配送汉文者照抄一份，拟寄署刊之。即咸丰九年中英约内亦有“金陵约仍留照行”一语，似金陵约本亦未尽废，总署亦宜备刊也。俄王近复被刺，幸免于难，英王贺之，顷闻已缉获凶手矣。俄人思改民政，狙击之祸屡屡。

俄王遇刺幸免于难

初二日庚寅　晴。鸟约华人拟购医院，价值万六千金，先交六千可以营业，现仅捐集三千馀金便已交价，余拟凑公分三千金以集事，所阙万金分年收租抵还，或集捐款给之，殊勉强，窃虑尾大不掉也，当函告领事再酌。华人谋生外国垂二百万人，即美、日、秘三国亦逾三十万，总署纳郑光禄之议，自禁华工赴美，所以远祸机而保生命，法甚善也。惟不能来美，宜别筹融纳。

纽约华人拟购医院

古巴自中国设官以来，华人均享自主之利，非复仍前苛虐。该国近有招工之说，究竟有无流弊，因电询霭亭再商办法。蓬云致参赞书，言锦堂日夕絮聒，无非诋斥李金华，直与公事无涉。又奉饬集会馆公所，妥议自禁华工后取益防损之法，锦堂匿不示人，且未集议，刻始将奉批各节补录札文示诸绅董，于是华商大哗，谓锦堂建议限禁，又匿不集商，因集昭一公所，索锦堂立单保其身家，众情愤愤。锦堂既倡自禁之议，又欲见好众商，归恶鄙人，鼯技终穷，竟何益哉！

晚七点钟公宴都察院威地、布勒迟佛、俄使、倭使、前外部黎积臣、绅士挨林士、阿希、坚弥地、科士达、夏卢、柏立十一人。席散后索观铜、玉、瓷、漆诸器并及书画，倭使极赏方方壶一卷，科士达击节恽画，此外颇乏解人。席间阿希为言杨约翰近竟疯魔，言动失度，盖自华回美，郁郁不得志，至不能赡其子女，前月来晤，已讶其非复在华时举止，不悟热中致疾也。其人本长厚，甲申在都与商榷法越事，迄无所成。

初三日辛卯　晴。吾华修禊之日觞咏风光，未可期诸海外，华谚上巳前后必有大风，舟行所戒，顷西人亦言西历四月二十八号必有大风，航海者避之。俄使将赴巴黎，避此风信，且有劝余日国之行宜在风信之后。中外节候攸殊，风信乃合，此不可解者也。余已定雇法公司船名波安，船主佛弥治，四月朔日自鸟约展轮，直抵法之虾画埠，距巴黎甚近。不走荔华浦，拟归途再经英伦。西人避暑者群游欧洲，此次法公司船极费力乃能定此舱位，俄使亦云此船坚稳。威地来书以昨晚之会误阅去柬，迟到半点钟，委婉道歉，西人守信如威地者，不愧为都察院矣。

购船票赴法

初四日壬辰　阴。《尼臣路日报》言昨接伦敦电音，中国与葡萄牙立约，准该国管辖澳门。墨西哥华人公禀为荣华公司辩冤，自系卫滋德诡谋属托，与去腊美领事来禀用意正同，当批交蓬云查复。

初五日癸巳　晴。巴夏约十一点钟往收洛案赔款，银十四万七千七百四十八元七毫八仙，如期照收。书据三纸，外部留两纸与户部分存，余携回一纸存使馆备案。巴夏所交系鸟约银票，又自署名于后，十数万金易此寸纸，外国银纸之用广矣，吾华如能仿行，安见财币之不流通也。收票后，属巴夏代谢总统修睦之谊。电询蓬云何时汇金山。 13,3,5 往收洛案赔款

饭后至科士达处询商结案，美廷所赔者华人损失之数，并未赔偿命案，此时申论，类于得陇望蜀，余不屑为之。彼国之例，已释之囚不复再系，则办凶之说无从根究，然毙命无着究不能平。科言偿命一层，初办此案时业与郑光禄商之，且检成案与阅，郑光禄以为不必，若当时并索则不止此数，刻自不便与美再索。特此中阙憾处，仍得援为话柄而已。金山电复："洛款商定，在美华人由工头、越国由殷商、回籍由陈芷泉各保领，约三阅月可发八万，半年竣事。此案用费众议匀扣，恐贻诮，乞夺。"当复以："在美、越国、回籍三项各若干，工头曾言否？此中不尽新宁，或按县填票，交馆董照发，匀费断不可。曾电奏按册给发，由领事预刊告白，联票现费无多，只公器一项已足，每名应若干，实填联票，明宣告白，以顾考成，不能徇众情。此款呕尽心血索来，若散放潦草，蒙谤实甚重，报五名剔存候信。"

初六日甲午　晴。小吕宋设领事，咨香帅选定电复，以便照会日廷索准。照去年会奏，南洋群岛归粤督兼顾，

自应粤中抡派。午后草疏遵收洛案赔款散放情形一折，附陈寓美华人善后各款与美部晤商一片，张佐兴留差一片。

初七日乙未　雪。竟日寒甚，晨起草疏恭报兼使日国起程日期一折，附陈小吕宋拟设领事一片。津关书言中法约款法使请再商者五，又美驻朝鲜使者福苟潜预俄事，属查其人。复蓬云电，请排众嚣。思鄙言，洛款索偿之难，人皆知之，洛款散放之难，直非所料。湘浦请改派林、莫两员查察，即照允，并属电报程期。

初八日丙申　雪霁。致总署书洛案赔款散放事、善后条约事、自禁华人事、美禁贩烟事，附华人历年在美犯事抵罪各案一件、条约底本一件、外部问答一件、烟禁照会一件，洋文一式两纸。

初九日丁酉　晴。《夏湾拿日报》言小吕宋土人厌恶华人，近为公禀，乞总督转达日廷，将中日条约详酌一切，俾小吕宋华人所得权利与日人在华者一体，总督诺之。今虽华人勇跃集资以驳案，然内外商务有关，当道主持公论，当有法以逐之云。华人谋生海外，几成厌物，然其召侮之处，亦大可慨矣。小吕宋设领事之议，去冬咨粤督定用费之所出，今春复咨请抡员电知照派，不知何时见复，顷将赴日，当咨总署请示。

华人谋生海外几成厌物

初十日戊戌　晴。就所致总署函内事理并达北洋，亦附钞折洋文各件。西人士蔑查示本年正月三十日，即西历二月二十二号，南纬线二十一度四十分，西经线七十度二十五分，南阿墨利加洲智利国北鸽排茶埠见日全蚀，约六

13,3,11

分十秒，当日落时该埠时表六点钟三十分时候。西人考究甚确，吾华经纬相悬，不见日蚀也。

十一日己亥　晴。沪局包封已发。访阿希、挨林士、坚弥地、柏立，途经檀使馆，留刺答拜。檀岛以华人流寓日多，屡欲与中国通好立约。檀地略如吾华一府，国政又杂乱，近准华人包收烟税，其岛主得贿七万元。既批准矣，续有加贿者，岛主亦准之，举国哗然。檀使前日来晤，但云岛主喜用土人，不甚崇重美人而已，烟税事未相告，今日已见诸鸟约新闻纸矣。檀类美之附庸，美亦卵翼之，其外部为美逃人犯罪以檀为逋逃薮，檀乃倚为硕辅。美又喜其联络一气，更可以为所欲为。年前美定限制华工例，檀亦欣然附和。近据商董禀，回华诸人须请护照乃能复返，而须家赀千金者乃给照，每照自二元起索至十元。商董禀商由会馆代领，以一事权。 檀岛烟税之争

十二日庚子　清明，晴。今上谒陵之日，遥望京华，风日当晴暄也。子豫辞回古巴，属代购衣簏两枚，往从香港所购颇不坚韧，亦几经舟车抛坠，不能尽委之制造不实也。夏卢约今晚九点钟公会，余先有日使饯行之局，恐难兼赴，为书谢之，仍属参赞代往，以答其意。电许竹筼赴日船期，请预达外部知会税关。电希九派员在虾画埠照料登岸。今晚日使之约同席皆南阿墨利加洲公使，其国土旧隶西班牙，故日使号召以为陪客，食品皆日制，所言皆日语，询以欧洲应否用颂词，日使云现仍通用。前年闻诸李丹崖，谓欧洲近删此虚文，殊不确也。席散后仍赴夏卢

宅，都察院威地、科士达均在座，墨使、智使续至。

十三日辛丑 晴。拟定颂词译日文备用，日为君主之国，仪文甚讲究，不宜略之。檀岛贺书备文，咨署另函代达，其女弟告逝之文，于无可如何之中强析为二。申初访英使、前户部李积臣不值，访威使，久谈，承语以美俗，近于中国较亲睦，自余到后大有转机。渠数日前偶步美宫，不期适遇总统，立谈三刻，频叩中国公使起居，词意甚挚，即各官绅只有推重之语，无复轻慢之词。又询余何日起程，拟赴鸟约相送。此老为郑光禄旧交，于余又极相洽，驻使之诚笃者。

美宫偶遇总统

十四日壬寅 晴，午阴，晡雨。各署俸薪发，夏季连闰四个月。午初科士达来询何时赴鸟约，布卿欲订期相招，一修东道之谊，告以本月下旬。复询其经过英、法应否拜客，科谓有暇则拜，否亦不拘。复托以新蕾命案，科意不能于西四月十九号移提之，先设法但托该城律师查取供判而已，其一策则俟定案后照会外部申理，余行后仍可与代办商量，属勿萦念。

十五日癸卯 晴。函复蓬云，金山领署程、彭两员，一为浙人，一为楚人，与领署诸粤人言语不通，文墨外无他助。远役数万里，又若自为一流人，殊域之中别有境界，良可念其不自检束之故，领事宜体恤而箴诫之，遽商弃置，殊不忍。

十六日甲辰 晴。各署函牍向系径达，自去年夏秋悉缄交参赞代呈。外洋通例，公使权利最重，若封面不填公

13,3,17

使衔名，无从查追，此等办法不知何所本。昨因日署复函逾月未到，遂通饬之。驻德随员王子裳辞差回华，游历美洲，取道日本，许竹筼函托招呼，并述限制使费系曾劼侯发端，非阎丹相之意。

十七日乙巳　晴。属仲兰检齐赴日应带文件，国书而外一切案牍须现办者不可遗也。蓬云函报散放各款章程，即手复之，寄去电奏稿、致总署函稿。检齐赴日文件

十八日丙午　晴。马邦各书院学生来谒总统，并托柏立求见，余遂于晡时接晤，来者约六十人，不知其造诣何如也。水师部汨尼女生弥月，赴礼拜堂洗沐，听讲耶稣，函约观礼。余以礼拜堂之会，如总统生儿女或平日稔交之友可以赴之，否则不往，遂仅到其宅一贺，坐客如云，皆美之极有声望者。函致总署，钞送道光二十五年中美旧约。接晤马邦学生

十九日丁未　晴。王子裳自鸟约来，解榻迓之，又令祝彭导游美都诸胜，雅副其纡道游历之意。子裳以部曹随使，照章只保直隶州，非其志也，届期如不请叙，又以为规避。部章綦严，乃于未满差以前请假回华，同行之严福增医官而不服水土者也，均不能西语，火车亦殊不便。巴夏函送条款，且订明日十一点钟晤谈，诺之，惟条款恐未能今晚译出。

二十日戊申　晴。巴夏条款竟译就，所拟限制华工四条：第一款，以二十年为限；第二款，以父母、正妻、儿女为眷属，以产值千元为财产，惟须报明税司，该税司遵限制华工条款

现时之例，或自后所立之例，给予回美执照；第三款，言约内所定章程专为华工而设，不与传教、学习、贸易、游历诸华人有碍，又订明华工或前赴他国，或自他国取道来美，仍旧享受假道之权利，惟须遵守美国政府自后所立章程；第四款，则言此约互须遵守，以二十年为期，按批准互换之日起，期满之日，倘彼此于六个月以前不将停止限制之意备文知照，则仍展二十年，等语。于余所拟保护各款，乃援道光二十五年老约，以相折驳，清积案、减米税两款，谓须取决议院，即前次面许交犯之条，亦竟翻悔。当再往晤，分别诘之，问答甚详，震东另记大要。驳以但援道光二十五年老约，而不援光绪六年新约，及已许旋悔，又华盛顿创国例，议院有权能立申明遵守条约之例。巴夏惭悟，属以商改。余告以赴日船期已定，此时不暇率订，俟途次复核，巴夏唯唯。索余照相，余亦还索之，握手为别。

二十一日己酉　晴。复李傅相书，寄去昨与外部问答，另寄油相一幅。午后赴墨使署言别，答拜德使、法使、倭使、波打卑劳、佘路文各将军，议绅多福、阿编佘文及内部、兵部、水师部均过门留刺，绕至坚弥地宅一谈，赴柏立晚餐。

二十二日庚戌　晴。晨起拜发起程折片讫，重属仲兰检美约三份，又道光二十五年老约钞本，又洋员马治宝星一枚、印照一纸，约计各处函牍粗了，可以检拾文具。午后赴威地、科士达处辞行。

13,3,23

二十三日辛亥　晴。晨起检日记钞本，交馂侄缮政。复检衣囊，棉夹单纱并带，皮衣带至灰鼠羊皮。科士达来展别，并约二十八日到鸟约相送。倭使来别，知料简行李，遂告译官以亲到送行之意。 整理行装

二十四日壬子　阴。霭亭自古巴来，古巴近状华人尚相安，销册缮印包封札沪局递送。今日礼拜不能买担保士单。 古巴华人尚相安

二十五日癸丑　雨。午初登车，微见雪点，仲兰、涵生、震东、子刚，差弁陈吉胜、李角两仆，黑奴义利同行。酉初抵鸟约，沿途积雪盈寸，渡费城雪意渐浓，鸟约则寒如深冬。车行迟半时乃到，询希梁，新蕾案已专人前往料理。

二十六日甲寅　晴。鸟约有西人善相者，招之来谈，不言休咎，但论性情，作用只就头骨揣摩，自携一人随谈随记，谈毕以相图为赠。又赠一书本，其图上部位自眉至脑，非如吾华自天中起算也。所言间有当者，不言休咎亦取巧之一道。申初访巴卢不值。至格总统府一谈，格夫人缕述欧洲风景，颇嘉俄罗斯之富强，视英、法蔑如也。芝使电询何日到英伦，复以日都归途趋教。

二十七日乙卯　晴。霭亭自华盛顿带到续检中大毛皮衣，饭后与谈古巴用款及经费限制之故。午后仍约相士来为仲兰、涵生、震东谈相，各有微中。续询其图上部位，相士谓确有所指，乃叩以凡人好为诳语，于何征之？相士指耳上发际一团如狐穴者，谓此物最诡谲，若此部位不 相士相面之说

显，则人不作伪，又顶心骨主人忠信，部位高耸则其人可交，若于应显应晦之地，均相反，宜多诳言。相士今日所携之写字人系以手蹙机作字码，略如电报纸条，甚捷速，且系暗码，旁观阅之不解。申初访巴拿蛮、布瑯、福士，均未遇。福士之门有“旗昌洋行”四字汉文，美商在籍犹不忘吾华，存心良厚。

鹰银系英商仿造

二十八日丙辰　晴。格总统长公子来展别，详论火车银行两事，为言中国现销墨西哥鹰银，系英商以中国畅销因而仿造，非墨西哥物也。叩以仿造他国银元不悖公法否，格云不悖，但能悉仿成色不伪，虽美银亦不禁人仿铸也。格别后科士达来，询有无留交之事，其意甚殷，为致驻日都义大利公使一函、银行两函，可感也。布瑯设饯于家，遍邀鸟约富人同叙。出观中国乐器图，《大哉孔子》之歌竟用西文译出，又以意为音乐节奏，西人好古，大都类此，末乃并译《三月三是清明》小曲，殊不经耳。畅饮尽欢而散，谈臣亦在座，此行同舟之侣也。

登船离美

二十九日丁巳　晴。午初运行李交船主，差弁仆从先发。余晚饭后登舟，科士达、进斋、霭亭、希梁、宝森送至舟中为别。船主升国旗志庆，从此容与西行，轮帆无恙，诚多幸也。

四月初一日戊午　雨。寅正出口，无风。同舟有瑞典国兵官，曾在金山开矿，用华工颇多，曾游吾华，略知拜手为礼，赠余映相，余亦还答之。有古巴督署司员赠烟卷，均萍逢之雅。是日舟行三百九十八迈。

13,4,2

初二日己未　早阴，午晴。遥见鸟波诸山，晡后亦见来船一叶。船主午饭后戎装修谒，极道展轮时忙甚，且患小恙，故迟迟求见，如有支使之事，静候指挥，其词甚恭。夜风微眩，即睡。

船主戎装修谒

初三日庚申　晴。晨起渡鸟蚡伦，无风而浪，眩晕不能早餐，登柁楼小立，眩不止，仍就枕寻睡。申初睡醒，略觉清爽，晚餐尚不阙，特不过食耳。昨来船示旗告船主以冰山随潮而下容易碰撞，适浓雾迷蒙，船主有忧色。

初四日辛酉　晴，无风。早食稍适，登柁楼，爽挹清风，西人以为养生妙诀也。旋为手谈，至申正少憩，读杜诗数首。晚饭时见来船从窗外过，仍登柁楼遐眺，远见帆影同行甚驶。与瑞士兵官约明早观日出。

初五日壬戌　晴。早起微风，天脚阴翳，观日之约不果。午饭后风卷白浪，舟行颠簸，西人谓此为大西洋极深处，过此入一海峡，气候渐暖，或曰暖海。

初六日癸亥　晴。子刚早起欲俟日出，邀余往观，亦为海气所障，然风已渐平，饮食略多。饭后登船棚小坐，旋至医生房与谈医理，并询金鸡纳霜功用，医言欧洲鲜用此药，其性主于温散，美则无论何病辄用之。又云寒热之病欧洲不常有，惟近土尔其之地间患此耳。余嘉是船之快，医生谓究逊英公司。晡后风浪较定，晚听琴歌。

初七日甲子　晴。风浪平静，同舟有比利时布商，赠俪面银钱一枚，又留住址，请游历时便道访之，复举谅山之捷以为差强人意，尚非泛泛恭惟者。奉使以来两闻西人谈谅山胜仗矣。晚餐之顷见一帆船从窗外过。间询谈臣美俗，开矿之利及房东士雕鹘骤富骤贫之状，谈臣言士雕鹘以开矿而富，买股票而贫。开矿须靠矿师，亦有非矿师识力能及者，譬之火油一项，初业矿者不知也，向只盛产于俄，近则美产不少矣。即此可以类推。又墨西哥一国独出银矿而无金，且乏煤，其银产虽旺，成本不轻，以须从美购煤熔化故也。

墨西哥出银矿

初八日乙丑　晴。风浪平，舟行三百九十二迈，明日可抵岸，船主为佳馔美酒以饷客。午后见来船二，联樯乘风其行甚快，晚饭时亦见一船，均恃帆以行，已抵法境矣。诸客醉饱，欢呼跳舞，间为手谈，夜一点半钟至塔灯处，停船二十分钟，候引水人来入口。

渡英国海界

初九日丙寅　晴。渡英国海界，波浪稍雄，已历九昼夜，遂不眩矣。舟行三百七十二迈。饭后登眺，遥见西面诸山，横亘波际，断续不相接，气脉似不贯也，山上亦有塔灯，白昼无光耳。检拾衣簏付船上管舱人代运至巴黎客寓，并犒赏侍役。船主好名，每次必求诸客署名于簿以嘉其伺应之周，余已许之矣。总管者请之，谈臣乃不肯署，总管大惭，谈臣殆西人之直谅者也。酉初将抵埠，潮退不能入口，用小火轮接运，诸客各携皮袋候于船舷，遥见龙旗一舸，则希九驾小火轮来迓。候公司驳船开驶，逾时乃泊近大船，适风雨暴至，两船大小相悬，艰于紧接，从船篷上搭小木梯作桥，极高而狭，船主以木板填之，又令水手夹侍两旁，自立桥上扶掖而过，其意可嘉，登岸则同舟

13,4,10

诸西人皆立候握手。是晚暂寓哈画客店。

初十日丁卯　晴。早饭后乘火车至巴黎，途经各埠，风景闲秀，略如江南。申正抵巴黎，许竹筼率参赞舒春舫、庆蔼堂、陈敬如各员，学堂洋教习斯恭塞迓之车头，东道之谊可感。遂偕希九同车至甘天年客寓，略啖茶面即易衣答拜竹筼，畅谈中外各事，不觉中夜。又答拜参赞诸君、学堂教习周子玉、洋员斯恭塞，回寓晚餐，丑正睡。　乘火车至巴黎

十一日戊辰　晴。晨起春舫诸君来晤。午正谈臣来别，将于明早赴义国游历，备言哈画登岸时，坐待火车至十一点钟乃行，五点钟抵巴黎，车上不能宿，劳顿之至，转不如少憩哈画为便，复约会伦敦。竹筼来寓，约观蜡偶殿、光学画及山林泉石之胜。至大清公所啜茗，回至法馆晚餐，谈至子正冒雨归寓。

蜡偶殿者以蜡捏成，栩栩欲活，细视亦不觉为假，诚绝技矣。内有李傅相、曾劼侯两像，却非庐山面目，衣冠翕然而朝珠倒挂，两像一坐一立，冠则一夏一冬。其下一像为德相毕斯默，竹筼亦云不类，然则蜡偶之技，其酷肖者寻常行路人矣乎？　观蜡像馆

其圜画则当日德兵破巴黎时事，状离乱奔避兵燹苍黄之情，上有气球隐隐可辨，将以激励众心，欲为三年拜赐之师也。其楼上之画则土尔其都城诸境，桥梁舟车无不肖，似非如他处圜画但为战陈之形而已。　画德军破巴黎事

山林泉石诸胜殆如公家花园，而有瀑布石洞层叠曲折，颇类吾华，所经池沼亦多花树鹅鸭之属。绕石洞后忽

大雨，衣履沾濡，亦防泥滑，沿磴行幸免颠踬。大清公所则从前赛会时赫德之所营造，工匠物料均由吾华带来，房屋概如华式，屋前有亭，其楹联曰“于此间得少佳趣，亦足以畅叙幽情”。屋内所用茶盘镌以篆书。闻费以十万计，会散后即以赠法廷，迄今作架啡馆，亦犹吾华之茶馆也。土木之工，雕镂精妙，金碧辉映。巴黎为欧洲绝大都会，留此规模，俾西人瞻仰，未始非宜。

大清公所世博会造

访法外交部

十二日己巳　晴。竹篔函订两点钟访法外部，届时来寓同去，因早餐以待，遂偕希九、仲兰、震东、法文参赞庆霭堂同去。外部规模华丽逾于美都，其部臣福鲁昂才器似逊巴夏，握手后告余以中法之交从此益睦，恭思当驻华系了事之人，非生事之人，所办必能相得。又言中国如此大国，必须有铁路以转输，微闻近已创办于津门，余答以出京后便不知铁路消息，竹篔告以商约闻将妥订。又谢其安顿游艺诸生，福鲁昂谦让不置。余告以此行顺道游历，三五日即赴日都，不求见总统，亦无暇再言别。晚八点钟竹篔假法总统官座观剧，劼侯日记所述之地，剧园豪侈，为欧洲之冠，法为德败后特建此以维系人心，西洋风俗所好，然经营亦良不易。

十三日庚午　晴。饭后赴映相馆，陈设多吾华锦绣，疑系购诸估衣铺者，中有绣屏如纨扇式，极工致。惜映相之技不佳，镜忒小。时已申初，因与竹篔约定赴日使馆，遂匆匆返寓，竹篔已坐候，共议总署限减俸薪之令，并商咨复办法。四点钟访日使，则因事赴外部矣，已订定三点

13,4,14

至五点钟候晤，而失信如是，甚可诧也。大约强国初尚信义，久乃习忘，遂渐即于贫弱，国势既颓，更不知信义为何事。

十四日辛未 立夏，阴。法报言恭思当将自华返国。午后竹贺来谈，德、法构兵之机已窒，日前有法巡捕官巡哨至德界，德人虏之，盖德国例禁他国人刺听军事，其防范法人尤严，而法巡捕之往则德人招之也。被拿之后两国各有违言，法巡捕呈出德人招致书函以示非自行前往，德乃无词，遂委之缉拿者之误，与法婉言，法亦不深究，于是两国不起戎机。竹贺谓此事可为中外交涉作一榜样，两国势力适均，操纵自如也。此行与竹贺盘旋数日，因与同映一相，又自映衣冠、便衣各一相。竹贺约观西人杂剧，极水火变化之巧，子初返寓。

德人虏法巡捕

十五日壬申 阴，寒。竹贺因造船事回德国，属勿往送。本日日报言日君后偕子女避暑行宫，尚无回銮之期。午后往倍克思珠宝店看珍珠、钻石、钟表，该店持劼侯所给牌照来谒，以证买卖公平，及到店楼，尚有志克庵、孙稼生所给谕单，亦奖其价值不浮，中国人来此买物宜照顾之。竹贺则谓其初尚诚实，近乃浮诈，毋亦商贾之常技乎？返寓晚饭，赶至车房，竹贺立谈至火车展轮乃别，复订为百灵之游。日公使来访，未接晤。

十六日癸酉 晴。舒春舫、陈敬如约观水法，无甚奇巧，但欲凭高一览法都形胜，遂同登塔顶。高二十二丈，升梯而上，未及半，寒气凛然，俯视巴黎瞭如矣。旋至大

观珍禽怪兽

花园观珍禽怪兽，海外数见者也。惟此园中羊车、街车及骡马、骆驼均任便乘骑，投钱予之，价并不昂。象亦能骑，每象背坐八人，略如街车之式，园中特制一石桥为骑象上下之磴，西人用心无微不至。园有班骓数头。又有一兽毛灰色，头脊微白，闭之铁笼，终日行走不辍，或黾属耶？亦有狼、狈二兽，殊不奇矣。日色已西，分道遄返，经拿破仑第一纪功碑处，垒石如牌坊，雕镂精工，所刻人物皆当时杰出之彦，亦豪矣哉。德人破巴黎后特令得胜之兵绕行三周。法俗侈靡，惟送丧无贵贱皆步行，此风近古。

甲申法越之事

十七日甲戌　晴。映相主人复求往映一相，不索钱。旋至古董楼看埃及、罗马旧陶石、铜像诸器。此行屡承法馆东道之好，因假一酒楼回酌之。偶及甲申法越之事，法曾勒越南缴还中国印玺，此在观音桥接仗之前，法实先背津约。陈敬如谓曾于公会地方引茹费礼登楼，询以有无其事，茹不能答，匆匆下楼去。续与李丹压商所以诘问之语，丹压以新闻纸非确据止之，此事余曾面奏矣。敬如与同意，惜李丹压不悟，未于法都相与折辩耳。间询敬如法人视刘永福何如？敬如谓法报至今犹详其起居，其曾在行间接仗者，谓与黑旗相持，其难倍于他部，是黑旗之捷非虚，李仲约之揄扬，张香帅之调护，殊不阿好。

观博物院

十八日乙亥　晴。敬如导观博物院，法之故宫也。其水师院各楼房所制船式船图并资考究，又搜罗各国船式。有福州崇安炮台木样一座，不知从何得来。其里间陈设镶

13,4,19

玉石屏、雕漆螺甸诸器，皆华物。又有先贤冉子讳求神牌及诸神像，不伦之甚。其下一层有吾华书画数种，内一小卷山水绝工，似系《清明上河图》缩临本，竹筼曾言博物院中有书画，或即此类。其他油画注目皆是。又所藏埃及古文字一室，中有类鸟篆大篆者，上古文章朴茂，理或然也。徘徊逾时，未及遍览，遂至大清公所啜茗。灯后往观珠宝场，真伪莫辨。

十九日丙子　晴。同舟瑞士国人来晤，云将返旧金山经营矿务，余属往访蓬云，薄资联络。饭后敬如来寓，同访拿破仑第一坟。守冢官迓于门外，规模略如法宫，柩藏于石，雕镂华泽，围以圜池，皆垒石为之，并择诸色小石镶作草花纹，工程良费矣。左右两坟皆同功一体，陪葬于此，其后两坟则其宗藩云。坟下有洞，僉未往。守冢官导仲兰等燃烛入，殆藏弆拿破仑第一所用军器盔甲之属，不忘创霸之艰也。坟外为讲堂，礼拜日教士于此讲说吽经。其甬道两檐多植战胜所夺旗帜，霉烂不堪，不足以示武。拿破仑第一败窜荒岛，为英人锢禁，愤郁而没，法人乞其骸骨归葬，犹复如是夸美。其茔坟经营二十馀年而蒇，其于故君，可云尽礼守者。复导观东偏各屋，悉储历代盔甲、枪刀，亦有如弩箭者，枪多前膛旧式，而枪柄乃镶嵌象牙、螺甸，极形侈丽，蚩尤玉戚之类欤？其后膛枪则德之毛瑟为多，亦师其意而变通之，守者谓此枪系德法战后寻究为之。又制作各国种人，象形惟肖，然未经见者，殆难遽信。子刚观竟，窃叹德人破法不毁及此，以证德人

访拿破仑一世墓

之厚。

观地宫沟道

二十日丁丑　晴。法都府尹约观其地宫沟道，缘梯而下，持烛以行，守者候于洞。车跨于渠，每车四行，前后背坐，车首尾皆悬灯。昏黑中时有一二石洞通气其顶，如桥洞电线，德律风线及出气、出水各机筒均缀于顶。六人挽车，每至有红灯处则左右避之，略如海夜行船遥见塔灯也。车路尽处接以小船，则两面对坐矣，船亦人力牵挽，水道较宽，绕行半时而出，仿如重见天日，为之一快。法人好奇此种制作，所费不赀，然德兵破法时土人多避此逃命，未始无益。

观官窑厂

二十一日戊寅　晴。庆霭堂约观官窑厂，出城数里始达，沿途小山杂树，略如吾华暮春天气。窑主人迓于门，导观楼东已成之器，可以售买，器亦精巧，大率西人所矜重而不适华人之用也。旋观制坯印模各厂，以足运车辅泥，车中以手撑挽，随运随起。此粤东石湾制盆制坛之法，儿时所习见，不晤此法传流海外，中国非不谙机器，特不肯精益求精耳。其烧窑亦略如石湾，但以针表消息之，火气较匀。厂中画匠极多，并工巧，雕瓷属之女工，瓷印金花亦然。内一女工年约六十，高不四尺，头面犹人，而两臂自膀至指仅尺二寸，所制瓷瓶略高大者便须晰而为二，中贯螺丝，主者谓此种制法较逊中国。更导观所储吾华诸器，真赝夹杂，石湾陶器亦宝如拱璧。内有瓷碟两枚，主者曰一为华制，一为仿造，请辨之，真伪颇难区别。主者笑擎一枚曰此华物也，余谛视之，证为仿造，以

13,4,22

碟背加粉，又故作洋码，于此决之矣，主者大笑。又观所藏埃及、罗马、日耳曼、俄罗斯、美利坚、日本各器，亦多有可赏，其自制瓷画与油画、水画无异，价甚昂，游览半日，主者赠瓷画一幅。周子玉强病来约晚饭，因答拜，并至法馆告别。

二十二日己卯　晴。晨起次和敬如两诗，为书留别竹賓。遂至天文台观星，总监督慕赛思主之，曾到吾华，已阅数十年矣。导观测量诸器，仅见二星，其一金星，其一星西人不能名之矣。观星之器下承以镜，倒景就观，不为日光所夺。此台主者皆水师提督，曾立战功，罢任后畀此优闲之地养其馀年，殆非尽谙天文者。平时或不甚查考，其观星一镜有损点如豆，主者大嗔，旁有解之者曰此水银走脱，非镜裂云。又机器间有蛛丝，若逐日测量，当不致是。慕赛思赠星月图三纸。归寓发行李。晚饭后九点半钟乘马车至火车房，法馆参赞、洋教习斯恭塞来送，车有餐房，茶酒均便。 至天文台观星

二十三日庚辰　晴。晨起赴后车啜茗小吃，九点钟至日界，客寓饭毕，小住。换车后沿途麦苗芃芃，山雪未消，畦边瓦屋略如华式。车行山洞屡屡，自法至日共九十七洞，间须下车就食，仅二十分钟，迫促之甚。所经多荒山穷峦，至平坦处间有巡兵三两，视美法车路气象殊矣。车行甚速，不成寐。

二十四日辛巳　晴。晨初抵马得力，各检随身行李，日署随员徐立斋、绪芝山驾马车来迓，遂同车至署，即属 抵马得力（马德里）

希九晤外部订期相见。饭后阅沪局包封，客腊初六筹设古巴学堂一疏奉朱批“着照所请，该衙门知道”，单并发日廷申谢一片、秘总统接位一片，并奉朱批“知道了”，今上亲政后第一次奉批也。又承总署代领亲政诏书一纸，又总署奏定减俸一疏，又津文报局只准请奖黄、赵两员，皆总署新政也。傅相二月十五日函以小吕宋设官，若呆候香帅，恐失事机，并言现返津门料理，官弁出洋领运英、德各船，又分布旅顺口、大连湾防兵。即入都，随扈查岛委员并有复禀，官文斗之诉未尽可靠，中日交涉事当酌办。阅毕当将自美起程至日各事详致进斋一书。适得傅相电，廿二日奉旨张荫桓补授太仆寺卿。

二十五日壬午　晴。日后昨晚回宫，今日王子周晬受贺，希九肃衣冠往，行至半途宫官止之，以日后病未痊也。

二十六日癸未　晴。日外部见客，希九往晤，并催订与余相见之期，外部约以廿八日两点钟。晡后得总署电，寄奉旨补授太仆寺卿日期，又“赔款已照办”五字。此电由美署照转，谨电复之，应援刘芝使补常正例准署电疏稿，连夜草疏交幕府誊清。

出洋至今已三迁

二十七日甲申　晴。晨起望阙谢恩。自出洋至今甫逾年，已三迁矣。朝廷重念劳役，超越不次，自顾无尘露之报，怵惕万状，总署酌减薪俸不足以示惩也。谢疏今日拜发。外部照复明日相见，余亦自备照会译送国书、颂词两纸，明日面交以备裁答。晡后外部商务总办米阿斯来谒，

13,4,28

并偕其少子，云与希九稔熟，坐谈良久，其子假铅笔为余画小照，虽不甚工，亦难能也。议绅白耶敦来晤，并约晚间茶会，余以未见君后辞之。

二十八日乙酉　晴。阅日报述余官阀政绩。未正往晤外部谟烈，询日廷接收国书之期。外部以日后明日回都，须见三国公使，又须赴画院开光，事竣仍返行宫，恐不暇接见，须缓数日，俟其再回都时定期。余以到国数日而不获见君后，颇难复奏，且奉使非止一国也。外部视余词色稍遽，遂允以代商。晚九点钟接其回文，日后准明日四点半钟相见，当与希九商定明日同见之人。

二十九日丙戌　晴。日廷三点钟备朝车来迎，届时头等朝官萨拉郭兑拉瓦叶领朝车来，殿前将军戎装入。握手后与朝官共一车，译官同乘，希九、仲兰、震东共一车，涵生、琴斋共一车，迤逦而行。朝官自言曾伴迎公使九十三次，可谓老于事矣，然犹频阅时表告御者以驰骋之节。又言日后今日赴画院开光，或稍有担搁，还宫略迟，恐与订期时刻稍缓，乞勿见怪。答以今日贵君后拨冗接见，已征两国睦谊，何争数刻工夫也。及将抵宫门，闻车骑之声，则日后方自画院归。部臣驾车前行，日后与君姊同车，后则马军数队，朝官令御者绕道，便于睇观，仪卫甚整。及抵宫门，希九等先下车立候，朝官导余拾级登楼，三周乃绕至偏殿，临窗少坐，外部谟烈趋告以君后持服，谦请免宣颂词，余诺之。少顷宫闼启，余入见，遥望一中年妇墨缞端坐，案右后列女官数辈，左则戎装宝星之徒雁

觐见君后

敬递国书

翅而立。朝官导趋前，余立定，恭捧国书敬递，日后亲接，后即付外部，起立与余为英语翻译代答复，一一劳问，希九与琴斋均用日语答之。礼成而退，日后回内宫，余立送之，日后亦回顾三次，曲膝为礼，西俗妇人敬客之盛仪也。朝官导引仍由旧路出宫门登车，朝官扶余出正门，指参赞等出旁门，乃悟来时同入正门殆随国书而入，礼毕出宫则公使、参赞固有区别，西俗规模亦殊。

叹西班牙国力衰弱

斟酌日国当二百年前跨有数洲，南北花旗多其属土，近则只有古巴、小吕宋两处，积弱之甚，日后持服之诚、抚绥之难骤见，不禁恻然。其宫门内外兵卫整齐，每过一门则有两兵校持杖植立，而外部诸臣免冠旁侍，气象甚肃，旧规犹在也。日后接见后仍返行宫，或曰兵队之事未竟云。今日之英即百年前之日，国运无常，在为政者之能修德教而已。朝官伴送余归寓，款以酒果佳茗，朝官许将各官住址单送览，以便拜访。朝官行后晚饭毕，偕希九至其宰相、外部两署照例投刺，归寓草疏。

三十日丁亥　晴。晨起，美署包封，江海关道补具文批，即批答之，并咨复总署。科士达代拟保护华人照会稿，后幅甚佳，前段尚须斟酌。申正偕希九往拜宰相萨嘎司达、外部谟烈、刑部马尔丁内思、海部亚黎阿思、户部布意克思威拉、吏部类渊戛思的略、藩部巴拉归拉西类拉、兵部戛佛拉、副外部阿乌微拉、英使佛而特、美使喀而列、俄使郭尔特恰果洛、奥使都布士机，均投刺。仅于外部宅中晤德使索伦洼拉得，云将归国，已辞日廷。各部

13,4,30

日廷各部多仿中国

臣均赴行宫与日后筹商国事，各使方骋游园道也。日廷各部多仿中国，惟刑部所决刑名仍归吏部复核，吏部乃不管升迁调补而属之户部，就户部内另编一官部以典铨衡，或亦理财用人事，同一律乎？车至兵部署门，希九指谓余曰去秋兵变时总兵官被戕于此。

卷四

闰四月初一日戊子　晴。芜关赔款既扣俸抵解，即寄阎相国书。饭后与仲兰订政咨札通稿。申初访各使并宫官马得力将军府尹，投刺而返。晤墨西哥教、王两使，久谈，墨使到未逾年，教使则参赞代办。是日赛马之期，观者云集，车式华丽。

初二日己丑　晴。进斋申报开用代办关防日期。未正访法、英两使，洋员麦治戎装佩刀随往，为法使作舌人，始知其曾受职，富有宝星也。日俗马车有四马连镳五马并驾者，御者盛服执鞭跨马前导，车后又端坐侍役两人谓之押车，诚浪费矣。希九谓曩亦不数见，近因赛马故多驰骋。日俗仆役不准留须，只准颔颊微髭而已，随行一黑人，谕令剃须，颇有难色。日都惟公使与各部院车能驰行中道，御者准蟠金边帽，日廷加礼之一端。

初三日庚寅　晨起发包封。酬应渐简，拟略习静，闲步园亭，花树秀密。琴斋言门外皆官树，有专司之者，日俗极疲缓，去年风折树两株，属令补种，其应如响，盖种树之官为优缺，城外有山园，林木蓊翳，伐以作薪，岁入不赀云。

初四日辛卯　晴。日俗以斗牛为巨典，君相而下观者若狂，至其国者靡不寓目。饭后偕同人往观，斗场甚宏敞，中作大圈，四围环坐，楼高三层，亦四围环绕。日君之楼房中，旁列主斗之首领，馀乃随意租赁，余楼房适邻首领，承赠一单，则所斗次数也。续又送呈牛栏钥匙，时刻既届，掷下钥匙，牛乃突出而斗，首领以钥匙送呈，亦请主盟之意，余逊谢之。首领手持电线传语至斗场，亦犹战陈之号令也。初疑两牛自斗以角胜负，岂悟人与牛斗，手持长枪骑马而又浑身自裹铁胁，以有知之人敌无知之牛，已操胜算。且以多人持绛缦跳跃，导牛奔喘而疲，斗者纵而伤之，牛之健者角伤马肚，马垂倒而斗者起矣，牛或趋之，则徒步诸人又导牛他走，旋转靡定。斗者铁甲重裹，堕地多不能立，则群起而扶，实自立于不败之地。牛被数枪，奔逸已乏，又有手持短弩就其伤处插之，愈插而牛愈奔，气力亦渐不振。于是有持剑者出，左手执红方旗，群拍掌观其试技，其人对牛立，牛斗疲而喘息，乃急以剑从伤口插之，插至剑靶者谓之能手。人与牛斗，始而长枪，继以短弩，终之以剑，牛无不死者，以此示武，诚不解。观斗牛表演

闻教王曾屡劝阻而日不悟，每斗一场牛马伤毙以数十

计，牛角划伤马腹，剖肠渍血，惨不忍闻，牛马伤重并向旧栏奔，则为圈栅阻矣。或曰此种皆野牛，别有一类，其性嗜斗，一牛亦须三百金，马则纯用疲瘦无用之马，日人谓此等马以速死为幸，殆自文其残忍而已。日俗无贫富皆乐观，及刺牛倒地时，观者掷帽、掷巾或金银表以犒持剑之人，鼓乐喧和，日人谓以此习武事云。斗牛之人衣饰皆金银线织成，发辫甚短。

初五日壬辰　晴。查岛委员寄到小吕宋督署帮办日文一函，语不及公而该员指为公文之据，华人不谙外国文字，宜见嗤弄。晡后英使来谈，力谓中英总应和睦，法不能自强而谋及越南，耗费不少，所踞不毛之地，得不偿失，舍近图远，此自馁之道。余谓各国形势美最善处，其国日富，既不肯耗兵力以窥邻，而邻亦不敢以兵力压之，实为久安长治之法，惜其南北党祸，恐不免内乱耳。英使谓现尚无妨，以人民少也，百十年后其势必分，此时南省产米麦，北省造机器，北省之人以工器赚南省钱财，将来国势贫富亦复不一。惟西省人最强项，美当战事孔亟，所用银纸，西省不要，西省仍自用银圆，美若内溃，西方各省先自成一队。所论不为无见。晚观马戏，技亦犹人，惟有豢鹦鹉者，白鹦七、绿鹦二，教之跳舞、曳旗、打钟、转钥、鸣琴、拉车、打球、翻筋斗诸技，奇矣，复教之放炮，皆得心应手，鹦鹉能言，乃其馀事。

各国形势美最善处

初六日癸巳　晴。庆霭堂为法天文台总监索映相，陈敬如为车奴士机索映相，均照答之。车奴士机收藏吾华铜

13,闰4,7

器百种，乃以倭器杂之，雅郑判然矣。中供铜佛一尊，亦倭物也，远道致此，良费力，车奴士机映照全图见贻。今日为外部见公使之期，遣人询之，乃以病辞，遂不往，而将应办各事备文述之。晡后瓜拉乖国代办偕其弟来晤，乃能为英语，久谈而去。灯时微雨，夜则淋漓甚透。偕希九访洋员麦治新居，楼房两层，极宽敞，入门有铁栏，粉石磴级，楼上复有凉台，并不与人同住，其楼下房主居之。岁仅租银六百元，并非僻地，租值便宜之至。希九谓麦治工于自谋。

初七日甲午　晴。霭亭禀请转咨刘芝使，照会英外部准溪理察佩带宝星，英例英人如得他国宝星，须呈明本国外部始能佩带。细译溪理察英文履历，系由驻古巴英领事签名，何以溪理察不径求英领事代达外部，且中国既给洋员宝星，该员如何佩带，不合再为经营。溪理察必求霭亭代请转咨，当系自求表异，且非古巴英领事所管辖，不便由其代达乎？曩既面许，即予照咨可也。又照会日外部为霭亭、子豫索准照。晚赴美使之约，谈至夜分，美使已定六月十七日附英公司船返美，愿余同舟，遂将舟图见赠。

初八日乙未　阴，雨。巴黎蚶篋园不戒于火，伤百二十馀人。此园极宏敞，曩曾往观，所演剧为小岛女郎被强暴抢掳供贱役，沿街弹唱乞钱，有侠士悯之，挈之偕行。途次一巨室少憩，巨室有妇，侠士之旧识也，小岛女郎初睹美丽之区，遂试袭其衣饰，为彼妇所嗤，侠士怼之，女愤甚，遽入后阁爇火自燔，侠士急投火拯之出。一时火光 巴黎剧院大火熊熊，台上救火之具纷集，西剧之常技也，不图竟兆焚如。观者四散，其第一、二层楼尚从容而出，其五、六层楼梯折，人挤乃及于难，有误入架啡屋以为有梯可下，讵入而不能出，烟气迫矣。巴黎戏园辄六七层，煤气电灯光曜如昼而不思弭火患，西人心计最密，何见利不见害也？

观兵器博物院

饭后希九导观兵器博物院，内多古制刀叉、箭镞、枪炮之属，又炮台图形甚多。其有急就而可移用者，则用茅竹夹沙层，沙层竹亦足御侮，特无太平盖耳。内有德国所赠后膛车炮一，口径四寸，四马驾铃，制作精巧。有越南铜炮三，铸造光泽，不悟越南有此佳制。炮后有汉字一行，如环文义翼，分略如镜，铭自左读者曰“嘉隆十五年岁次丙子吉日”，自右读者曰“敕封讨逆大将军三十八位第十二”，共廿五字，第十九、第二十五铭语同，均凸字。炮身鋬以文曰“岁己未四月二十九日，御驾讨伪西，六月二十四日攻下归仁城，尽获戎器铳口，班师嘉定，收所获伪铳熔化铸成”，共四十四字，阴文。又小铁炮三，磨炼如钢炮，后亦环铸“官兵攻破暹虏所获”八字，其他漫漶莫辨，若能拓搨则均可识也。嘉隆为越南何代国号，李申耆纪元篇无可考，所谓伪西不知何指，归仁城系越南地，嘉定即今之西贡也，土名柴棍，徐氏《瀛寰志略》亦未纪其事，暹虏殆即暹罗。考嘉庆三年阮福映表文，有“戊午年始自邻国旋师，先复嘉定、康顺等镇，己未年水陆并举，克复归仁城，凯旋遇风漂入广东”云云，支干地名均符，阅此数炮，似越南盛时武备，仍可观

13,闰4,9

也。其楼藏有越南中军中队旗一幅，主者云战胜而得，与诸炮同，询其年代乃忘之，窃意咸丰戊午、同治乙丑越南两遭法患，或西班牙亦附和于其间也。旋观禽兽苑，一虎五熊，有似鹿似驼之物。其禽鸟皆死后爰其羽毛，以西法药之如生，为类无几，并珍异。别储小吕宋活鸟数种，将以赛会，亦非奇品，只翠鸽数头略异耳。有嘉路第五房闼间隔甚佳。随往新画院观油画，无甚惊人之笔，是院费数百万，经营垂十年。

初九日丙申　雨。订正照会外部稿，为小吕宋设官事，律师霍兰特来晤，约观大博物院及城外诸名胜，诺之。晚观马戏，大雷雨，有西人豢一驯象，能度危桥，狭不容趾，又能踏十二酒樽。亦有豢鹦鹉、黄鹂者，奏技却不甚凑拍。末有稚女三人登台，击木器成音而有节奏，其木如筒，四管接续，上下两层，经纬叠置，西人以为古乐，其实八音之木中土至今仍尔也。 观马戏

初十日丁酉　阴，雨。美使喀而列约观议院。申正先至下议院，有特设公使出入之门，军兵站立甚肃。美使引导拾级登楼至使者公座，俯瞰墀子，掌院者居中高座，旁两人其副也。后有小龛，上罩金顶，下垂绛缦，有戎服军校夹侍，殆君主之座，敬如在之意。墀右一案为各部大臣之座，蒙以蓝绒，以别于诸议绅也。是日之议为老弱各兵筹廪给，兵部倡论，气似愤愤议绅送难者。一人掌院，座前有方桌，四人分坐，各执笔书记，楼上下聚观者数百人，掌院以余初到，特馈糖食。旋往上议院，规模仿佛， 观议院

所议为官银行事，议绅在座只十二人。一人倡论，连编累牍，约举英、美、法官银行章程，以证日国亟应为银行设法保护，坐无应者。户部参赞续论一遍，气足词和，视下议院之兵部异矣。各部臣于上下议院每日分班轮值，与美例别，美之部臣不能过问议院事也。又议绅有定员而无岁俸，有永远不换者，有君主特派者，有公推者，此亦与美不同。掌院遣员绅请余遍观院内房室，有油画一帧，绝佳，有毛织成画者数幅，亦极工致。其藏书之室则上下四围以铁围之，窗栏槅子无一非铁，既避潮湿且免火患，询之守者，费仅三万馀元。阅竟出门，晡日忽晴，美使返寓，余从驰道归，浓云又翳，雨意未住。

议绅有定员无岁俸

观博物院

十一日戊戌　晴。饭后霍兰特导观博物院，为日王旧园囿。所储古物甚富，其石制矛头诸器则西人未有知识以前之物，石像亦多逾千年，所储埃及文字略如巴黎。又日王自用洋枪一杆，满镶红绿钻石，华赡胜于法，衡以军中之器不能顾名思义矣。锦绣、木雕、象牙诸器并奇古，有楼房屈曲相连，专储金、银、铜、铁钱，搜罗殊广。所藏即墨刀、齐刀、金错刀皆赝物，安阳币、大观钱却佳器也。有康熙钱一枚，外郭錾七截诗云："花枝镜里百般妍，终让才人一着先。天只生人情便了，情长情短有谁怜。"语非庄雅，当系采兰赠芍之物，旷夫怨女之词，吾华却罕见，不识何由得此。又八骏钱、压胜钱亦足备一格。绕至东偏，专储各国器物，有红漆神龛一座，联曰"财恒足矣，宝藏兴焉"，"恒"字阙画，疑明朝物也。有

13,闰4,12

焦秉贞《耕织图》着色刊本。有永乐三年墨两盒。壁悬《清明上河图》缩临本。其衣冠齐整者，则广东将军阅武，广东藩司收拦舆呈子，绘画尚工。又铁画四帧，铁色光泽，西人珍惜及此，亦难能矣。其所制文武官像则俗不可耐，披执一像犹不大谬，朝珠补褂之制非彼族所知也。有铜关防一颗，镌“嘉定提督关防”六字，此越南物，不知何时掳来此。外吾华乐器、象牙、雕镂、花卉、花毯及玉、竹、雕、漆诸器，非近代物也。穷半日游览，徐步不觉二十里，其主者年八十馀，殷勤备至。晚得香帅电小吕宋总领事即派余瓗以资熟手，并请主稿会奏经营各事，悉照前请云。余方照会外部，适得此电，则径填领事衔名索准照矣。

十二日己亥　晴。竹篔书，言有华人两名在美帆船佣工，值满，船主不照给工钱，船抵哈画，华人讼之法官，船主诉诸美领事，将华人拘留。庆霭堂告法内部与美领事辩论，美领事谓法美和约，美领事在法口岸有管理船只水手之权，法无从致力，两华人亦经美领事送回鸟约云。即电希梁查该华人何时到埠。

华美薪资纠纷

十三日庚子　晴。本日四点钟至六点钟外部见客之期，偕希九，谭、梁两翻译同往。同使先到者十二国，外部接见向以先后到署为序，各使亦借此聚谈。义使、德代办、可仑比亚使均就余长谈，后至者为奥使。余晤外部，略谢其转奏日后接见之速，并言小吕宋新设领事，愿速发准照。从前古巴初设领事，承派大臣伊巴理前往招呼，古巴总领事开办极为顺手。此次小吕宋开办，不必特派大臣前往，但愿切实致小吕宋总督一函，属其帮助领事办事。外部谓总督固应函托，更有稔交得力之人，亦为致书，必令领事易于称职，大可放心。余告以现派之余瓗系查岛委员，与小吕宋总督熟识，且曾任长崎领事，于两国交涉之事必能克敦睦谊，亦请外部放心。外部欣然，谓准照不难，签字只要该管司员办妥，便请君后照行也。余又言去年台湾道拯救小吕宋遭风难民，此系地方官应办之事，乃劳贵君后属代奏谢，弥佩厚谊，当代具奏，已奉批旨，从此两国邦交益固矣。外部问小吕宋翻译为谁？余答以中国谙日文者少，现尚未定。外部谓就地挑选，当复不难，余颔之。

十四日辛丑　晴。英船公司电预留第十号，第二十五、二十六号各房，请示复，好照定明日汇价取票。日例各使到国多为公会，以便与该国当事诸人及各使者习熟，亦略送土仪，余与希九商定十八晚公会，已发请帖，复检随带茶叶、顾绣等物，列单分送，外洋酬应实费于吾华也。批饬金山领事将洛案损失数目及领过银两函告粤省爱育善堂、香港东华医院登告白，以免遗误。美署函言日内无事，美都操兵盛会，美总统请各使者往观。气候渐热，寒暑表八十三度。

外洋酬应实费于华

十五日壬寅　芒种，晴。商务总办米阿斯来晤，论及小吕宋设领事，为条约所不载，此为藩部专政，恐难照行，余答以条约亦并未声明小吕宋不准设领事米曰：然特

论菲律宾设领事

13,闰4,15

华人久受甲必丹管束，若中国设官辖之，恐多不愿，尔时必生事端。余答以：华人断无不乐隶华官治辖之理，且中国口岸均准日国设领事，小吕宋则各国皆设领事而独拒中国，其理安在？米云：此系条约如此。余谓：条约第一款“两国商民彼此侨居，均全获保护身家”，明系公法，彼此报施之义，岂得为日国设领事在中国为按约，中国设领事在日国口岸为违约耶？米云：华人在小吕宋为五万馀，论丁口则已占十分之四。余谓：中国即设领事，决不碍尔政权，且观古巴自有领事以来，尔国政事有贬损否？米云：古巴不能并论。究竟中国要设领事在小吕宋是何意？余答以：华民众多，若不派领事前往，似对不住百姓；招商局轮船亦欲前往载货，以拓商务。米云：华人现甚安居乐业，无待华官为之保护；中国商船前往，转于华人有损。此皆查岛委员具报不实，中国因有是举。余谓：查岛委员所报皆实，已照会外部矣，且该岛日官曾与委员商招华人前往垦荒。米云：必无其事，或某官自便私图耳。余曰：新架坡无约而中国亦设领事，英国并不阻止。米云：新架坡华人情形不同。辩论甚久，余不稍让。米云：此系朋友私谈，并非公事，外部、藩部如何意见，我亦不知。余曰然。今日之话不足芥蒂，前日外部所谈乃为真耳。米遂辞出。微窥其意，或外部已面许，确实不能转圜，将假藩部为宕笔，因令商务总办先来探听，未可知也；或米阿斯从中作梗，示意揽权。余于外部面许之言及华民求设官之禀，均未提及，且看外部复文何如再酌。晚与希九详论

华人占丁口十分之四

新加坡设领事英国不阻

其事，重检英、日各约。寅正始就枕。垂成之事，遽生波澜，殊闷。

十六日癸卯　晴。外部咨取古巴领事札文，因将小吕宋领事札文并译送。白耶敦约观兵房不果往，有园林为善会者，晡后赴之。希九为小吕宋事往诘米阿斯不遇，转告白耶敦为之开导，谐否未可知也。美署书，言华童步兰敦寻得本生父笔迹，为广东澳门人，名蔡阿桂，小名阿多。此童有志竟成，天性甚厚，曩因其耳病曾赠三十金，医治或当不聋。蓬云文称：新安人周三浀诱骗华人六千至巴拿马开河，陷诸瘴疠，请咨粤查禁。

十七日甲辰　晴。发沪粤包封，日署已故洋员麦治，郑光禄曾为奏请二等第三宝星，总署颁到执照而麦治已死，乃兄接充日署之役，因将宝星付之，属交其妻子，亦云厚矣。乃兄更求恤赏，诚无厌也，麦治死时业赠恤五百元，何可再为陈请？洋员之难用大率类此。

游王宫外园林

晡后薄游王宫外园林，幽翳清迥，远望培楼，下临方池，水已涸矣。有平房数椽，日君水嬉之地。又里许有小河，岸堧一人垂钓，有石磴层级以便上下，日君于此习驾驶船只。就水建屋，四面窗棂，却不华丽。前年日君阿方疏第十二挟女侍臣冶游，置剑门外，军校守之。日后飞骑至，睹剑不能入，询守者，曰：我能入乎？守者曰：杀我则可。西例君主之剑在门，无论何人何事均不得入也。后言稍急，日君已虑其来，复闻其语，窘迫无地，亟启窗纵女侍臣逸去，自辟户与后为礼。后愤甚，手枪击之不中，

13,闰4,18

自击亦不中，日君急切劝慰，后决意大归，即往奥使馆，谕奥使保护回奥，后盖奥之郡主也。日君转求与国亲故调停，盛礼迎之回宫，即今日墨缞居摄之君后也。阿方疏第十二英年嗣位，政极仁明，几将返弱为强，卒以女戒不谨，遽殒于色，日人至今悼之，而于日后尤爱戴，特党祸未息，国用日绌，犹危局也。去年兵部衙内乱党戕一总兵官，党魁嘁阿襟罢捕获，已定死罪，其女马利亚披发徒跣，日跪于宫门，求以身代，遂减死戍边。马利亚殆有缇萦之风。

十八日乙巳　晴。希九布置公会，满屋堆垛花树，香艳青苍，又于楼墙四围满缀煤灯，远望如繁星，略如日宫之式。小吕宋设官一事，米阿斯若必挟条约为言，余亦以条约与论。约内第四十七款“中国商民至小吕宋贸易应与最优之国一律相待”，此明文也，而日官所收身税、路税，自丁卯换约起至甲申共十八年该岛刊发新例止，共征华人银七百零七万八千一百六十一元二角四仙，专征华人每人岁纳九元六仙。甲申后乃兼征西人每人一元五角，华人则四元五角，计至丁亥共四年。又长征银五十二万零八百三十六元。又路照一项，西人每征四角五，华人每征则一元二五，又须预纳一年身路税，无理之甚。即与西人比较将四角五除去，实长征华人八角。自丁卯至丁亥廿一年共银七十二万九千一百七十元四角，预纳之身、路税犹在外也。路照谅非尽人而请，此项姑为约之耳。又每华人岁征医院费二角五仙，甚微，自丁卯换约至本年廿一年共征

华商应享最优国待遇

银二十二万七千八百六十五元七角五仙。此项与甲申以前之身、路税，均系独征华商，甚违一律优待之约。此中人数，就去年正月至九月数目共计华人四万三千四百零三人，逐年清计，尚不止此数也。电询科律师以索偿已往、禁遏将来办法，日廷若照约办理，则领事设否无不可耳。

税务独征华商

晚十点钟客来不断，藩部、兵部、海部、外部、商务、政务、头二等朝官、上下议院掌院及同使诸君并至，日出而散。法使乞假斗蓬御寒，俄使谓于此结欢，即贻书驻华公使以证两国之好，英使最后散，有南墨洲阿天拿公使与洋员麦治口角微嗔，诉于子刚，为之和解。前驻吾华日使萨斯宝，旧识也，循例招之，承允来会，不果。

十九日丙午　晴。午后白耶敦来谈，以小吕宋设官一事，已详托米阿斯，又代约藩部会晤之期，为谋诚忠矣。晚得署电，檀香山女弟告逝，应电奏请旨慰问，当复请代奏饬遵。总署于无约之国如此郑重，回电当速。

二十日丁未　晴。科律师电复：中日换约后，日国滥征华人各税不与西人一律者，大可索偿。洋员麦治询此案办法，当令重检案牍，译述一遍。此事商办七年矣，当委员查岛时已声明，查明后即设领事，而日外部密夏照会准藩部文，称奉国家谕旨行知小吕宋总督接待，证之西例日已默许矣。若据约辩争，当于委员查岛之时，不当于外部面允之后。晚赴白耶敦之会，并将此意告之，属转语米阿斯，以杜其诈。

滥征税华人可索偿

二十一日戊申　晴。气候渐热，可御夹衣，接沪粤包

13，闰4，22

封。希九月留俸薪百金养家。总署自本年三月起准咨照办，三月前仍系赫德代支，而究从何月日支起，署文未详，只可转行希九具复。午后米阿斯来谢公会，并及小吕宋之事，谓前允委员往查并非允设领事。希九告以若论条约，我中国亦有许多诘问之语，公使久已预备此事，究竟如何，请速复。米唯诺而去。余不愿再与折驳，特令希九见之，且亦希九旧交也。晚九点钟美使来谈，与论及此并述外部面允之言及前年回文之据，美使谓外国设立领事不尽登之条约，米阿斯所言直影响之谈，机局如是，宜为文速之，否则延宕无期矣。叩以和兰文字，美使谓彼国别有一种方言，颇难了了，大约公牍用法文则无不可。询噶拉巴有无美国领事，美使曰有，随与订定返美之期。阅《申报》至一点钟就枕，竟夕不寐。

二十二日己酉　晴。白耶敦来，言米阿斯阻挠之意实虑中国设官后吕督不便滥征华人，国用岁阙数十万，又吕督赴任均费重资营谋，下车之始辄得陋规十馀万，中国设官则局面顿改，微闻外部、藩部均不明阻，但拓为宕局。

二十三日庚戌　晴。沪局包封，李傅相寄到秘鲁华商远安公司“好义乐施”匾额，并允奏请冈州会馆匾额，苏抚崧振帅咨复前参赞蔡国桢外奖，饬司注册。

二十四日辛亥　晴。进斋书言美总统于本月五日携妇外出游钓，美署无事。檀香山董事程汝楫等禀诉檀政苛虐，请予立约，并咨粤中查理。华人侨居绝域咸不相安，檀岛亦须订约，载书充栋矣，当咨粤督并行金山领事。函

檀政苛虐请予立约

布香港东华医院，查明自港赴檀是否每船只载二十五人，再筹办法。酉初雷雨，逾刻即晴，微有凉意。日后回都，希九商往迎迓，间询各使，惟奥使往，后为奥人也，外此多不往，余亦从同。查岛委员禀述所查荷属日裹及柔佛国两埠，为原奏所未载。又般鸟虽奏而华人不多，似可不往。现赴雪梨诸岛，往返需三阅月，请展期五六个月等语，当咨粤督转咨总署。该员所查加拉巴、三宝陇、泗里末三埠情形甚详，所称美斯甘库华人遗产千数百万，不知凭何记载，徒令筹海者廑望梅之思耳。所请就香港、汕头设护商官局，给发自愿出洋华工照据，自用工头招工，以杜拐贩，仍虑不免流弊，姑候查竣再商。南洋群岛华人百数十万，未能遍设领事保护，苟声息亦复隔阂，微特拐贩滋害，亦非所以示体恤。

日国油画甲于欧洲

二十五日壬子　晴。日国油画甲于欧洲，当拿破仑盛时曾攟入巴黎，续经日国索还，仍置于旧画院。院楼上下共十四所，满壁油画，并有生趣，仍不及上议院西壁一帧为佳。楼下铜石像甚古，有铜像一枚，高约尺八寸，背镌埃及古文殊清晰，惜不能拓。其用五宝镶嵌花草、鸟兽、人物为桌案，皆数百年物，工巧绝伦。又以碎石嵌作山水楼台及美人像，宛如油画之有阴阳向背，名曰摩西掖，乍睹不知为碎石也。有铅笔画稿一帧，绝类苏仁山手笔。院内无热气，随意纵览，历未、申、酉三时，院例自九点钟至四点钟开门，公使往观则无拘时刻，然守者伺应纷然，亦厚赏之。

13,闰4,26

返寓少憩。访前任小吕宋总督诃比耶，询小吕宋华人数目，诃云：约六七万人，其娶土妇孳生者约二十万人，不在侨民之列。土人约七百馀万人。总督兼管兵事，有巡抚一员，有事则与巡抚及地方官商办。询以华人每年身税、路税何以与别国人参差？诃云：微闻征收稍多，皆以华人获利较他国人为厚，所征均充国用，别有专司之官，骤难详述也。示以藩部所查华人数目清单，诃谓不止此数，当属代核，承许明日三四点钟来谈。又告以华人去年在小吕宋遭害之案甚多，皆尔去任之后，外部不知如何查理？诃亦嗟叹不置，且谓华人在小吕宋于日国有益，与米阿斯之言异。 华人遭害案甚多

二十六日癸丑　晴。前小吕宋总督诃比耶来谈，携示前年刊本一册，俾查华人侨居实数。与论中国拟设领事究于华人能保护否？日国政权有干碍否？诃云：前在总督任内询之华人董事，谓此时总督明白，且事事优待，则领事设否无关紧要，若总督非其人，则究愿有领事以为保护也。余谓：领事各有分际，万难侵夺地方官之权，即如现在英、法、美诸国均有领事，设遇该国商民事件，能不归日官办理乎？中国领事权利当亦相同，断无碍于睦谊。诃谓：我亦同此意。华民有领事管束，有事则地方官与领事官商办，岂不强于董事哉？但此领事宜慎选廉强坚定之品，庶为有济，我若在任，可以相助，此时各部首领当有一番斟酌。因告以外部谟烈面允之言，诃甚喜，且谓主脑在外部，其他枝叶也，设有辩论幸毋述鄙言，尚可暗中为 论设领事能否保护华人

力。余谓：既荷详达各情，岂可宣露转若举以为证者乎？诃唯唯而别。

西谚谓“搭博非士”，译言两面光也。昨观画院，有并头石像，讶之，守者曰此两面一真一假，识者当能辨别，因悟“搭博非士”之言却有所本。外部知会，日国长公主明日三点半钟接见。又日都公家花园初启扉，函约观览，内有园亭音乐，小吕宋物产孔雀、翠鸽之属，桃、橙、梨诸果，黄水仙、粉红山茶、鹤顶兰诸花，瓷、陶器皿。又小吕宋土人半黄黑，颇类华种，西人每夸属土，若日国近状，则止小吕宋与古巴而已，宜有今昔之感。

二十七日甲寅　晴。日国长公主意沙毗亚，中年而寡，仍居日宫，日王阿方疏既逝，日人欲拥戴以摄政，公主固让日后，而仍参决国事，亦接见各国公使。昨准外部来文，遂偕希九、仲兰、涵生、震东、子刚、琴斋同往，由后宫门下车，历石磴绕至宫廊，二等朝官立候于此，导引经数偏殿乃至燕见之处，让坐而不握手。寒暄毕，略询冠服仪制及前日公会之盛，子刚一一代答之。少坐辞出，候见者踵于门，不知为何许人，各不招呼，朝官伴送至后宫门而返。途次颇热，宫内则暑气不侵也。是日为外部见客之期，猥以小吕宋设官事未定，特令希九往促之，易于措词，外部果以藩部作宕，而仍自任安排妥当，但祈宽以时日，并愿下一礼拜订期会晤，希九详记问答，此中波折诚难卒办。晚在白耶敦宅晤米阿斯，余未与言，米乃潜告子刚以此事曾尽力相助，可望有成，或亦随口饰词耳，究

日国公主参决国事

13,闰4,28

不便绝之，遂与订明日五点钟往谈。又告白耶敦无庸与藩部约晤，恐其避嫌也。藩部龃龉之故，殆以小吕宋地方官禀牍屡屡以中国设领事为于该岛有损，无非为违约滥征起见，即不设领事，其终能滥征乎？彼亦徒顾目前而已。

二十八日乙卯　晴。湘浦书言查寮之役，秘国总愿派一谙华语之人同往，物色甚不易，以故迟迟。又诱拐华人至玻非利亚国佣工之叶腾友已获案，格于秘例，不能痛惩。即函复以酌托有约之国公使、领事代为照料寓玻非利亚之流佣。并告以赴秘之期及署奏减俸各事。五点钟访米阿斯，所言小吕宋设官事，若迎若拒，乍合乍离。与论一时许，乃得其隐谋，实虑设官后不能违约滥征华税。伊国岁阙巨款，藩部所由争，而吕官假公济私，亦多不便，此种猥琐之见，白耶敦曾言之矣。当告以日国之能滥征与否，不系乎领事之有无，若藩部踌躇在此，可由外部与我明商，若有损于日而无益于中，我何必如是勉强？米又举条约为言，余告以条约第四十七款专指小吕宋立论，尔曾领会否？米语塞，乃为谀词以答。余将与谟烈面晤，特微示之意。

二十九日丙辰　晴。昨又彻夜不寐。早起得粤电，改派王荣和充小吕宋总领事，仍属余主稿会奏，当将现在辩论情形复之。既经照会岂能遽改，且此中棘手香帅未悉也。晡后赴王宫园林纳凉，遇王子车，导从甚都，归途遇长公主车，则如寻常游人耳。

五月初一日丁巳　晴。本日为英后域多利得位五十年

域多利（维多利亚女王）登基五十周年

之期，英使科而特为会以娱宾。自申正至戌初，热不可耐，坐客如云，跳舞厅既不透风，尤难久立。日国长公主意沙毗亚与英使共跳，馀则随意为之。英使应酬纷如，仅一握手而已。归途遇日后与王子同车，不设仪卫，彼此一点头。后为奥国人，体甚羸弱，有病不服日医之药，仍自带奥医，因前数年有君后中毒而殒，有鉴于是，特加慎云。

初二日戊午　夏至，晴，热甚。发沪粤包封。后乘车一游，遇斗牛人返，喧欢于途，日俗以此为最乐，窭人虽典衣往观，亦甚自得。日俗虽贫弱而绝无伪银票，此为难能。公家花园今晚启扉，遥望灯光如繁星，又于高树茂林遍挂五色纸灯，高下掩映成趣。园有小瀑布，上悬电灯，深夜仍有水光，瀑布之侧有黝洞，深下逾里，观者出入有定程，不能紊也。园中设音乐两台，以备游人憩听，入者人输一鳖屑达，即一角子，其数甚微，合之则巨，公使持请帖往可不破老悭。义、葡、高、法各公使、参赞均相遇。

虽贫弱绝无伪银票

初三日己未　晴。给外部照会，约订会晤之期。琴斋译出英文，付麦治转译日文，中西文字不同，办事总难迅速。晚遇白耶敦于园中，略述米阿斯前月廿八日之言，白谓米之性情狡狯，谚所谓佛口蛇心者，姑听之而已。明日为樽神诞，西人预于今夕相庆，兵部署前游人极盛，灯光烟气蓊然。

初四日庚申　晴。晨起西风微凉。得总署初三日电：

13,5,5

“本日奉旨夏威仁国主女弟逝世，着张荫桓传旨慰问，钦此。”当即钦遵录示檀使转电该国。洋员麦治言，日国领事条例小吕宋一岛不能独拒中国，当令遍查日国征收小吕宋华人税数，藩部司员允令礼拜一往阅，其他书坊殆不可觅，因复电询科律师，或有存本也。晡后访诃毗耶，谈小吕宋事，极承关爱，又出示手记华人数目，深以米阿斯之言为妄，属与谟烈相商。其楼居宽敞，导游一遍，入夜而返。

饭后观马戏，奏技犹前。其较异者，一人挺立，缚带于腹上，承长杆约二丈，杆端横铁棍约五尺，其或一手一足相挽，或一手一足蟠杆而横曳悬挂，承杆之人屹立不动，“横空盘硬语，妥帖力排奡”意象似之。少顷以红布蒙一大炮，四围作城墙式以遮盖之，轰然一声，一人从炮口跃登，悬空之架相距逾丈。 观马戏

初五日辛酉　晴。端午节，循例放假，洋员麦治询掌故，琴斋略举汨罗江事告之，麦治以为不合天主之理。麦治盖信教之尤者，每乘火车抵埠必顶礼天主保其平安，及抵客旅必沐浴至教堂诵经乃食，自言廿七岁后操行无改，诚笃信矣。进斋书，言美人福荀为祟朝鲜，奉北洋电属商外部撤回，巴夏首肯云。即电复之，并属晤檀使询以传旨慰问之电何时奉到。晚九点钟美使来谈至十一点钟，与商去日辞行仪节。

初六日壬戌　晴。科士达书，言中日条约第四十七款专指华商而言，如其滥征华商苛于别国商人，即应索偿。

但此款并未包含别项，华人除华商外似难遏其免征，惟第五十款中国允待日国人照最优之国相待，则日国待华人亦应照最优之国，一律不应加纳税饷云，犹持公法报施之义也。晚得竹筼电，洪文卿出使俄、德、奥、和。曩在巴黎竹筼曾言文卿日习英语，志在远游，余不之信，不悟有志竟成。昔之视为畏途者，近则乐此不疲，风气为之一变。

华人应有最优国待遇

初七日癸亥　晴。午后答拜德使日绅拿娃露，返署得外部照复，古巴马丹萨准照径发古巴总督转送，与美例稍殊，即电询古巴领署。

初八日甲子　晴。诃毗耶来谈，携阅光绪十年小吕宋官报，因留交子刚翻译。其与华商所禀合者只身税晰分十等一例，其路税一条尚未译得也。华人见客以摘眼镜为敬，西人见客以摘眼镜为慢，意谓不愿见此人故不加镜相视，虽臣民见君主，短视者皆带眼镜，中西殊制，此其小焉。曩见有平列酒瓶十二，豢象踩行者，讶之。晚观一英人豢象，能令倒行十二酒瓶，又能令以鼻捩机，以足踏琴柱，其一象足击铜铃旁立而跳，宛中音节。又教以摇铃传餐，额下预挂布囊，豢之者予以面包，随食随摇，食竟以鼻探囊，撮洋钱二枚置于瓷碟，铿然而散。唐宫舞象之戏，不知何时流于海外。

见客摘镜中西殊制

初九日乙丑　晴。总署美字第六号书，颇嘉收索洛款，以为功德非浅，又属妥订约款以保华人生计。得李仲约书，论小吕宋设领事仰给华商之弊，又虑领事权利有限，威令不行，可谓见道之言。昨令麦治购日国例本，费

13,5,10

将百金，日署存此等书，有事可资考证。麦治言日人无信，面谈不如笔争，因就灯下草一照会稿，先译英文。

初十日丙寅　晴。进斋电，言中国准日国设领事，日国不能不准中国设领事，驻使有派设领事之权，不系乎成约与否。此就公法空论焉，已至谓注重外部迫以践言却是正办。又电称北洋饬雇铁路华工十数名，交陆永全带津，请酌示。当复以雇之金山与订合同垫水脚，陆永全洋习可恶，能痛改，当令带去，否则由梁领事派定工头，备文册，径令赴津。

顷朝官知会本日六点钟日后赴公家花园看视小吕宋物产，函请往赴。各使先后至高盖玻璃殿，中列两座为君后、君姊，左右环列公使、诸部臣之坐，屋中花树皆小吕宋之产。又有男女十数，分立阶下，有裸体文身头插鸟羽者，小吕宋土人也。君后偕君姊如期至，乐作登座，有宣讲官朗陈一遍，误将彼国世次颠倒，殊不称职。讲毕君后起立，出观会场各物，会中箬篷板屋皆小吕宋之式。八点钟散。 看视小吕宋物产

十一日丁卯　晴。晨起，重阅中美约款略节，稍为增删。又小吕宋设官事，麦治代拟照会，援据明晰，亦略为增删，令其自译日文，明日面交谟烈。晚赴花园晤可仑比亚代办公使，言巴拿马招华工开河事。余告以华工往者多毙，故视为畏途，鄙意亦不愿华人前往也。古巴复电各国领事准照皆由总督转送，前因开办之始特在日都候准照发出乃行。 巴拿马招华工开河事

十二日戊辰　晴。外部函布，今日无暇见客。昨拟面交照会麦治虑将己意尽露，不如仍涵浑，索其准照。麦治又代拟一稿，不逮前稿之切实，余又为增删之。今日气候甚热，外部眷属入山避暑，来署辞行，余亦往送，彼此皆投刺，无谓之应酬，此类是也。晚访侯爵万沙道，楼居宏敞，陈设华贵，内有珐琅一器，的是华产。

十三日己巳　晴。晨起西风，仍不祛热。檀岛华商唐举以七万五千金为该岛包烟税，为岛主所赚，禀求申理。此事春间曾见之日报，檀使阿楠亦以为愧，而该商以数万巨资如此浪掷，茫无把握，可谓利令智昏矣。姑告檀使能否索还，未可必也。曩饬希梁代傅相与余赙赠格总统鲜花，鸟约新闻纸并夸颂。

十四日庚午　晴。拟致外部一文，索准照告行期，固知不合西例，麦治亦云然，遂析为两纸。麦治将操铅笔，乃请加俸薪岁五百金，谓乃弟在时本有此说，英、德两使馆洋员薪俸较伊皆优云。日署事简，此来乃因小吕宋事与外部有照会往来，麦治借此索钱，殊可鄙，不知希九当日与订合同何所取义？已将文卷钥匙盘踞，四点钟后检牍，则洋员将钥去矣。洋员之难用如此。美使明日两点钟谒辞日后，后日成行。本日为华盛顿得国之日，美都悬灯火以志庆，美使于此升旗而已。晚得外部文，言小吕宋各案华商轻事重报，又言日后将议新例为各国领事而设，现已刊印，当呈送云。似系通行之文，而小吕宋设官一事，似答非答，可云巧矣。仍就前文附致数语促其准照。

华盛顿得国之日

13,5,15

十五日辛未　晴。晨起微凉。山东矿局属觅井底华工三名，随美矿师阿鲁威士回华，适复美署函，即令转告蓬云办去。开矿用洋匠，实縻费，宜多招金山华工，中国矿业渐开，华民归求有馀，无须谋食海外，诚大快事，余固不惮烦琐而赞成之。

十六日壬申　晴。湘浦曩商秘外部酌派妥员偕林、莫两翻译查糖寮，外部乃派苏利，前年诡谋招工为进斋所斥者也。湘浦不允，乃改派参将爱斯哥巴，已甚烦辩论。秘总统复谕准该参将向寮东每华工一名索费四毫以作盘川，秘政之谬亦可见矣。秘署寄呈客岁与外部问答往来文件，具有条理，当汇呈总署。此环球使规，而中国则创行自余，不过稍费笔墨，中外办事可以共证。英俄近争埃及，大有违言，英与土尔其约两年内撤埃及防兵，然有事仍派兵前往保护，俄不以为然，闻土尔其已画诺矣。午间美使扶病来别，约会于伦敦，告余以日廷新议各岛领事之例已见官报，即属洋员检之，得廿五款，该员日看新闻纸，何熟视无睹耶？ 英俄争埃及

十七日癸酉　小暑，晴。日廷领事新例译就，属麦治校对该国领事条规刊本有无异同，麦治又贡议裒集日国苛待小吕宋华人诸款之有实据者，照会外部以迫之，此等事余已博访逾月，亦拟定一稿，俟晤谟烈后再缮送耳。日廷近因炮威符省苛征食物税名曰“城税”，民心不服因而生事，日兵弹压，捕获数人，不知如何了结。日议院已于十四日散议，古巴旧案日有应赔美国之款，日后已批令议院 征城税民众起事

议赔，迨散院而赔款仍虚，美公使焦急之甚，此与余去年在美情事略同，使事之难，中西一辙也。前年粤中水灾，驻秘华商经刘伟臣募捐六千馀金，美、秘使署均无案行，今查明捐生姓氏，以便咨粤给奖，以免华人觖望。昨刘领事函称陆续解往香港东华医院，承寄回征信录百本，请咨粤。余客春在粤，萧杞山方摄粤藩，工赈未竟，何昆山建议请提东华医院捐存之项，港绅大不谓然，昆山几为众矢之集。秘鲁华商捐款是否分解，爱育堂抑全解东华医院，刘领事经募之人总应详叙，岂能漫无根据，贸然请咨，当饬切实查报。华人捐此巨款，粤中大府并不得知，故扁额亦阙，余去冬集捐直赈遂大费力。

十八日甲戌　晴。外部谟烈约今日六点钟会晤，遂偕希九、子刚、琴斋同往，并携条约及该部因小吕宋设官事叠次回文，又小吕宋官报、督署岁刊征收华人税册、议院前日新议各国领事条例以备折辩。乃谟烈绝不提条约，力言国家甚愿意，我亦愿意，但藩部以土人不愿为阻，与我意见两歧，现正踌躇撮合，迟数日当备文知照，再请晤谈。余告以小吕宋设领事实于日国政权无损，日国领事权利具载新议条例中，我已得阅议院报本。谟烈旋取阅一遍，仍允妥筹报命，但属明日不必往谈，恐旁观疑猜。余答以既承肩任，明日即来署，亦非催迫，因行期在近，欲多晤面耳。问答甚长，另译记。晚晤白耶敦，略告以谟烈准情酌理之语，视米阿斯迥异，然米亦不作梗矣，便希代谢之，白以为必谐。

小吕宋设领事无损日国政权

13,5,19

十九日乙亥　晴。电李傅相述小吕宋事，请转属日使助力，并告以铁路华工已饬美署妥雇。午后重访谟烈，询商谒辞日后之期，谟烈允俟今晚入宫赴宴时代为陈请。随告以小吕宋事，昨日详谈，今日之来并非催迫，如能于未去日都之前见复固佳，否则代办可代经理，至土人拒阻之说，日系君主之国似不难禁遏。谟烈谓现在筹商，数礼拜后可定，此十日内当先布复大略情形。甫出门即接一照会，日君后、君姊订于廿一日两点钟接晤，系副外部画押，谟烈竟尔不知，或亦各有专司乎？

二十日丙子　晴。沪局第三十号包封，内署闰四月初四日，无甚要件而号数颠倒，此间已接到四十二号矣。教王公使昨递国书，日廷待以头等教使，遂不拜客而贻书知会。午后访之，略如吾华世味极深之和尚，与谈罗马古迹，尚能解颐。日廷供奉殊优，使馆一切皆日代备，又军官持枪守户客座之外对立，诸校状如日宫之仪，但盛服而不执戟，客来去皆俯首迎送，礼貌甚恭，所以奉教者至矣。闻阿方疏第十二未立时，国人既逐其母，拟别求君，教王不允，阿方疏第十二遂得立。即位后教王问何以为报，阿方疏答以从此真心信教，矢誓不移，教王大乐，所谓入者主之，出者奴之，未若是之甚也。

英太子薄游于此，日君后既宴之矣，英使复为公会，折柬相招，余偕希九、震东、芝山赴之。甫登楼，俄使潜告曰上立者英太子也，英使随来介绍握手，述及前游中国极承优待，又言现当水师兵官，故能游历。叩以威妥玛近 英太子游访日国境及中国所制战船，不甚了了，盖久驻海疆也。英以水师雄于欧洲，即王子亦躬亲其役，宜其讲求日精。英使为余介绍后即导芝山与谈，谓系中国红带子，有加敬之意。日之宰相及各部首领、各国公使均预会，蜡灯如昼，窗帘并下，热不可耐。

二十一日丁丑　晴。早起闻蝉。未初偕希九、震东、子刚、琴斋往见日后。由宫门历级至偏殿，案上有一纸，书明本日两点钟接见中国公使，侍卫各官见辄俯首为礼。少顷朝官导至偏殿，日后候于门，余趋前令子刚译述返美之意，又令震东为英语述之，日后分别答复。询何时回华，仍返日都否？答以使差三年乃竣，明年有暇或当再来。日后随呼两公主出见，询中华冠服之制，两翻译敬答如礼，随辞出。绕数殿门方见君姊，问答略如日后，又愿敬闻今上大婚之期，语甚得体。晚得外部照复希九代办之件，此却爽快，非若吕事之费力。

二十二日戊寅　晴。晨起，检历次与外部谟烈问答、节略，为书致总署、北洋、粤督。酉初大雷雨，气候略清，饬仆从检点行李。古巴领事禀言学堂规模渐立，学生共廿八人，教习甚认真。前日谟烈商习中学，余曾许以如果日人欲习汉文可于古巴附学，谟烈总以日都设汉学为急，于属岛则有门户之见矣。

古巴学堂规模渐立

二十三日己卯　晴。日外部接见公使向以到署先后为叙，德使坐候久矣，教王代办至外部乃先见之，德使愤甚，与外部总办论辩，谓教王虽尊，而代办不能驾乎公使

13,5,24

之上，遂不见而去。檀香山董事公禀，求索追檀王骗吞华商巨款，及请咨粤中查察华人来檀护照。美、日、秘三署已极繁冗，益以檀事，殆难肆应。

二十四日庚辰　晴。沪局递到四十五号包封。折批三件，钦遵咨行。李傅相函，询驻日约几时，当电复以小吕宋事，日使能圆去冬之说否？候回电定行期。

二十五日辛巳　晴。观狮子戏。三雄五雌共围一铁笼，横约二丈，纵半之。豢狮者耸身入笼，持鞭与戏，为纸圈使跳，继以火圈，狮跳而吼，观者咋舌。豢狮者为英人，身受六十八伤，不知几费抚摩乃得驯扰如是。日例豢猛兽若令逃逸则豢者论死，一兽偶逸，所伤不止一人，律甚善也。前年有狮逸于吏部署前，豢者涕泣追之，幸未伤人，招之复入圈，其时行路之人惊仆者多矣，日人谈之，犹色变也。今观八狮毛色纯黄，与吾华所绘顿异，雄者尚能彷佛。 观狮子戏

二十六日壬午　晴。函告谟烈订廿九日五点钟会晤。巴西王明日可到，一宿即行，不见客，因肝病借游历以调之，故不愿应酬，余亦不往见。

二十七日癸未　晴。子刚所撰《古巴杂记》，请代呈总署，当重与厘正。巳初傅相电，言前电署未复，恐未晤日使，藩部阻似宕局。

二十八日甲申　将曙，忽大雷雨，逾时凉雾，气候颇佳。有日国派赴厦门领事卑利拉持外部文凭乞余署名，亦尊敬修睦之意。

略考日国舆地政俗

行将去日，略考日国舆地政俗情形。东南届地中海，西届葡萄牙，北届法兰西，以比厘亚斯大山为界。为省四十有九，纵横二十万里，居民八兆，马得力都城户口五十万，矿产铜、铁、铅，土地肥腴，米麦足食，又多植杬树以取油，亦资生之一助。进口货物以棉花、火酒、白糖、木料、羊毛为大宗，出口以水银为大宗，铜、铁、铅次之。铁路通长约六千里，电线一万一千里。常时马步兵十二万，有战事加三十六万，惟炮兵绝少，仅五百五十名，各属境马步兵共二十五万。选兵于民，八年为期，四年驻本国，四年调外埠，民以为苦。现有兵船一百二十六艘，内铁甲九船，海军兵官二万五千员名。土地日削，从前属藩远及南北花旗，近则仅馀古巴、小吕宋两岛。古巴境内纵横四万九千四百八十里，居民二十九万，小吕宋纵横十一万四千三百二十里，居民五百七十万。国债一千一百九十一兆，虽周息四厘，特岁入正供仅一百六十一兆，不敷殊巨，近拟加收股票税课，议而未定也。马得力都城上下两议院议绅六百馀员，各部大臣每人值班一日，共议庶政，至军务重事则宰相与各部共商，议绅不与也。各部首领俸薪九成，或不再减耳。都城地势高，去海线千五百尺，寒暑约差二十五度，盛夏多避居海滨以憩炎暑，西俗类然。马得力城夏雨绝少，幸早晚多风，仍不甚苦。

选兵于民八年为期

马德里城夏雨绝少

午后厦门领事来见，人尚和平，因为书荐之刘省帅。

二十九日乙酉　阴。谟烈原订五点钟会晤，如期赴之乃不在外部而牵缀于吏部，盖近摄两部也。和兰使至不得

13,5,30

唔，愤愤而去。外部参赞假电筒询谟烈改订七点钟至吏部晤谈，因须赴车头送巴西王，而吏部事仍多轇轕云。余以就吏部衙门论外部事恐非所宜，其参赞谓各使常有之事，不妨从同。届时投刺，阍人以谟烈未到为辞，琴斋直造其办事处乃证阍人之伪，及谟烈出见，自陈患病委顿可怜，吕事仍无着落，但云尽力妥办，请返美后与渠一信以便函告云。返寓晚饭后搭火车赴山丹巅那，车无卧房，客皆坐睡，余上下四人自雇一车，尚不甚迫，然无溲溺之器，须待停车上落，殊不便。

三十日丙戌　早晴，午后微雨。途经山洞十馀，遥望平畴已刈麦矣。酉初抵埠，麦治之父驾车来迓，年将七十精神甚健，导至客寓而去。昨晚车行眠食均不适，抵寓仍不能餐，旋往海滨观浴，天风送凉，绝无暑气，行李亦到，安顿妥当。晚饭时音乐奏于门外，云祝中国公使之来，薄赏而去。

六月初一日丁亥　早晴。晨起小食，麦治之父来导至其家，甫登车而大雨，车无襜帷，衣履霑濡，寒暄慰问而返。麦治之父极诚悫，眷属亦甚朴素，其领事公事房即在寓内。询以英商几何，答云不多，且幸其不多可以省事，各国领事驻此者约二十五国，然奉朝命来者只英、法、德、意四国，馀皆商人兼充领事，权利有限也。从前此埠以面粉运古巴易白糖烟卷，近日面粉之利悉为美夺，此间出口缺此大宗，货物生意减色矣。未初潮长雨止，天亦微晴。中饭后往海滨游眺，西人导观温水浴房，略如轮船之　西人导观温水浴房式，但纯用云石盘。又冷水淋头，濯足处作铜圈十数层，人立圈中，上下有铜管如莲蓬，运机则下淋上喷。西人以济医药之穷，犹是眉山治疟法也。本城知府个郎技差弁请期接见，许以明旦两点钟。可仑比亚代办公使钵霖来晤，云将同驻此店避暑，并约观斗牛，此行本欲避嚣而不能销声匿迹。晡后本城巡抚疏摩沙偕参赞亚比晏苏来见，叙谈甚久，复约赴会所听乐观舞。

初二日戊子　晴。天气清快，绝似之罘夏时。中饭后知府个郎技来晤，约观剧并派巡捕来寓伺应，当婉却之。日俗舍信义而重虚文，似昧本末之理，然视并此而略者则大可嘉矣。令翻译贻书洋员麦治，谢乃父周旋并述其双亲老健以慰之。麦治极信教，往与谈伦常道理，麦治自言每月必寄钱物博父母欢，为西人所罕。询以所爱何先，则曰妻第一，女第二，子第三，父母第四，信教者如是而已。本省钱粮官冀恰露及善堂主席来晤，约西八月三号公会，其时余已抵伦敦矣。麦治之父导游海口，绕行一周，山树阴翳，海风透爽。海中沙堤横亘，询系人工所成，将于堤内设船澳也。沿海有旧女墙一道，系百十年前备寇之用，工作尚坚。随往访其老友泻斑育，园林卉木甚繁。主人年六十八岁，款接甚殷，能为英语。出鼻烟敬客，余颇嘉赏，即以一瓶见赠，就瓶口嗅之，有苹果味，入鼻则色黑而味辛，曩闻鼻烟出西洋，乃此行遍觅不可得，今日始仅见之。主人之妻则其侄女，日俗类然，子刚《古巴杂记》曾言之，今则见之矣。坐谈逾时，主人折香花为赠，力劝

游海口

鼻烟出西洋

13,6,3

无置于榻卧之侧，凡香气皆不宜睡中呼吸云。返寓晚饭，顺道答拜巡抚各官，知府个郎技来，同往观剧，官座之后别有斗室，为酒食款客，观竟又亲送归寓，时已夜中矣。

初三日乙丑　大暑，晴。中饭后麦治之父来馈鼻烟一罐，云购自伦敦，微有玫瑰味而色总不佳。其寡媳偕子女来面呈一禀，略言故夫效力中国八年，宜有恤俸养赡终身。余告以中国无此例尔，既如此孤苦，我酌助二百金，去年所给五百金已属格外，昨并将宝星交尔夫兄，亦不忘尔夫效力之意，妇感谢而去。询以在此何依，云依乃父，曾作水师兵官，近已辞职。西俗伦常之谊甚平平，麦治之父本极诚悫，且在此充领事而不能养其寡媳孤孙，殊不解也。本城总兵官亚巴兰尔度如期来晤。可仑比亚代办公使钵霖适移寓至此，巡抚参赞阿地厘阿疏拉适来，约观会厂，同坐小饮，极两时而散。方欲憩，钵霖邀往观涛，复至后山松林，席地坐饮，海外奇境也。钵霖以医得官，历言华人不肯步行，甚乖养生之道，与论调摄，承赠健饭安眠药方，果效则大可感也。酉正答拜个郎技，并赠以映相及中国顾绣零物，个郎技回赠映相一枚。

初四日庚辰　晴。晨起子刚偕仆从赴海滨浴，云不甚寒。钵霖屡劝余浴，敬谢不敏。今日雇定巴黎车票，惟所携日国银票巴黎不行用，须另换法银，不免折耗，白耶敦函托本城银行为之招呼，尚不致无从兑换。车期已迫，又值礼拜神诞，市易停辍，若无熟人自多周折，海外远役其能寡交乎？日俗以斗牛为盛会，无老少贫贱嗜此，为天下

雇定巴黎车票

日俗以斗牛为盛会

古今极快之事，举国若狂，曩在日都一览已厌残忍。顷来山丹巅那，恰逢其盛，地方官绅坚请往观，不得已而赴。甫入座则地下拍掌摘帽欢声雷动，其斗牛妙手曰漫散颠那，每日工价六千金，久著能名者也。及奏刀时又为颂词，祝中国强盛，中日和睦，因薄犒之。上下楼房观者逾万人，余未及散场返寓晚餐。随访麦治，偕游会场，灯光灿如白龙，场中列肆售什物，茶酒醉人，忒多凭轼纵览而已。留刺托代送巡抚、总兵官、郡守。

初五日辛卯　阴。巳初阿地厘阿疏拉来寓，导观会场，凡所陈设皆该省之产，红酒、皮酒为大宗，铅亦不少。又能制轮船、帆船、马车之属及电气钟，其布帛织衽之物则购棉花于美而自为工作。另匣储蚕茧数枚，色微黄，缀于枯叶，云系土产，或即野蚕茧也。又黑白云石，西人以饰座钟者，该省亦有所产，其他铜铁矿产纷罗满架。后圃豢鹿、羊、鸡，甚蕃息。一省之地，物产日拓，宜可富也。询其关税岁入四百馀万金，杂税或复过之。斯岛四十年前人烟绝少，海道既便，舟行商旅渐集，日王阿方疏亲来游驻，力为倡提，嗣是而日形富庶，余寓楼即阿方疏旧行宫云。游览一周，天气欲雨，遂辞云，其主席坚留宣词颂祝，婉谢之，阿地厘阿疏拉伴送回寓。

物产丰富

饭后收拾行李即起程，寓中候送者多，冀省面别之烦也。申初抵车房，本城总兵官亚巴兰尔度已候送于此，扶掖登车。俄而老麦治来，同寓之炮队参将漫天那亦来，老麦治之友法阿厘为雇车者步行赶来。将展轮而可仑比亚代

起程赴法

13,6,6

办公使钵霖偕妇来，仓卒不及觅马车，虑余已行，匆匆附街车赶到，是日为其幼女生日，赠以绣帕，就车门握手为别，此中人情殊殷殷也。申正开车，戌正抵一小埠，下车就食，却能适口，鳗鱼尤肥美。子正换专车，停两点钟，车有睡床，有厕，甚便。

初六日壬辰　晴。巳初起。经山些巴士的埠，日国君后公侯避暑之地也。午正抵日法交界处，饭后换车，法税关并不查验衣簏，但请名刺一纸。遇日国一等朝官往义大利避暑于此，握手为别，该朝官甚欲得中国宝星为荣，余以给赏无名，曾属希九婉复之，曩见日后，此老导行，今出日境忽复相遇，亦莫或使之欤？薄暮抵波都，法之巨镇，水陆舟车纷集，所产红酒尤擅场。灯后微雨，与谭子刚对榻闲话，谭谓此行一路见月，斯语颇隽，竟夜辗转不寐，开窗静坐待旦。 波都（波尔多）

初七日癸巳　阴。卯初抵巴黎，换马车至旅店，微雨而寒，抵寓则前宿楼房依然闲扃，少啜奶茶，登楼补睡。曩与竹筼约晤伯灵，此时船期既迫，无缘过从，为书谢之，甚歉然也。 抵巴黎

初八日甲午　晴。总署近减使俸以充游历各员川赀，意此辈必有嘉谋高论，无负此行，余曩欲为罗马、伯灵之游，近亦辍念矣。巳初得香帅电，请主稿会奏小吕宋设领事事，且欲改派王荣和，语甚切至，仍未悉此间商论未定也。

子刚所为《古巴杂记》数年而成，乞为序，余适有

所触，爰与厘政而序之曰：

古巴杂记序言

古巴在南北阿墨利加州之交，而隶日斯巴弥亚国。其地肥饶，利耕种，尤宜甘蔗糖，次则烟叶，皆古巴致富之道也。奴禁未驰以前，田园富，人不仅千指，咸买自阿非利加洲，展转而流毒中土，闽粤黠者假招工为名潜相拐贩，自道光丁未至光绪戊寅，华人被诱作苦数至十二万六千馀，拘役鞭捶，虐甚牛马。事闻于朝，特令前副都御史陈兰彬往查诘，华人环递诉词，裒然成帙，遂与日斯巴弥亚国重订条约。陈副宪旋握使符驻扎美、日、秘三国，抡派知府刘亮沅、知县陈善言驻古巴为领事官，诸华人乃重见天日，数十年虐政一旦扫除。华人佣力自食，无官工所之束缚，拐贩绝迹，商贾渐集，蔚然可观。前年直、粤水灾及海防诸费，领事官劝谕华人捐助，一呼而集二万馀金，可谓不忘本矣。

订约扫除虐政

中国道光己酉以后水旱偏灾数见，又值发捻倡乱，回焰西炽，用兵垂二纪，华人生计日艰，谋食海外旧金山、域多利、檀香山、秘鲁、古巴，暨南洋之新架坡、小吕宋、噶拉巴、三宝垅、巴泗末、新金山、雪梨、暹罗、越南诸岛，无虑数百万。初只帆船往来，渐而轮舶杂遝，商工阛阓，自成市集。日唐人街生意之盛者，每不暇计长久，但先营酒楼、戏园以供游赏宴集，若夫博簺烟霞则无大小埠皆一致焉。数万里航海远来，力博蝇头，屡为土人所迫，锱积寸累悉消磨于意钱灯火之中，已可痛惜，甚或联强欺弱，自伤其类，仇杀之案穷于诫谕，其能谨愿习

13,6,9

勤，薄有盈美寄以赡家者，难求什一于千百也。古巴一岛华人日稀，来源既窒，少者渐老，而其政俗又不克自振，糖业浸为邻国所夺，土客交窘。无数华佣问籍吕宋，票为归计，得采则急装以行，且遍觅同来之人，挈之返里，赠以资斧，风义可嘉，而被惠者顾先索凭据，虑归后食言无以为活，人民不同如此。然华人能善全乡谊者，古巴一岛而已。

古巴一岛华人日稀

吾乡谭乾初子刚，以翻译官从事于此，为《古巴杂记》一卷，岛中风俗人情撷其要领汇为笔记，诚有心人也。而尤可嘉者，为华人设书邮以通重译，华人每得家书辄痛哭，既振其水源木本之思，而其父母妻子亦知远人音问，保全实多。此皆子刚不惮烦琐为之，往返分寄，其功在语言文字外也。荫桓持节逾年，凡百无补，比者于役欧洲，渡大西洋，历英、法诸国而抵日斯巴弥亚都城。客窗月夕，高树挹爽，子刚出是编就政爰序其缘起俾付剞劂，所记只古巴一岛，编帙非富，视《翦桐随笔》《使规》诸书体例固异，他日四库重开，博搜海外记载，则是编仍不失为蠡勺豹斑。更愿同役诸君随事为记，毋骋空谈，即以是编为喤引可乎？考殊域之土风，写征人之雨雪，安石碎金，景纯剩锦，固非文采自矜夫？岂心思误用也哉。

此两日间杜门静憩，心绪颇净，夜睡亦安。

初九日乙未　晴。进斋抄寄与外部重论洋药罚办照会，甚得体。又言慰唁檀岛事檀使已电复，余却未得接也。又檀岛民练揭竿为乱，草檄要檀主四事，诚奇闻矣。

檀岛民练揭竿为乱

饭后洋教习斯恭塞来谈。周子玉续来，赠木雕图画，甚精巧，云得之伯灵。

初十日丙申　晴。草定自日返美疏，交幕府誊清。未初培克思约观拿破仑所遗珠饰，其法冠一顶纯用白钻石堆成，花朵中嵌红宝石，绝类梵僧五佛冠；又项串一挂钻石二十四枚，极大者重四钱，色微黄；又绿钻石两枚，皆冠饰物也。坐次雷雨，因法馆参赞订约三点钟来晤，匆匆返寓已相左矣。电刘芝使，告以十二日准来晤，请转语税关免查行李。旋赴班么赊店一观，译言便宜佳货也。其店枕连四巷，上下三层楼，无物不备，恍如列肆，执事者约千馀人。是日适该店查点货物之期，东主领导纵观，濒行赠巴黎图及该店货物折，与购绸帕，聊志兹游。归寓晚饭。庆霭堂约观花园杂剧，有阿非利加人支棚奏技，有数女童敲木成音，如西班牙所听之调，中有跳舞场，适大雨，舞者不能尽兴。今日雷劈楼房一区，即培克思之近邻。

观拿破仑所遗珠饰

观花园杂剧

十一日丁酉　晴。周子玉率学童十三人来见，学制造七人、律例六人，均闽厂高足，与久坐，慰勉奖励之。欧洲律例以法为通行，既与交涉，固宜推究之也。诸生有可以应书院考者，文笔多佳，口辩尚拙，游学未久耳，从此加勉，当有可造之才。西学总要从语言文字入手，高谈宏博而语言文字懵然，犹镂冰画脂、瓦鸡陶犬耳。制造根于算学，工师口讲指画尤须心领神会。由学堂归寓自行寻绎，庶几日计不足月计有馀，诸生咸不河汉斯言，时局日艰，储材为第一要着也。陈敬如来商去就及期满保举。敬

会见赴法学童

13,6,12

如文人而就武职，用违其才，安得大力者负之以趋也。其笔述法政源流、君主民主之利病，斐然可观，诚非徒猎虚声者。

十二日戊戌　晴。晨起饭毕，巳初登程，舒春舫、庆霭堂、陈敬如相送登车，未正至福士敦海口登舟，预赁三房舱，足敷坐起，展轮出口，幸无风浪。英法对渡，诸水总汇之地，西人过者以为奇险，赫德曩告以饮三边酒可免呕吐，颇嗤其迂，近询西人亦有以此说进者，因悟此酒能通胃气，胃苟不逆，自无呕吐，理或然欤？既以此为险途，即无风浪亦觉微晕，凡事不宜着成见也。呼酒解渴，卧看海天无障，两岸山嘴了然，都化诸山崭岩犷恶，渡都化则海程速二十分钟，然不如福士敦之平顺。将抵彼岸，船主谒余致颂，谓向来无此稳渡，西人善谀，笑颔之而已。是日为彭祖飓，粤谚舟行所深忌者，阴阳怕蒙懂，信然。登岸乘火车，为英国境，税关亦不验行李。途次农田已登麦，而微有旱象。酉初至伦敦，刘芝使率参赞从官远迎，同车至蓝甘旅寓，卧房外为客厅，极华赡，又特启一升梯便出入。复偕芝使至使馆，承留晚餐，顿忘困乏。子正返寓，电复北洋，缮正电码交电报局，该局复请署名，似不谙华码也，震东详告之。余即就枕，甫入黑甜，闻叩门声，起视则电局人也，仍询前码，无谓之甚。

渡英吉利海峡

至伦敦

十三日己亥　晴。英馆参赞李伯行、潘子静来晤，马格里偕其子来，贵州矿局两委员亦来，以客多不及候而去。余易斋来，言将附新制兵轮回华，随使本为游历计，已遍览风景及各制造厂云。午正始早餐。旋偕仲兰赴芝使之约，询芝使应否往拜外部，芝使以订见无期，可不往拜。饭毕导观美会厂诸物产，又烟甸人马戏，客秋曾于鸟约一览，技亦犹是，而枪法屡失，电光紊之耶？亥正返寓，接法教习斯恭塞书，以昨日走送不及为歉。美使额而特曾到芝使处留示荔华浦寓所，并属余务于十六日到荔华浦。英人匹亭顿设医馆于北京，求捐助，西人好善而力每不逮，此种捐项盖数数矣。

英有宰相向管户部，近兼外部理财，交邻极重要，然随党迁除。君主无能进退，又设兵部、刑部、工部、藩部、民部、海部、内部、邮部，印度别设一部，略如藩部而专外。此庶官咸有职司，要皆受成于各部，取决于议院。英之议院仍分上下，上议院多勋旧富人，下议院则民间公举，视城邑广狭、人民众寡而定所举之数，与美议院同，上议院则无定额，宰相可举庶官，入院爵绅无状，君主亦可黜之。建院之始君主逐日至，近则议院启闭时一至，或有重大事亦至焉而已。上议院事简，下议院事繁，国之政令皆自下议院议之，议成上于上议院，视已成事无大更驳，下议院则自朝至于日昃，甚或卜夜。然掌院秩满，君主必予以世爵。大抵英之国权仍归两党，附君主者曰保党，乐民政者曰公党，上议院多爵绅，君党之气稍王，然两党迭主朝政，七年一易。君主立其党魁以为相，于是诸部院皆宰相所举，党易则举朝皆易，与美之南北党同一机轴。

英之议院仍分上下

英之国权仍归两党

13,6,14

十四日庚子　晴。巳初李伯行来寓，导观伦敦旧城，基址已湮，只一石人柴立为志。大商贾均聚城中，设府尹以为治，英君后进城亦带钥匙以示不专之意，君民共主之政固应尔也。印度尊英后为帝，英国境内不以为帝也。旋至蜡偶院，蜡像新旧不一，日君后一像见辄能辨，另小孩睡像一区，脐上有舒敛呼吸之气，此巴黎所无。曩闻有林文忠像，志克庵日记曾为颂赞，乃遍览不可得，却有伍怡和一像，蓝玻璃顶、蓝袍外套、绣金线衣一什略如道士服，不知何所得也。前列小几有林文忠禁烟疏，中西文并刊，旁有焦秉贞《耕织图》刊本，均不堪属目。顺道至日本村，陈设皆倭屋及土艺制作，内有吾华《二十四孝图》，笔墨却陋，然殊俗亦知摹绘此图，诚可嘉也。随往博物院，为时已迫，略观大意，且行且坐。至酉正赴芝使晚餐，西人饭馆装饰美丽，梯极墙栏纯用云石，亦巴黎所无。饭罢同往观剧尽一出。与伯行下楼，清谈静憩，楼外有瀑池山石，皆人功，疲甚，观此亦足解烦。

观伦敦旧城

十五日辛丑　晴。芝使来谈，英外部文商巴拿马招工事，系藩部据法人篱石所谈，而非英廷之意，芝使已驳之，且抄寄总署，余亦将今春咨粤示禁各情相告。午正赴美使辉立士之约，返寓中饭。答拜马格里不遇，即同芝使乘马车至水晶宫，途经村落微有潇洒意。所谓水晶宫者直一大玻璃屋，四围光澈，中置花木、禽鱼、各国物产、石像、油画、黑人像，巨细靡遗，欧洲大观也。内一厂专储中国衣饰、乐器、书画，最古者诸葛铜鼓而已。有陈元章

游水晶宫展会

翎毛花卉四帧，邓涛山水斗方，竟署西人上款，岂西人亦能读画乎？厂外列街牌三对，分插两架，无异缙绅第宅之式，曰庚午科举人、曰赐进士出身、曰翰林院编修，吾华清贵之官，古今跂仰不置者，掌故流传海外，西人势利之见亦知科第足重也。别一室储光学画，为义大利火山上炎故事，逐事为图，由盛而衰，自晦而显，数千百年古迹跃现镜中，西人考古者缕述不辍。又园外为小池，一人罩铜冠着皮衣裤作入水工作状，持铜灯入水有机括消息之，铜冠有耳可以透气，而嵌玻璃可以鉴物，冠顶皮条接于岸上，可以与人问答，思亦巧矣。穷日周览未尽什一，就楼上晚餐，观烟火略如蒿呢埃伦，此间惟礼拜四燃放，往来观者几六万人。

十六日壬寅　晴。往英馆告别芝使，为言新架坡设领事一事，郭筠仙并未办竣，曾劼侯接任后始为合尖，至新金山等处则已言明不再设矣。南洋群岛近邻闽粤而西人总以中国设官为虑，曩过巴黎霭堂亦言香港设领事一事，外部首肯而藩部梗议，当日噶拉巴拟设领事，商诸外部亦未拒驳，终为藩部所挠，正与西班牙机局略同。与芝使详论一遍，旋即起行，芝使率参赞随员远送，立候火车展轮，情谊可感。酉初抵荔华浦旅寓，美使额而特相候于此，枉谈片刻，约明日十点钟在驳船相见，先将行李附轮船公司。

西人总以中国设官为虑

十七日癸卯　晴。早饭后偕仲兰、涵生、震东、差弁陈吉胜、家丁吉祥、阿觉、洋仆钗利共八人同登驳船，沿

13,6,18

岸亦有赤足妇女持贱物求售，略如吾华乞丐。途经石炮台，形势甚固，为船澳亦得地。子刚送至大船而返。此行搭客六百馀，拥挤之甚，船上高悬国旗，极尊敬。房位收拾妥定，美使暨日商泻班育来谈。一点钟展轮，晚十二点钟行二百四十迈至坤士探埠寄碇，该岛为埃利士境。美前外部咘哇，深恶华人者也，春间曾至该岛联络，埃党以为明年重举总统之助。岛岸不甚宽广，搭客间从此登舟，或乘邮船之便，各草家书附寄。余自抵伦敦，连日酬应，登舟乃得小憩，夜睡尚酣。

十八日甲辰　晴。舟中人多登岸游眺，是日西人礼拜，早晚闻吽经，前搭法公司船若无其事，教规亦微有不同。大洋舟行以教士多必有风雨，谓教士能吁祷，天必试以奇险之境以显其技，然耶？否耶？舟中人言前一礼拜有英船自鸟约回荔华浦，途中猝遇飓风，浪高五十尺，为历来航海所无，其时搭客惶恐，或于船蓬跪求上帝，或各觅太平圈，幸此风浪仅十五分钟而息，打折烟通一枝，船仍行驶如故，毋亦教士之功乎？同舟有英商威路健臣，织机为业，手创大机房三处，前月不戒于火，焚其一，丧二百馀万金，偕乃弟赴鸟约看视其子，别谋展拓，以相法衡之，该商必有重兴之日，其心地亦甚厚，不致中落也。一点钟游人回船，遂起碇，风浪平稳，船主送阅海线图，绘船行度数。 英船猝遇飓风

十九日乙巳　立秋，阴。晨起浪大，强饭不饱，登柁楼观眺。一点钟大车揭报行四百二十四迈。美使眩浪而

睡，同舟多眩者。未申之交大雨，房舱郁热，仲兰耐之，余就船面客厅少憩，几作吐，震东已不支矣，涵生观书不辍，雅健可喜。薄暮雨止，浪亦渐平，十点钟睡。

二十日丙午　阴。晨起涵生言昨晚同舟一教士心痛叫绝而死，船主准八点钟投之海中。余登船蓬，英商威路健臣方为哭送，且言船主检其衣襟得其妇手书，历述穷困无火车钱不能到码头相迎，属到鸟约即便回乡云。漠不相识甚于吴越，睹兹情境亦难泯恻隐之心矣。教士名的腾，由坤士探搭船回美，无亲属同行，船主例为水葬。是日舟行四百六十二迈。

教士猝死例为水葬

二十一日丁未　阴。风浪不大，舟中能为手谈。美使同伴有故将军者名瑞，人尚蕴藉，美使眩浪，此老每饭不阙，舟次频与往还。同舟人每日赌赛舟行迈数多奇中试，拟以四百六十一至四百六十五，是日果行四百六十二迈，误中副车，可笑也。夜雾。

登舵楼观日出

二十二日戊申　晴。与陈弁晨登舵楼观日出，不甚清朗，但见云霞如绮，倒映波光，朝气极爽。午后遥见小船十馀出没巨浸，皆渔船也。地名鸟蚡伦，英美连界，两国均以捕鱼致口舌，闻每年渔人之利极四千万金，固宜争之矣。水手为言昨晚阴雾，舟行稳慎，仅四百五十八迈，往来轮帆颇多，有来船悬灯为号，言鸟约大风，又一船射火箭为号，舟行定章云。

二十三日己酉　晴。晨起无风而浪，船极摇簸，舟人多恐，如此巨舰决无掀翻之理。有法国医生折一足以他骨

13,6,24

续之，行甚蹒跚，而喜与人亲近，问询其医理尚隔膜。当船浪高掀时，该医生缕言英属前年有兵轮大于此者沉没无踪，絮絮不辍，盖兵轮旁炮风浪打归一边偏坠而没，岂商船可同语哉？医又言能凫水，可三五迈，座客厌之，殊无谓也。船煤将尽，货物无多，不能压载，固宜动荡。是日舟行四百八十三迈。晚间威路健臣集同舟人歌唱，为美教士醵金赡其寡妇，琴歌既辍，美使当稠人广众中论说一遍，音节凄惋，客有垂涕者，余不谙西语，微会其意，赠五十金，同舟亦多解囊，合之得六百馀金。公推三人亲至的腾之家慰唁，美使预焉，义举也。而船主绝不闻问，人之欲善谁不如我，恐难律之此辈。夜雾甚重。

二十四日庚戌　晴。晨起风浪平稳，雾亦渐散。震东言昨晚一点钟至船面，四围昏黑，阴雾可骇，仰视繁星烂然，莫名其理，询之水手，谓海中有热线，船绕线外行，寒热相激而成雾，天气无预也。饭后同舟人各检行李，遥见鸟约诸山，泻班育、威路健臣并呼酒与余为别。一点钟大车报行四百八十迈，亦云迅速。两点钟二十五分至山丹曲三十八迈入口，仰视船桅仍悬国旗，过此为入鬼关，极言其险也，舟行转缓。至医局少停轮，官医登舟，视大舱搭客病则移居医药房，不令登岸。是日天色良佳，出口船甚众，舟行益稳，得以详览口门炮台形胜。经石人像后用小轮船三只拖带，两船曳缆前导，一船护于尾梢，极纡徐乃泊，乘风破浪之馀，逮乎诞登，尤当持之以慎，微特舟行然也。鸟约税关船来查验，希梁、宝森、镬任附此船来

客病不得登岸

见，均讶来船之速。将登岸，威路健臣遥见其子立候埔头，不觉垂泪，又指以示余，悲不自胜，乃弟酌酒以解之。少顷其子登舟，父子相抱而哭，旋亦破涕为笑，西人父子之情似此，未易数觏。巴夏知余船期，已先咨户部转行税关照料，与抵金山时情景顿异，美亦以此补过也。抵领事署，拜发折子，仍电署代奏，并电复北洋，尘劳暂憩，略述使程所历。饭后栉沐，安睡尚酣。自荔华浦至鸟约共三千零四十九迈，合中里一万四十七里。

与抵金山情景顿异

二十五日辛亥　晴。科士达来商美约各稿，杨约翰亦来，寒暄甚殷，缕述前在总署所商法越各事，并属函致总署北洋为之道候。杨约翰比日神理稍清，自言病愈，并言何天爵于两月前已由北京言旋，所谋无济云。本日照会巴夏自日返美之期。

二十六日壬子　晴。卯初起，率参赞从官祝皇上万寿。旋阅邸报，倪豹帅补授河南巡抚，不禁弹冠忭跃。午初科士达来，与论小吕宋设官事，检该岛官报之歧视华人显违条约者及本年该国新定领事条规，交科拟稿致谟烈。因濒行时谟烈属以抵美告日使转致一言，俾俟此事定议即可函布，余许以自行致书以达情愫，请科起草当更周妥。科劝往沙加叨架避暑，且为代觅寓楼，函托内河游船伺应。晚饭后偕从官同观西剧志庆也。

论小吕宋设官事

二十七日癸丑　晴。电复香帅以小吕宋事宜候外部复文，然后会奏改派。晡后牙医哈文来治齿，比日齿摇发白，恐非医士所能奏效耳。查岛委员禀陈查过英属澳非利

13,6,28

加洲钵打稳、雪梨、美利滨三埠，情形尚详细，即批复之。檀岛董事古金辉禀求与檀王立约，又欲请王、余两员往查，殆亦急求保护之意。檀乱近始粗定，其外部劫臣囚禁后且逐居旧金山，况他事乎？

檀乱近始粗定

二十八日甲寅　晴。行次咨札清厘印发，仲兰先返署，祝彭偕行，薄询祝彭檀岛之乱何以外部见囚？祝彭曾往该岛，消息常通，而莫能陈说，大抵事无巨细，只在留心否耳。檀岛外部劫臣本美之逃人，粗通美律，檀倚美为援，遂厚遇之。日前之乱，闻各公使请于檀王去此外部，商民亦群攻之，劫臣既罢职，便如平民，加以商民之控遂置于理，否则断无公使请囚外部之例，然非劫臣无状，檀政贪昏，亦不致是也。晚赴威商之约，同坐十二人，中多美商，酒后各为颂词，共慰主人失火重兴之事。

二十九日乙卯　晴。闽厂学生分往英、法学习水师、制造、律例诸务。寓法者周子玉已带见，多有可造之材。其寓英者始在水师学堂，续送入练船，艺益精进，而外部颇吃力。刘芝使数次婉商而就，欲再往水雷船，则外部难之，以练船原不准他国人往看。中英谊洽，既允闽厂学生就学，日本则援以为请，不能不允，设俄亦以为言，则大费周折，俄之耽耽，各国共知见者也。水雷船之不能就学，盖事势所不得不已者。芝使又言今年英后得位五十年之庆，奉旨致贺，并有国书，须亲递。又寄赠珍玩各物，内瓷器两件，途次摔坏，颇费踌躇。余劝以权将使馆所陈设者补足此数，芝使沈吟久之，余谓为期太迟，若电请续

英阻留学生学水雷船

寄，至速亦须三月，且能保舟车搬运必不再摔乎？但将碎破原物寄还总署，声明自行补足，总署既不疑使署托词更换，且省却无数周折，设余遇此等事即如是办理，似无烦筹虑也，芝使颔之。适海军派来图南兵船，为新制快船之先导，闽厂学生既可相观而善，带寄什物亦复妥便。

七月初一日丙辰　晴。西人占验以本日太阳与地球行度为月光所掩，亚细亚洲中国、俄罗斯、日本均有日光不到之处，即日蚀也。西人之说验否？姑俟诸华报。申正渡海至蒿呢埃伦，寓澳厘晏特客寓，前湖后海，宜无暑气。晚看烟火，隔河为城郭，炮台犹是去年之式，所演为俄人踞守四巴土叨布城，即黑海堧也，英、法、义、土尔其、日尔曼合攻之，马步交驰，众兵奋登，拔俄帜而树英帜，火光熊熊，沿山炮台瞬然一炬。昨夜所观杂剧则希腊国攻北布伦国都，战胜后踞其宫殿耀兵歌舞，男女衣冠迥异时装，兵车则两马骈骈，略如吾华古战车之状。此时西人竞尚火器，当之靡矣。希腊不信耶稣，当跳舞时忽有火光列字示警，俄而巴西兵至，火起于宫墙，人马杂遝，纷然四散，华丽之区，倏然灰烬，城墙复合，观者行矣。此种杂剧无甚意味，然奏技垂二千人，亦巨观也，究与烟火之戏大同小异，伦敦水晶宫似尚逊之。

观杂剧

初二日丁巳　阴。早饭后间行海堧，三五帆船往来容与，帆布上书店铺住址、所售什物以备游客访购，西人谋利无微不至。接巴夏照复回驻美国日期。山丹颠那英领事老麦治乞留伊子在日署至明年西六月，否则大累，或希九

13,7,3

欲辞退麦治，故伊父电求欤？麦治小有才而傲辟殊甚。午后雨殷殷，有雷声，晡晴观浴，西人以浴海水为去病，非以去垢，浸灌海堧假海气以为养，潮来则欢呼叫跳，间有溺毙者，西俗不以为怪。晚饭后凭栏小坐，忽腹痛作泻，饮佛兰地酒而痛不止，冰牛乳、西瓜之害也，荷囊有高丽姜，嚼之渐愈，睡醒仍泻一遍。

西人浴海水去病

初三日戊午　晴。天气良佳，腹痛亦止。申正回鸟约，洋弁驾车来迎，陆程稍远，海程尚速，特于腹泻委顿，非宜渡海。后车行僻静街道，御者不慎，马膝碰伤一女孩，年约两岁，老妇急抱持，孩尚能哭，观者如堵。洋弁引与报验，官医以为微伤不致命，又有一街坊作证，谓车行时此女孩欲绕过车头，御者当畅行之际，势难按勒，且系马车应行之路，尚非其罪云。晚间美绅湾克来，言鸟约类此者日凡数十起，绝不奇罕。

初四日己未　晴。未正大雨。申初至牙医哈文寓楼，冒雨霑濡。归途顺至莲芳公司，此华商之极体面者，专售西人货物，不兼设华人赌局，铺面俨然西商，华人来美若得类此者数十家，差免彼族之易视矣。其管事黎姓，西樵人，与谈中美生意，尚能指说利病。

赏荷花观蜡偶

初五日庚申　晴。昨闻仙打园竟有荷花，特往观赏。石磴临湖，中为石池，上设喷水之物，池上荷花五丛，十八学士种也，经年重见此花，清凉可爱。湖上小船行游，万绿之下甚自得，惜日色已晚，不及泛桨。途经蜡偶院，薄游一遍，虽有音乐娱人，究逊英、法，其医院蜡像尤可骇诧。

初六日辛酉　早晴，饭后大雨。午初冒雨登车渡海，附火车，途间微热，尚无秋意，戌初抵华盛顿。沪局递回折片，闰四月二十日钦奉朱批，钦遵转行。又得署咨奏定派员游历章程议复，御史陈琇莹请设算学科及游历之员应得京察升转并制器汲井各事，又奏定英、法、俄、德兼使一折，此皆总署近政也。总办成端甫函寄代缴芜关赔款，掣回内府实收。又述近与日本修约，添叙球案作为未结。又抄寄考取游历员单共二十名。西行数月，美署一切如常，进斋之力也。

抵华盛顿

初七日壬戌　晴。气候稍凉，似有秋意。参赞各员置酒洗尘，欢饮而散。

初八日癸亥　晴。饭后晤巴夏长谈，皆别后各事及欧洲近日情形。巴夏言日国不振，余言日虽贫弱而银票无伪，巴夏诧为难能。因将美国所用银票见示，请往制票局一观，又为书与该局总办。巴夏又言下礼拜有医生会，各洲来者约四千馀人，总统亲往开会，请同赴，又费城西九月十六号会期，总统亦往开会，均请同赴，余诺之。巴夏言西医究逊中医之技，中医能包治诸病，西医无此胆识。余告以今年暂不赴秘，有事可以随时商办，所送照会请酌订。巴夏唯唯，又言各使均避暑他出，只英使在此。

西医究逊中医之技

初九日甲子　阴，微雨。日报言俄王被刺幸免，何俄俗之悍耶？复希九书，告以南洋群岛设官棘手情形，宜相机催办，现与谟烈一书，阅后粘封送去。

俄王被刺幸免

13,7,10

初十日乙丑　晴。蓬云电禀洛款扫数发完，因查案，昨始回署。洛款散竣，少却一段葛藤，俟册结到齐当奏咨也。晡时访日使不遇。访柏立，病未能兴，其妇为之请假。又至坚弥地宅，慰其家属。方余西发，坚弥地曾于署中合众西官举酒为颂，迄余返美，此老已物化，且被刺于冲衢，昔人所谓直如弦死道边者欤？此老极肮脏，与华人交最洽，曩者美党仇视华人，此老屡为不平之鸣，其他事之不附和可想见矣。然闻问官研讯凶手，乃无甚仇隙，但言伊父曾卖地一区，坚弥地经手，至今举家穷馁，故尔怨恨，观者多以为狂，究不知此凶是何意见。或曰坚弥地每日从写字楼归，必与律政司同行，是日适独行投函邮匭，旋即被刺，或误伤云。

十一日丙寅　晴。英使来谈甚久，皆别后近事，其言巴夏耳聋又讳言聋，则大可笑也。又言近有人建议从鸟约至荔华浦以大铁筒透入水中，如水雷之式，置人于筒如炮弹，留孔出气，燃药轰送，一点半钟可达荔华浦，诚奇制也。又请余订期接见印度王子，余诺之。美日报言中国新制兵船五艘，连樯内渡，恐有事于倭，未免妄测高深矣。

十二日丁卯　晴。午初偕参赞往看制造银纸处。先观錾画钢板房，各錾一种，不相浑，每板四连一式，又有圆模用机器压于钢板上，圆模制炼则以象牙片烧灰能制钢使软熟，置钢模于象牙灰裹漫火燃之，西人格物之精也。又一机嵌钻石针，初画于玻璃，续画于钢板，一人以手运机，画出花纹繁而不乱。其制板之意总在各执一艺，不相 看制造银纸处蒙杂，不出一人之手，以杜假冒，造纸亦然。纸成初印，即使之微显而软，印成微烘，又裁去两边馀纸，而加印号数，皆以人力运机器，齐整之甚。纸有两面花纹，极工致，最可嘉者，印号之机随印随换，自行转运，无待人力。主者谓每日每人印若干号，则先将号数字码安置机上，同力者接续印去，不陵杂亦不能偷惰，法良善也。纸式花纹自一元以至千万元，分别制成，统送户部加一小红印，钢板为之，户部加印亦用机器，取其捷也。其刷纸之法略如刷书，更有新机一副刷绿花纸，随刷随净，不另抹拭，主者以为省工。又导观制墨处，云用葡萄皮制成，是葡萄一物既能制酒又能为墨，功用不少矣。其红绿诸色则购自市肆，薄加制炼而已。阖厂用二百匹马力机器一副，气管支分，升梯上下，并资之也。综其命意，总防作伪，凡一板一纸均经数手分隶数处，层层钤束，立法甚周。余欲博考西制以告大农，乃倭人用心尤切，果遣人赴厂学制铜板。春间九鬼坐中曾晤此人，自言来学此艺，顷遇之则与诸美工埋头工作，宛然成章，可畏也。

刷纸之法略如刷书

香帅电催吕事，又言查岛委员已返，即电复之。比以欧洲归来颇形疲惫，请西医审听，云气血脉络强于旧年，恐未必然耳。晡时印度王子初利阿和来晤，金线缠头，衣裤亦绣金花，外披织金裳极精致。与询印度烟土出产，颇有惭色，乃云进口，运销中国之物亦有棉花，殆自文其恶也。饮以茶，甚乐，能为英语，英使前日曾与先容矣。外部照复中国税关征收洋药事，已知会田使转行各口领事官

印度王子来晤

13,7,13

照旧办理，不侵税关之权。

十三日戊辰　晴。致洪文卿书，暌别五年，忽闻远使，不觉言之冗长。饭后答拜印度王子不遇，访德使一谈。返寓得许竹筼书，言经远、来远二舰于六月廿二日订收，换旗试验速率，中国来员琅威礼，合肥相国饬于回船装配诸物准其酌改，遂改至数十事，估费计时，殊形拮据，月杪自德赴英拟乘往一观英制云。前日新闻纸言中国五兵轮连樯内渡，或当指此。英使以印度王子之来，约会巴夏，在坐余与德使、丹使及俄、德、倭参赞数人。印度王子自言乐英国之政，以其简易，若如西班牙，从前属国非不多，而卒不保，皆政之不善耳。然英之并印度亦乘印度之乱而得，尚非力绌附之云。印度王子乐英国之政

十四日己巳　晴。希梁书，言新蕾案若不照蓬云调停办法，仍恐有首尾。华人性情得陇望蜀，过河拆桥，领事操纵殊不易。

十五日庚午　晴。科士达避暑初归，叩以新蕾案西十月复讯后赵、刘诸人能尽释否？科云或不，待复讯而释，九月底当再到新蕾料理。

十六日辛未　早雨，午晴，寒暑表八十五度。余从荔华浦归后四日，有美公司船自鸟约赴英，船中满载棉花，气逼自热，遽兆燔如，诸客纷驾舢板逃命，船主与之俱，均遇他船拯救，其先发一舢板不知所之，顷阅日报，此舢板亦已遇救，幸矣。晡时答拜科士达，途经墨西哥使馆，已将落成。

十七日壬申　晴。金山电，言井底矿工雇定二名，月给三十五元，川资百元，八月五日随洋矿师赴华。平度矿务得良工宣力，当更有效，寓美华工能各回中土以谋佣食，强于旅寄罹虐矣。又寄到黑龙江漠河拟开金矿全案，地理形势甚清晰，笔致亦佳。

漠河拟开金矿

十八日癸酉　晴。美都近为医生会，来者四千馀人，曾恳余接见，当婉谢之。随员姚祝彭乃承会中赠以银牌，居然把臂入林。

十九日甲戌　晴，热甚。沪局包封，总署答复檀岛主书，系庆邸单衔，援光绪七年该岛主赴华游历总署答书之案，当译送阿楠。总署又嘉办结洛案及拟订条约诸事，应并前函汇复之。小吕宋华商陈谦善等禀，乞照会日外部速停封禁华人药铺之令。华人之必须华医，犹西人之必须西医，岂可强同？此皆不设领事不便之明证，即电希九促谟烈定议。

华人药铺遭封禁

二十日乙亥　晴。山东寄到通伸冈炮台销案，又了一重官累矣。此台创建于光绪二年丙子，告竣于光绪四年戊寅，共费八万金，公款不足，丁文诚垫万五千金，余垫八千金。此台略仿西法，工竣恰十年，坚固矻立，曾拨练军驻守。论者犹谓形势非善，不知当日原奏尚有垛山八蜡庙前敌两台，以无经费无从举办。又台成无炮，亦不能为东海屏藩，可惜也。

二十一日丙子　白露，晴。许竹筼书言李傅相近保使才四人，洪文卿、李仲约、崔惠人、李勉林，文卿奉使

13,7,22

德、俄，中外荐员多至三百，勉林奉使日本，以病辞。

二十二日丁丑　晴。科士达来，约廿六日晚餐。

二十三日戊寅　早雨，午晴。希九电言小吕宋限禁华人医药已准，外部电告吕督阻止。即批复华商。

二十四日己卯　雨。沪局寄到《湘军志》，文笔苍秀，百忙中夹叙极闲冷事，尤得龙门法，近日军志之最也。不著撰人姓名，曩在皖中似曾阅过。

二十五日庚辰　雨。希九来书，请加琴斋薪水，酌允之。美都考古家收藏法文旧日报，方广不四寸，而叙事至百数十段，时阅百十年，宝如星凤，顷乃举以相赠。余不谙泰西文字，殊负其意。

二十六日辛巳　阴。午初总署密电朝鲜遣使事，即电复届时照办。秘鲁各部又将更换，查寮之役将竣，北省各寮已查过两城，尚无虐视华人之事。

二十七日壬午　雾，雨。巳初赴费城百年会，各省官绅、水陆军兵咸集，美总统率各部院往，客寓无寄榻处，黄腾派克约至伊父别墅，乡落避暑之地也。黄老候于途，年六十六岁，精采健壮，善气迎人。火车直抵村外，换坐马车至其庐，老树四围，幽静可喜。弥望山园，黄氏乔梓之产，居此已三十五年，花木皆手植，其母年九十犹健在。今晚黄老约亲友为大餐，客主十七人，席散登楼，与进斋少谈辄睡。西人饮水每从数十里外以机器引入城市，讲求水质，故不惮烦役，此园乃饮井水，味极甘美，惜不解唱柳七词耳。 赴费城百年会

二十八日癸未　晴。辰初起，林木挹爽，颇有山居之趣。黄腾派克导观百年大会，乘马车行经修薄华屋，皆西人避暑别业，仿佛鸟波而华丽逊之。至费城界口有小屋收过路费，略如卡房，过此以往沿途多铺碎石，将以碾成平路也。途次见气球一枚，搁于旷地，却无试演之期。历通衢至鷩露湖客寓，看台用木支架，傍大树而无阴，热蒸，甚不适。未初闻鼓乐声，则各种工艺济用之物蝉联而过。间有兵队作华盛顿骑马督兵状，又天仙指以自主之状。其屋宇器用自创国时至今殊式异制，均用车轮牵曳，供人寻味。又为烟甸野人粗恶无知，教以诵书工作，渐变旧俗之状。又作可仑比亚初泛小舟，寻得阿墨利加洲之状。班驳陆离，仍有次第编为小册。竟日危坐殊惫，格总统之冢妇在坐，往与一周旋即返，其时会未竟也。扮演诸式只经大街，计中里四十里，观者如堵，百年一遇，殆未易数观耳。回寓少憩，至七点半钟赴黄腾派克晚餐，杨约翰同坐，多言都中旧事，十一点钟散。

花车游行

二十九日甲申　晴。辰正小食，入城观兵。美总统已至，仍登昨日寓楼，与总统相对，巴夏旁坐，各使惟九鬼及南墨洲数人。领兵前行为美大将军佘利钝，人极肥矮，以貌取人则不类矣。官民兵合二万五千馀。申初总统回寓，巴夏随行。马队导拥总统入门后，观者仍不散，跂候总统夫人，至乃掷帽欢呼示敬，声如雷动。费城民兵八千人，亦殊繁庶。申正答拜杨约翰，仍谈都门旧事，痰气又发，颠倒错乱之甚。酉正仍返客寓，途次风寒感冒，假榻

观阅兵式

13,8,1

少憩。戌初晚餐，黄氏为主人，是日水陆军有公会，已辞之矣。其总兵官请黄父子介绍，仍乞一顾。又新闻馆主笔人为食于楼之二层，请总统并邀余作客，近日多食则胃气疼，婉谢之。及总统将来，其主席又重恳赴会，不得已一往，告以不饮不食，略坐而已。至则满座拍掌，少顷总统至，亦如之。总统立讲一遍，大意谓新闻主笔诸君并于此时会食，殆无暇骂人矣，闻者绝倒。徐言今晚应到之地甚多，然本心所愿，欲在此席长坐，闻者亦拍掌。奉以卮酒，总统举爵曰："我甚不愿行，无如会首不准我人情，现只有十二分钟工夫耳。"随说随笑而去，群欢送之。在坐约二百馀人。旋赴水陆军公会，晤余利钝后，诸军兵导至总统会所，拥挤不能前，几与哙等伍矣。久立，风大，越过军官之前登台纵目，则总统偕其夫人已立候见客，趋与握手，遂及巴夏并美都诸旧识。会中巡捕导登小楼，九鬼前行，回眄目语而无由近接，绕至前台少坐。亥正归，途经长林，气候甚寒，远望天脚白光，黄老谓城中电光所映。乡居距城四十里，马车极速，亦一点一刻乃到。

赴水陆军公会

八月初一日乙酉　晴。申正赴费城会之招，总统、外部陆续至，彼此点头，相与隔案座。会者约六百人，杯盘丰腆，伺应不乱。九鬼两日数见，皆不及寒暄，意此可畅谈，乃九鬼入座辄有不愉之色，或曰余从官四五而倭仅一人，又会中人多就余为礼，相形之下故不乐。酒半会首立讲一遍，总统次之，总按察司、议院宣讲官以次逮讲，多述创国艰难，宜南北同心之意。又南党李将军之裔亦立讲

述创国艰难倡南北同心

一遍，似已浑南北而一之也，气象颇佳。前总统希士坐于今总统之次，漠然寡欢，故将军之不可为如此。亥正总统起立，余亦辞出。

初二日丙戌　晴。西人礼拜，黄老竟日在家。早饭后相与步行，至其子室庐，值他出，廊外徘徊，高树扶疏，少憩辄行。又偕访其女，路稍远，遂乘马车，仍驰骋于树木佳处，园亭较幽。从林杪遥望，犹见黄老楼檐，合子女同作园居，鸡犬桑麻，怡然自得，富人娱老之境无过是也。属震东购备赴鸟约车票，又告杨约翰明日勿来。

初三日丁亥　阴。辰初起，微雨。小吃后先发行李，与黄老同乘马车入费城，甫入火车房，接津电两纸，车中不及译。未初至鸟约领事署，译就即电复。

初四日戊子　晴。连得金山领事七月十七、二十一、二十三各函，请奖励经手发洛款之李荣邦。又言罗生忌利

华人屋被焚

埠华人屋被焚，因不肯让街车路，致付一炬，现与该城知府约订保护，择地另建，已相安无事。午后沪局包封日署折批两件，钦遵恭录咨行。粤中拐匪周三湝一案，香帅接到咨会，即悬赏千金，期于必获。

初五日己丑　晴。粤中公函劝捐白沙先生钓台工费，属金山领事酌办。白沙钓台十馀年未蒇役，不知集款几何，工程几何也。日署寄到北洋手书，嘉撤退福苟事，又总署咨复小吕宋设官已抄奏，咨会粤督妥筹。

查吕督虐待华人实据

初六日庚寅　阴。晨起复蔡毅约书，属查吕督虐待华人实据，并转告商董陈谦善，遇有要事，径电日署，若函

13,8,7

牍长言则寄美署。又荐陈敬如于香帅，备法文之助。

初七日辛卯　秋分，阴。晚趁火车往观大瀑，希梁、震东偕行，车甚稳适，能安睡。

初八日壬辰　晴。午初抵耐格忌腻岛，住吉地利嘉客寓，热，客渐散。寓楼潇洒，楼外寒流浅濑，林木映带。饭后乘车绕行园囿，至瀑流屈曲入湖处，湍急如黄河盛涨之状，高岸陡崖，嵚崎旁魄。崖旁结木亭，备游人憩息。亭侧有屋数椽，售瀑湖所产各种小石，雕镂为首饰之物，间能适用者。略购数种以志兹游，其值甚昂，云以津贴善堂诸费。晚餐有英人，忘其名矣，云在华盛顿曾相见，越席寒暄殊周到。岛绅波打来访不值，投刺去。

初九日癸巳　晴。晨起麦饭既饱，乘车度楼外平桥，至瀑布悬流处，缘崖陡下，瀑花飞溅，衣袂潜湿。崖垠铁栏屈曲，中护小桥，斜透黝洞，崎岖不易行，游人少往者。瀑下有小轮船一艘渡客，容与瀑流极平处，游驶不能远，机轮智巧至是而窘矣。回车绕行三岛，各跨一桥，名擅佳胜。中岛桥在鸣瀑之腰膂，崇林掩映，渐有红叶，坐桥柱少憩，胸臆皆凉，徘徊不忍去。三岛皆在水中，饶有林木而无居人气，脉亦若联属，俗云夫离昔士特，译言姊妹三也。西人好奇又最畏热，盍于岛中结台榭为迎凉计也。　游尼亚加拉瀑布

返寓中饭，复乘车度飞桥至英属如拿他岛。桥去水二百六十尺，东西距三千二百尺，两岸加铁柱如闸，又集铁线组作绳索以相牵缀，桥之两旁亦用铁线遥系，云可经

久。数年前有意大利女童米尼阿士卑路的拿来此演技，从桥旁铁线踏步过，初仍眄睐徐行，续乃以帛缠目，去来任意，观者喧欢掷钱，不数日囊橐甚丰。其兄与之偕来，乃卷逃而遁，女童号啼凄怆，土人悯之，有善歌者为唱曲，醵数百金资以回国，西人兄妹之亲为此狗盗之行，谁谓不如我同父哉？桥窄仅容一车，彼此往来各于桥头相候。过桥迤逦至一板屋，亦售卖湖石映画诸物。缘梯数级至水机房，下视陡绝，计二百九十尺，上盖木圆篷，不见天日，旁穴小窗透光，以水运机引胡床上下，极险事也。溜至平坦处，接以木阁，低枕水面，环以疏栏。约里许，峭壁千仞，草树蒙茸，瀑流至此乃极湍悍。隔岸水阁参差，陡崖外有木屋，方直插天，此升梯也。盈盈相望，喧腾猛迅，甚非一苇可航。崖侧英人映相馆持映片相示，谓前此有英人善泅者于此赌赛，渡甫半为瀑水喷激，触石而陨。又一英人纳身木桶，随流滚渡，幸不灭顶。各为映照成图，薄志奇趣，游人远客亦愿留图以备掌故。余遂与希梁、震东同照一帧，风景良不恶，他日使旋可以赠朋旧之谈雅游者矣。印度王子亦留一映相，危鬓金冠，缨络被体，犹是华城初见之状，其菩萨蛮之谓乎？

英人坐木桶漂游

游览逾时，回车至耐格忌腻科，译言兹岛瀑布也，为瀑布正面，直垂九十丈，横曲略如之，水气积为烟云，白光澈天际，视美属之侧听旁睨者别饶意味。旁有小博物院，停车少憩，飞走之属无几，却有特异之兽，喙尖利如箭，目长小如豆，尾大如帚，身亦肥硕，毛色略如玄狐，

13,8,10

出南墨阿利加洲，性嗜食蚁，庞然大物，仅与槐国作难，可笑也。有鳅鱼骨一具，极大，见所未见，其他斑马、人熊殊无足异。案上古钱一匣，内储乾隆钱两枚，却非私铸。有椭式方孔钱两枚，一镌“天保通宝”，楷书直行，一镌“当百”，下一花押，不能辨认。东偏小室蜡偶数具，极劣，壁悬吾华通纸人物，亦俗不可耐。院外题壁行书数行，倭人手笔，略法米南宫，殊域数万里，不易观此同文之迹。日色已晡，仆夫返驾，途经光学画室，乘兴纵目，为格总统战绩，然工艺远逊金山、鸟约诸作也。瀑布属英、美两境，从前游客每历一胜，土人收银钱不一。美廷以为名胜之地宜蠲此烦琐，遂由鸟约诸绅富集赀百馀万，以俾土人不令收游费，英属则否，过桥之费一金，此犹英美共征也。偶从博物院购画数幅，回至美界税卡，索税钱，翻译探囊予之，徐告以余所购，关吏局蹐不敢取，且揶帽谢过，此亦美政之佳者。 食蚁兽 瀑布属英美两境

初十日甲午　晴。中饭后答拜波打，久谈，其弟又自出映片相示，皆瀑布风景，与列肆所售较别。波打四世居此，产业极富，瀑流之地皆其故物，近乃得价而属之鸟约公产矣。其妇子并贤慧，颇有东道之谊。申初复度平桥，畅观三岛，第二桥固所深爱。第三桥尽处折而东则瀑之支流，木磴层折而下，宜可濯足。密林石上微露人影，临流偶坐，若有所思。遂缘磴而西，瀑流横侈而迅，飞花猛卷如泻，积雪寒光，上薄凝为白烟。岸堧危石可供坐憩，时遇游人，亦有携镜具就地映照者。环球瀑布此为巨擘云。 畅观三岛

上流为苏比尼河湖、墨锡近湖、枭邻湖、依尼湖，合四湖之水入耐格忌腻河潴为大瀑，流入因梯尼奥湖，出桑罗棱索河，行七百迈，越英属入大西洋海。此英美接界之地，二百年前本属法，犹有炮台故址，沧桑陵谷，海外亦时有之。晚餐毕，徐步至波打处，茶话听琴歌，子初散，波打令伊子伴送回寓。

十一日乙未　阴。日署新延一洋员，价与麦治埒，不识工艺、脾气何如也。得英馆书，许竹筼到英伦，恰后余半月。

许竹筼到英伦

十二日丙申　晴。复津电，震东亲往电报房，照码给价。适闻南省火车失险，客伤甚多，本埠医生悉数调往医治。续阅新闻纸，言铁路日久霉烂，车行颠踬，共损十五车，伤三十人。火车本极捷速，而时有失事，或急程太过，或车头套搭不稳，若夫铁轨年久失修，此尤火车公司之咎也。津沽近筑火车路，其亦考求明晰否？意外之险固亦数见，然偶触其险，遂屏而不御，亦犹因噎废食耳。十年前福星轮船失事，论者遂诋轮船不宜乘坐，几欲废罢招商局，适丁雨生在都，力言于政府，商局遂定。偶有所触，连类书之。岛绅格笠来晤，极道倾慕之意，年垂七十，好学不辍，欲得中国史事之译为西文者以拓胸臆，又言认识蒲安臣，故于华事尤殷殷。

南省火车失险

十三日丁酉　晴。午后赴格笠之约，即比邻客寓也。后有花圃水机，喷溅极高远，楼上房榻并华饰，有便门可达戏园，格笠之婿家巨富。酒后导游一遍，返寓已晡，天

13,8,14

阴微雨，危坐栏槛，观瀑流清激，颇有潇然之致。灯后波打来约明晚过谈，此间人情良厚。

十四日戊戌　阴。格笠约乘小火船观瀑，天色欲雨，不果，仅观其面粉、造纸、筚酒三公司。纯用水力运机，其磨麦碾粉由粗入细，即装箱、装袋亦以机器倒灌，引满则机自停，不假权量，铢两不爽，以奇器代人工，西俗生齿不繁之地宜也。日出面二千七百箱，每箱值四元，生意不小矣。其造纸机器即沪上纸局所仿效者，惟此则以木屑作纸，陶太尉已触机先，似不徒用以宾筵席地也。筚酒制法用花合米为之，花青色微黄，略如夜兰香，瓣十数，种尖小略如绯桃，味香美，米微黄色，较麦长大，西人专以酿筚酒，然则曩闻洋酒不假米面，殆耳食欤？数年前入夏则不能制，近得新机，以水气相薄，虽炎天不辍工也。主者即以此酒相饷，为尽半瓯。

以木屑作纸

归途经小火船码头，天日已霁，格笠请乘兴一览，仍乘溜床上下，其梯路较英界为险。下至平坡，所绕石磴即可仰观飞瀑，似无须乘船，右则奇树枕崖，古秀可画。下有小船，仅容只桨，有黑人纵身入船，荡游波心，水势涌急处无殊沧海芥航。返寓中饭，格笠复来约乘车至乡落，约二十三里，观瀑流入湖处。两山如峡，水口湾环，瀑势至是不悍，峭壁无岸，密树初赭，间有楼台。日晡返辔，经西人斗马场，规模宏于美都，此岛信非瘠乡矣。

十五日己亥　晴。中秋节，鸟署各员上衔版，进斋函寄文稿七件，即核定寄还。今日风日清妍，度飞桥至英属

回观瀑流别有风景

高阜，回观瀑流，别有风景。沿秋林曲折，有新桥双峙波际，桥岸密树如锦，羊肠一径，架木阁以便往来。阁外劈松枝作阑，略如亚字，古朴可爱。凭阁一望，岛树幽翳，虬松翠柏之巅时有红叶缠绕，霜气初薄，苍赭相间，绝好溪山图画。回镳迤逦，每于树罅见瀑光，秋阳所照又激为红影，岩下白烟仍湿也。至前日映相处，仍乘溜梯，将晡矣。瀑浪怒卷，浩如江海，两岸最陡窄无阴晴一致也。索前照相未竟，爰独照一帧。震东疑有风雨，遂从火车桥道归，气候忽凉，黄叶萧萧，秋意深矣。灯后果雨，子初雨益大，就枕辄睡，犹闻檐溜声，枚氏广陵之乐，庚公南楼之兴，故难兼也。

重览三岛之胜

十六日庚子　晴。饭后重览三岛之胜，游人甚盛，多摘红叶缀衣袂，或扑蝴蝶映衬。本岛税司吉拿来谒，自言与总统有旧，坚请明日往游英界石室，风景绝佳云。今日火车无卧房，明晚乃发，遂诺之。晚乘月至波打处话别。

十七日辛丑　晴。大风雨雹，税司石室之约不果往。拥炉兀坐，阅谢偶樵《白香词谱笺》，终卷只周清真笺下“汴都赋”误“沛都”，朱竹垞笺下“按”字误“授”字，馀无讹。谭仲修校对之功也，乃归美于余，益惭感矣。晚饭后登车行，一点钟至波葫芦埠，换睡车，尚安适，搭客几满。天寒甚，竟御大裘。

十八日壬寅　晴。火车沿河行，晨望河渍秋树，风景甚清。沿岸多石山，间浮于水面，石文如小斧劈，或如云林皴。后车兼卖伙食，抵乌约方午初。

13,8,19

十九日癸卯 晴。秘鲁领事禀复乙酉寓秘华人捐济粤东水灾数目共六千馀金，应咨粤核奖，以彰善举。芜关税司许妥玛，旧识也，顷乞假携眷回英，过美相访。谈芜关近事，岁收洋税至二十馀万金，又言曩值梁任时因公往见，梁小若不知为何许人，呼左右询姓名，异矣。随答拜之，偕游仙打园，就园中酒肆与饮，复约之观剧，子初各散。前年秋许税司函贺余出使并订会于美，果不爽约，当芜关聚话时诚不悟有今日之聚，人生离合，若或使之。许税司携妻女，因雇一仆妇，香山人，年逾五十，往还东西洋已十三次，绝不晕浪。自英入美界，税关索人税五十金，许税司甚怏怏。 偕游仙打园

二十日甲辰 晴。近患心悸，类于怔忡，昨晚忽睡忽醒，至六点钟惊怖急起，此皆心血耗损所致。电约姚祝彭来鸟一谈，姚非三折肱者，聊备讨论而已。 近患心悸

二十一日乙巳 晴。请西医诊视，谓忧思太过，宜培养心血，安睡为第一要着，予药水令四点钟吸一匙，味如藕汁，夜睡略酣，仍不免惊怖，又予药水饭前食，谓可开胃，味殊苦涩，效否亦难言也。灯后西医间步相过，见余咳嗽渐发，又为开一药方，此医殊不苟简。许税司来辞行，病不能见，赠花为别。

二十二日丙午 寒露，晴。科律师来，言新蕾命案如证人无新样供词可望平反，惟龚氏之党方敛钱以博一胜，此案能否解释仍未定，当属领事转谕赵凤培等。

二十三日丁未 晴。饭后至仙打园，遇俄参赞于湖

堧，略叙契阔度桥少憩。仆夫导观华盛顿屯兵之庐，殆一石屋，高广约三丈，门尚扃，房外有旗杆，彼都有喜庆仍升旗，志不忘本也。日色渐晡，返寓微雨。

二十四日戊申　晴。科士达来，商小吕宋事如何办法，设官与禁滥征合办抑分办？余谓分作两文，二者必得一于此，科大笑，遂将日署洋文各稿并付之。科即日返华城矣。

二十五日己酉　雨。北洋咨会电局，官报应给半费，奉旨准行官报索费，电局惯技。余初奉使行抵沪上，电南北洋各事，电局既索印花，并索电费，续告盛杏荪乃将滥索之费缴还，而委为司报学生之误。此时外洋发电，一切电费皆外洋电局包送，无所谓半费也。乃欲于出使经费项下扣支，未免太过。

发电报费用

二十六日庚戌　晴。顷查鸟约电伦敦，每字一角四仙；伦敦电上海，每字一元七角四仙；电广东，每字一元八角四仙；由上海转电津京等处，每字二元一角四仙。是此间所发北洋、总署、粤督署各电均经外洋电局包费，中国电局不应再索半费也。今年英美赛船美又胜，窃谓鸟约水道美船较熟，论者谓美船于数十年前赴英赌赛而胜，英乃移船就美，非尽关水道。

二十七日辛亥　晴。檀岛商董古金辉禀言，檀外部新易与订华人出口护照，初无棘手，近乃欲效美例照相留识。又八月初五日有轮船由港抵檀，载华客三百馀，闭置病房六日，几烦唇舌乃得登岸，乞设法以便往来。又香山

13,8,28

石连桥村人古玉芳、新安大望村人张文廷，向以私会蛊惑华人，抗违会馆条规，乞查办，而于唐举为檀岛主骗诈七万金之事不提及，或已结耶？华人私会之盛无过檀岛，去年有西人得其会盟秘要，译刊西语见寄，其愚妄可愤，亦可哂也。夏间已饬金山领事查办矣。午后杨约翰来，约九月初一日晚饭，坚辞不可，久谈而去。天日暄美，访格总统家，晤其子妇，知格夫人尚健，乃郎将为鸟约巡抚云。博物院新豢一猴，极驯，能以刀叉自食，教猱升木固自不难。

二十八日壬子　晴。前秘使爱立谟晤易希梁，谓接到总理衙门咨，新简英法、德俄两使，又询余何日赴秘，愿与同行。爱立谟驻华之差已撤，因秘库空虚并驻美亦停，爱立谟既自违于总署矣，此时犹接总署公文，甚以为荣。曩在巴黎得拿破仑冠饰绿钻石两枚，持往铁佛呢估价，倍于原索之数。并示以华产碧犀，西人诧为奇宝，用极细显微镜审视，谓英博物院有一枚，俄王冠饰一枚，此外不多见云。亦观其所售珠宝猫睛一物，索价不亚于钻石，有茶色类钻石而无闪光者，中国亦罕；又浅绿色如水晶者，彼国别有名而谓非水晶，微有蔗纹，水中之产云。黑珠两颗，价昂甚，非中土所尚也。楼上瓷器、瓷碟一套十二枚，索价千八百金，及千金者不可胜计，西人食器之奢如此。上古中国鼎彝一物，动费千百，此岂西人所能梦见哉？

西人视碧犀为奇宝

二十九日癸丑　晴。鸟约古董店有瓷画人物数幅，铜质加绘，以瓷粉抹之，使光泽可鉴，云来自巴黎，似矣，然不平坦，亦非瓷质拼就者，每幅索价百金。续往他店，得一旧帧，纯以石质凑成，而边际镶碎石，即摩西掖也。图为狮子得鹿，大漠荒凉，有野花一丛，并生活可喜，质殊厚重，特忒旧耳。横直约六寸，索价八十金。楼上储吾华瓷器数种，绝非佳品。有蓝花瓷坛一枚，仅值千百钱者，索价四十五金。有雕花玉版两片，系三镶如意不全之物，奉为奇宝，不便询其值矣。其西产雕瓷茶瓯颇工细，拟购二枚，索值各二十金，另一枚索五十金，异地购物，价值不侔如此。

观水法英剧

晚观水法英剧，情文并美，后场映画纯作水村景色，已无俗气。台上注水，赛三板船，又有小轮舶游驶其间，水藻凫鹭之属出没浮沉，无异海汊岛屿。曩在巴黎观切貌子戏，为神仙幻境，密树上垂缨络，有妖姝趺坐，下为游船斗捷，不若此剧轮舶之奇。至其剧本则英人名那顿占士，早鳏，有小女年十四，名妞妮，极钟爱，有养女曰米锥士，稍长而心外视之。念年老多病，尽以资产俾少女，而遗属乃弟糟匿士照管，视如手足，谆诫少女事之如父，二十一岁乃准分居。当日遗属则律师铄文为之，铄文则米锥士之师也，产业标注清晰，糟匿士只能代管不能盘踞。糟匿士之子曰士玷焚，极无赖，及占士病居别业，弱女相依，遗书票据并储于匣，以钥付女，属以听糟匿士主持，女唯唯。各就枕歇息，女萦系父病不能成眠，旋从房内出视，俄闻楼梯步响，疑贼，潜伏帐后侦之，见一中年妇持

13,8,29

烛蚁步至书匣处，展匣急搜得遗书而大乐，亟检欲遁，女随手夺回，肘父起视。则此妇为法兰西人，糟匿士荐以伴教少女者也，占士信之甚笃，方怼女不受此妇管束，至是乃悟，逐之。病益剧，绵惙之，顷邻人士谙来，言铄文被刺死，遗刀枕旁装点为自缢状，占士闻而气绝。糟匿士偕其亲串并来，米锥士哭昏于案，醒而大讶，以铄文为糟匿士所害，直讦之，糟惭缩。米锥士毅以报仇雪恨为己任，殊有侠气。时越五年，妞妮属遵治命，与糟同居，米锥士来访，密订书函往来暗记，谆语而去。糟匿士之子士玷焚妄欲娶女为室，当占士未死时曾托法兰西妇诱至其居，妞妮不肯入，士玷焚强牵之，苦不得脱，适勇士卜碌行经其地，挈女归。占士既死，士玷焚又百计诳诱，女詈之，正缠纠时糟匿士遽来，得免污。邻人士谙曾睹占士遗书者，间至其园亭，林木多伐，责糟匿士无义，互詈不辍。俄而有赛船之会，士玷焚纠合亡命，意在得采，而惟卜碌是忌，欲于会前闭置之。米锥士伪为阅新闻也者，默坐酒肆，潜得其谋，士谙适来，即令伪作卜碌鼾睡于内，诸亡命以被蒙之拥入别室，士玷焚窃谓得计矣，不知卜碌乃自门外入，众惊愕，即将所闭置者纵之，殆士谙也。先是，米锥士矢志报仇，频年密访，踪迹不可得，忽一日士玷焚与卜碌搏斗于途，遗袖口金扣，米锥士间行得之，识为被戕律师铄文之故物，恍然此案之得白矣。当赛船时举以诘士玷焚，几为所攘夺，方喧嚷时，卜碌右臂为诸亡命所伤，不克自驾船，转请一美国人代斗而胜，士玷焚爽然若失矣。糟匿士总思图占士之产，计惟赚妞妮配其子，则全产可得，而妞妮不允，因设谋置之死地。述以近为债家所迫，日坐愁城，尔可往巴黎一游，无为楚囚相对。妞妮言如需钱，故父财产大可供用，我断不计较。糟言恐外人议论，不作此想尔，但往巴黎去，不宜与我同忧，惟须为一书贻尔姊，俾知尔行止。妞妮唯唯，书竟回房理装待发。厨妪璧写，忠实人也，潜告妞妮以糟匿士之谋，属密达乃姊，女大惊，欲另缮一书，糟不允，将前书索回，仍不允，乃婉告糟曰前书函有墨点，须刮去，糟曰我为尔刮，遂用小刀连划，此殆女与姊之暗记，姊得此知女有急难也。文章天成，妙手偶得，女乃跪祷以为得上帝之助云，其姊寻思报仇，非卜碌为助不可与终，会河涯商订，卜碌先期至。河岸一灯，夜色寥阒，徙倚埔头，拾地上残纸就灯取火吸烟，遗烬以足踏之。旋闻歌声自烟波出，游船容与，邀与共载，讲以十五分钟可返，卜碌以期约尚早，乘兴登舟。河堧益寂寂矣，士玷焚斗船既败，无俚之甚，曳屦间行，一步十计，欲得米锥士金扣以掩谋杀之罪，偶于埔头见烬纸馀片，微有字迹，细视则妞妮寄米锥士函套也，遥见米锥士来，即匿于灯壁后。米锥士寻卜碌不可得，见巡役询之，亦不知踪迹，徘徊迟望，忽小轮船泊岸，卒睹厨妪璧写，讶其匆遽，厨妪述妞妮往游巴黎之伪，糟匿士谋毒之工，且言妞妮有书相告，米锥士忆前书无暗记，厨妪谓暗记在封筒上，米锥士悟前此急阅函内事理，遗筒于地，遍觅不见，殆即此函亦即卜碌与无赖子所

13,8,29

检拾者也。遂告厨妪以金扣已得，将使无赖子拟抵，絮语而别，悉入士玷焚耳中，乘夜静无人，与米锥士强索，米坚持不可，遂推坠于河，米方灭顶呼救，卜碌游船回，闻号叫声，猛跃水中抱持而起，水深七尺，得庆更生，观者咸鼓掌称快。其时妞妮方为法兰西妇所诳，车行旋绕，仍至占士别业，妞妮卸装谛认，惊讶而号，妇又闭重门，妞妮凭窗外望妇狞视而掎拄之，妞妮至是愤不可遏，撤几击妇，妇乃回嗔软语，述以入厨热架啡解渴。厨妪璧写知其谋，乘间携筐储水瓶诸物悄至床后，即数年前妞妮瞯法兰西妇窃遗书地也。妇既去乃出，语妞妮勿饮妇架啡，渴则探床下筐取水，妞妮惊喜遇救，挽与图脱，言未竟妇擎架啡出，潜置毒于碗，起劝妞妮，璧写急从床后为之互易，自返厨内，妞妮与妇均不知也。妇挟妞妮就饮，妞妮靳之，妇曰尔虑此中有毒乎，我且先饮，遂取璧写所易茶碗吸少半，妞妮娇弱，犹啼哭乞其放归，妇且答且弄，续饮其半而汗发矣，昏晕斜行，倒椅上旋扑于地，面色渐变，若笑若狂，就枕而颠殒矣。妞妮旁皇不知所措，疾视窗外，闻穴地作坎声，又叩门声甚急，乃避蹲椅背，冀暂免。瞬而无赖子持灯跨窗户入室，开门导其父同至榻沿，见一女尸以为妞妮中毒死矣，极欣快，细认乃法兰西妇，父子哗然，觅妞妮，务置之死，势凶甚。忽男女数人排闼入，则米锥士、卜碌、士谙及两巡差也，系糟匿士、士玷焚，声罪而囚之，观止矣。戏识其略，有能为传奇手笔点缀成文，为义侠者劝，此西剧之可观者也。剧散后园主人

观后场储水处

导观后场储水处，试演轮舶一周，为酒相饷。

三十日甲寅　晴。鸟约华人近逾五千，设中华会馆，公延董事，遇华人争论，董事为之排解。比因一华店倒盘，尽以货物匀摊债家，董事既调处矣。有四家债项颇巨，欲尽踞之，董事以为不公，于是此四家乃不诘董事于领事，而讼于洋官，几于对簿。此真愚妄无识，领事谕诫不听，乃告洋官销案。即此一事，则领事之难处已见一斑，而鸟约为尤甚。秘署书言秘埠近尚绥静，林莫查寮未返，然不致大棘手。又言秘税厂比因查验鱼雷，开灯太猛，药随之发，烧三十四人，毙者十四馀，亦大烦医治云。

鱼雷事故死伤者众

九月初一日乙卯　晴。复希九书，论小吕宋华人医药及日馆新延洋员，并催询小吕宋设官事。晚赴杨约翰之会，坐客六人均不熟识，专车迎送，主人之意甚殷。总署旧交在美者，只此君及何天爵而已。

初二日丙辰　晴。返华盛顿已八点钟矣，与参赞各员谈至十一点钟睡，幸能成眠。

初三日丁巳　晴。拨还美廷洛款重所之项，科律师谓细阅洋文册，绝无重报，余谓中西文字互异之故，近已查确，总应拨还，以昭大信，科乃亟称中国办事公道。又云下礼拜一赴墨西哥，约一月可返，托以代查华人在墨情形，并墨求与中国通商损益之道，科唯唯。倭使约晚餐，既诺之矣，以病未能赴，为书谢之。

初四日戊午　阴，雾，雨。西人食器，一瓶值百数十金，瓷质既薄，绘画亦工，背面映照须眉活现，索价故昂。忆前游沵上，见八骏杯两枚，蓝花白瓷，质亦极薄，而色微烘散，为朱竹垞旧物。近睹洋瓷之薄者，恍惚似之，然色白而润，洋瓷究不逮也。瓷本华产，惜无整顿之者，遂不能畅行海外。倭人工于谋利，日本瓷器均能曲体西俗心意为之，销流甚广。 13,9,5 西人食器索价极昂

初五日己未　晴。外部谟烈托日使致送一函，言小吕宋设官事渠始终一致，特藩部及该岛总督咸谓有碍，欲此事有成，须除此龉龃乃定。此函系八月初六日发，而其面告希九以藩部曾经说妥系在八月十五日，或其发函时藩部仍游移也。应将希九所呈问答之语促之，此书可不答，但复日使数行，收到而已。饭后访外部，催办未结各案，并告以洛款散竣，查有重报者六人，该款应还美廷。巴夏面谀办事精到，余答以此为中朝例意也，巴夏肃然起敬，仍允速结各案。又言美总统明晚可返，此行经历数省，极劳顿，幸精力能支，人心爱戴，异党之人亦无疵议。询以驻日美使哈特，已返日都，假期既届，留则扣俸云。随赴倭使馆送行，不晤，答拜墨使，久谈。天气尚佳。

初六日庚申　晴。晚九点钟赴科士达公会，晤倭使，云后日遄发，并询余归期，意以得归为乐，又期后会于春明，或将使华耶？晤威地、布勒持佛、梅拉诸察院，各道费城百年会之盛。客散后与谈臣重啖茶饼，谈臣夏间同舟西渡，近始遄归。 费城百年会

初七日辛酉　晴。科士达赴墨西哥，午间来别，并商

经手各事，明日三点钟起程。西初葡使来谈逾刻，或者中葡之约果成，此老特来周旋也。

初八日壬戌 霜降，晴。洛款重报六人，共银四百八十元七角五仙，照会外部察收李格士银行单。得粤局包封。王、余两员查岛将竣，七月四日差旋省门，西贡、暹罗诸埠未往。英属般鸟岛，前禀请不往者，近为英督所约，亦欲一行，经费已竭，粤督必有以处之也，所请以兵船护送赛会什物，则驳之矣。所查英属各岛，大抵华人初至之地，辄厚遇之以广招徕，及开辟有基，生意渐繁，则苛例起矣。观于澳士地利、新金山诸埠，如纽所威露省之雪梨埠、域多利亚省之美利滨埠、南澳士地利亚都律省、衮司伦省之衮当埠，所收华人身税，多寡不一，只打市妈利岛砵打稳埠刻未起征，久当不免。华人海外谋生之难，大可慨矣。寄英馆腌菜两坛，刘芝使淡泊明志，不耐腥膻，英伦又乏蔬菜，余许以在美购赠。华人侨鸟约者闲种菜为业，因属鸟署庖丁腌此白菜寄去。华人繁盛之区，穷于保护，惟此乡味聊供朵颐，分饷良友，殊自笑也。并托查新架坡设领事案。

华人海外谋生艰难

初九日癸亥 雨。登高之游不果，客中意兴索然。子豫书，言古巴照费近益拮据，旋办旋止，尚不及去年勇跃，购得龙眼如豆大，不堪寄赠。延希九、庆霭堂公函求为德馆赓音泰说项，赓音泰本同文馆学生，近以登车折足成废，若不联差，自难为活，当贻书洪文卿酌之。

初十日甲子 雨。华城赛马，循例往观，微雨凉飔，

13,9,11

阅赛两周而返。檀使照复收到庆邸答该国王书并即代寄。

十一日乙丑　阴。周三滟捕获后，有劣绅赴广州府具保，孙稼航批斥之。周三滟拐贩至六千人，已往者五百六十一人，瘴殁逾半，其情罪即置重典不足蔽辜，不知具保者果何心哉！近有哥士打叻架国招工一事，水土既恶，所订合同尤苛虐，蓬云函致东华医院与英官筹禁，或中辍矣。华佣食力殊方，绝无佳况，大半出于拐诱。香港、澳门、汕头实为祸阶，香帅极力查禁，或能渐戢凶焰乎？灯后缕复北洋书，为银行结束，从此不愿再言矣。 华佣大半出于拐诱

十二日丙寅　阴。爱立谟之弟近充外部。秘自嘉西勒士接任总统后已六易部臣，交涉之事益难贯串。

十三日丁卯　阴。连日湿雾迷漫，昨夜又不能睡，惝彷迷离。左臂搁衾外，曙寒惊醒，臂冷如冰，不克自举。急以右臂提入衾内，如提极软重之物，左臂几非已有，肱以上血脉不贯矣。入衾暖暄之，渐乃复元，殊方夜气中人如是。此间日报咸称颂拨还洛案重报之款，以为中朝办事荣耀有余。

十四日戊辰　晴。此次美都赛马旋泞而不止，有一马两分钟十四昔近行一迈路，合之中里约一点钟可行七十里，有西人以万七千金购之。前日有西人赛马跳沟折其一足。小吕宋华人医药事，其总督得外部电，仅展三月期。香帅两次电商为华人谋，用心良切。

十五日己巳　晴。饭后观赛马，假野外山光以挹清气。翻译忘携请帖，进门签子主者一例欢迎，并不如众人

之索费。风大，凭轼以观。归途答拜葡使。

十六日庚午　晴。科医生来为诊脉，云心气已平可不药，脾胃不适但食蒲芦便佳，此果略如吾华黑枣，以糖蒸食，颇滑大肠。饭后访察院梅拉久谈，又晤瑞使，询俄使消息，仍无定。俄使之妇曾嗤外部居室陋劣，言貌失欢，又与咘嗟善，此时南党司令屡有不复来美之说。

美俗上冢在五月

十七日辛未　晴。昨为法俗上冢之期，插花供墓，今日则祷于教堂，犹不忘所生之意。美俗上冢则在五月，美洲惟纽阿连一省自循法俗，美亦不禁也。正盼洪文卿放洋之信，适得手书，言七月出都，九月放洋，十月抵法，避红海之热云。总署咨会游历人员分历各国名单，附录训政事宜，又洋药膏倍抽税厘事。北洋咨会朝鲜国王文，以该国分遣驻使也。粤报言朝鲜派驻美国之使曰朴定阳，冬春之交可到。

治水之法不同也

又御史刘博泉属查美属米西斯比河情形，与黄河相若否。此事光绪九年郑光禄承总署函查已详。询美绅专那士，略得梗概，函复总署，并录问答甚清楚，其时亦刘侍御片奏条议者。两河水性形势迥异，治法固不同也。黄河自铜瓦厢决口后，水由大清河北流入海，语曰“清济贯浊河”，盖清水在下，黄水在上，清负黄以行，泥沙尚不全淤，否则济河形狭屈曲，加以黄流之浊，积淤殆不可问矣。米西斯比河来源非如黄河之浩瀚，本系清水，迨汇美苏黎河水乃混浊，此与河济同流似矣。要其挟泥无几，并不挟沙，其泥性胶黏，干后即坚实，与黄河之泥沙并挟，泥质纯胶而不实者异矣。又以米西斯比河全河之清水刷美苏黎河灌入之浮泥，犹无强宾夺主之势，办法与黄河判然。黄水势大，济水力微，若能以清刷浊，水患尚不致今日之亟。

申初访美绅挨林士，询法国瓷画，云系铜铁之质，然则鸟约所见殆法产也。挨林士近习中文。出观中国舆图，系东三省及直隶、河南、山东、山西各省，极工致，云系德人所绘，其南省各图俟续出云。西人留意舆地，考究精细，近日中国派游外国之员能为地图以归则尤善，否则就外国通行之图加以考索亦甚有益。旋访议绅多福，询中美交涉各案已悉送外部否？余曰久已照会，亦时晤巴夏促之，议院将开，议绅之识理者尚拟速结也。 西人地图考究精细

13,9,18

十八日壬申　晴。小吕宋事函属希九催询谟烈，复陈敬如，托拓车弩士机铜器文字。墨使来，言移居粗毕。得科律师电，已安抵墨都。今日赛马，跳沟者仍折足，何技之不良耶？

十九日癸酉　晴。旧年诗家谷工党戕毙巡役一案，论抵七人，昨始定狱。总察院威地自署返寓，晚餐后有人投一木匣，即就餐桌展视，殆炸药也，幸未暴燃，即置之前厅，家人妇子亦不知为何事。其新闻馆访事人哈文亲到威地寓询访炸药之事，谓工党挟恨报复，其不遽燃者，则封寄时书信馆加盖印烙用力捶打，内火线搭引遂紊，否则威地一家皆焰矣。工党罢市索加工价，巡役弹压乃为枪毙，此而不论抵，是谓无政刑。威地判决尚为明允，而工党竟

为恶报，甚矣，民政之难齐一也。午后候之，晤其比邻，谓此事威地不芥蒂，而其家内咸惊恐云。随观墨使新居，顺访巴夏，约十月初九日晚餐。

二十日甲戌　晴。昨兵部宅又有投以木匣炸药者，均不燃。前晚总察院之药匣经巡捕检交化学人化炼，并非真炸药，穷究来历，即报馆访事人哈文之所为，诘之而信，即行收禁。哈文非工党，不过假此一段新奇以售日报，亦黠而愚矣。智使来晤，英语仍不甚流丽。

炸药虚惊

二十一日乙亥　晴。西例属使至友邦，应由所属之国驻使挈晤外部，比阅北洋咨朝鲜文无此说，非争虚文，虑为黠者诱导则大损矣。北洋应否补咨预杜要结，并饬具报职名，即电署酌行，计五十字。午后英使来晤，询以印度王子前此来美仪节，果系英使带见总统及外部，是则朝使之来，不得不预为之地。

二十二日丙子　晴。曩闻美书肆有绘画南北花旗鸟兽图，着色甚精，每函索价二十五金。顷取观，则索价倍之，云只两本，原板已失，共十一函，须五百馀金。不数月而价值陡昂，书贾伎俩，中外一辙。前日往候总察院威地，震东因其犹子患喉症，虑传染不敢造门，今日闻竟病殁，喉症难痊，西医亦束手矣。威地当炸药虚惊后，既有人琴之悼，复深小阮之伤，七十老翁，何以堪也。

二十三日丁丑　立冬，阴。英廷为鸟蚡伦捕鱼案特派三人来美商办，此事两国鱼利所争，各不相让，徒烦唇舌而已。美俗勤俭，惟务藏富，华盛顿都城简朴，曾不如欧

华盛顿都城简朴

13,9,24

洲有名之小县。戏园只两间，且时开时闭。今夏有义大利人巴地来此演剧一夕，工价五千元，观者如堵，墀子散座亦费十二金，绝无仅有，然一宿即行矣。美驻津领事巴拉密留任不果，李傅相于其返也，予一书令来谒。年逾七十矣，絮言北洋优待，曾赴总署春酒，又在津沽幸迎谒醇亲王，颇有依恋之诚。北洋来函嘉其年老心慈，办事和睦，惜美廷南北分党，遂以石米德代之。

申初檀使来，言檀岛至旧金山一路，拟设水电，须费二百万金，拟与美国合力，由电线公司出资，两国岁认利息五厘。美总统、外部均以为然，虑为异说腹诽，未能即决。若由此而日本，而中国，声息大通，更拓至新金山，亦于商务有益。余答以太平洋海电，军国重事，诚有裨商务，究恐无济，数十年后或见效耳。檀使又诋日报误述其断卖一岛与美，谓该国一小岛，美欲假以起卸煤斤，伊外部曾与美订明暂假为用，无论何时均可取回。希九书言续晤谟烈小吕宋设官事，语较切实，寄到问答略节，谓致藩部文已属以必须照办，藩部亮不固执。然事属政务，恐须政府会议，是于藩部之外又添一政府作宕局。 檀岛至旧金山拟设水电

二十四日戊寅 阴。格总统长公子近经公推鸟约巡抚，此为南北党举总统之先声，格若得此席，则下次总统即属北党，故同党者辄为跂眄。事决于昨日，今晨阅报乃为南党所得，多二万馀筹云。霭亭申呈各埠商董员名清折，近日古巴公牍文理格式均有进境。灯后谈臣来晤，备述巴黎别后所历罗马诸境，及火山已陷复现之状。曾至架

露城，为义大里属土而归法兰西保护，其地专以赌博为业，无昼夜悉役志于斗牌、打波诸戏，比屋皆然，漠不为怪，亦无喧哗争闹之事。博场宽广，过客往观，随意进出。举俗若是，良可诧矣，不知地方官亦索陋规否。

二十五日己卯　阴雨。李玉衡函谢新式玻璃灯，并述香港近状。酉初晴，亥正大风，窗户震撼。

朝鲜遣使事已办理

二十六日庚辰　晴。接北洋电，朝鲜遣使事已恪遵电谕办理，并求遇事指教，视同一家。当电复毋蹈前此拜跪之误，举印度王子来美仪节证之，又该使过倭有无停顿，电北洋询示。该使来时又增一番周旋也。德破法后合普鲁士诸国，隆以帝号，其君相尚持戒惧，而分驻各国使臣似不免骄矜。日斯巴弥亚倚法为援，彼此各派头等公使，日欲遣头等公使至德，而德拒之。德王今年九十一岁，精力尚健，近病经旬。其子年五十六岁，亦患喉症甚剧，国人以为忧。

诗家谷抵罪六犯今日临刑，美籍一，馀皆挨利士及俄、德两国种类。内一犯昨用炸药从牙缝自炸，冀免缳首，乃炸烈腮颊头面而不死，罪恶贯盈，难逃显戮也。减死而监禁终身者二，判非有心作恶，亦曲为之解耳。美廷内治之政，经年乃定狱，总察院威地犹吃虚惊，宜其戕害华人之案，但任赔偿，终无办凶之日。

二十七日辛巳　晴。美廷各部似乏上下相维之义，巴夏既因副外部波打意见不洽，自求解职，总统乃撤退波打以安之。近日内部又以总文案官压搁公事，有烟甸人田土

13,9,28

一案搁至年馀，遂为书申饬，亦有请总统易一茸阘之部臣与共事，否则易一勤能之文案以执公。大约总统亦须善为之地，内部事繁，书纪约二千馀人，亦不易约束也。灯后挨林士偕矿师谷士来晤，云自华回美，曾于光绪八年往阅直隶、山西诸矿，盛称山西煤铁之佳，强于倭产，五金之矿亦富，叩以但阅矿苗能定此矿衰旺否？答曰无论如何矿师无此识力，惟视开矿者运气而已。挨林士近习中学，求荐一人指导，余询之进斋，亦虑中西文字融会为难。

二十八日壬午　晴。曩闻马薀邪术之说流传香港，渐至上海，究是疑信参半，何绯联久住香港，亦谓聊存其说耳。但光绪三年以乌石山案寓福州招商局某董事处，其榻侧有小玻璃瓶，属勿误动，每礼拜某董事必破指出血滴入瓶内。云此中有物，须以己血养之，可就瓶口与语，所谋无不如意，欲罢则书一符与饮，便自漠然。此瓶购之新架坡云，似马薀邪说非尽无因也。未初赴律师哈伦乡居，中饭回镳访教士卜士，年八十一，豢蜜百十窝，悉在树阴地上，冬雪若积恐冻僵。途经西人丛冢，见有军兵帐棚为劳近浮厝处，美廷恩礼勋旧，殊非意想所及。地近苏遮士龛，林木亦幽翳。 邪术之说流传香港

二十九日癸未　晴。溪理察宝星之案，顷刘芝使咨，据英外部复文，谓与英例不符，不能代达君主。译抄英例一纸附寄，所谓不符者，殆邀赏二年内即须具报，迟则违例云。此系英国自治之政，若英人而邀他国赏赐者，似不在此例。而英于此等事，似若慎重名器不肯苟且迁就者，

此后英员例赏置之可耳，何必烦此笔墨哉？曩闻芝使言有英员某在中国机器局出力，得二等宝星，英廷谓既有薪水，不合邀赏，至其效力皆中英两国睦谊，与该员无干，令将宝星缴还。此次溪理察宝星但云不合伊例，不便代达，已觉措词圆活耳。英都近收禁一埃伦议绅，埃党麇集二万馀人，于纪功碑下将与政府辩论，巡捕弹压之兵四千馀。始以吃苹果掷詈，继而斗殴，英廷复调多兵，始弭其乱，受伤忒多，医牢几无隙地云。